Stücke 3

Franz Xaver Kroetz, geboren und aufgewachsen in München, lebt heute in München und im Chiemgau. Er ist Autor von über vierzig Bühnenstücken, von Hörspielen, Film- und Fernsehdrehbüchern sowie eines Gedichtbands. Darüber hinaus ist er Theaterregisseur und wurde mehrfach ausgezeichnet, zuletzt 1994 mit dem Brecht-Preis der Stadt Augsburg.

Zu diesem Buch:
Neu nach dem Originalbuch gesetzt, enthält dieser Band die beiden großen »Arbeitslosen«-Stücke von Franz Xaver Kroetz: *Furcht und Hoffnung in Deutschland* und *Nicht Fisch nicht Fleisch.* Obschon in den achtziger Jahren geschrieben, sind sie von bestürzender Aktualität und belegen ein weiteres Mal, wie wichtig der Autor für die deutsche Literatur ist – und welches Potential in diesen Stücken steckt.

»Kroetz ist und bleibt ein Theatergenie.«
Frankfurter Allgemeine Zeitung

»Eine Mischung aus Karl Valentin und Egon Erwin Kisch: Er läßt die Realität sich so lange zuspitzen, bis sie sticht.«
Gerhard Stadelmaier

Franz Xaver Kroetz

Furcht und Hoffnung in Deutschland

Nicht Fisch nicht Fleisch
Der Spitzel

Stücke 3

Rotbuch Verlag

Notiz

Als ich das Stück schrieb, hieß es: Furcht und Hoffnung in der BRD. Die Zeit war noch nicht reif, dieses an sich schon als verfassungsfeindlich angesehene Kürzel durch das stattliche Deutschland zu ersetzen.
Die Zeit ist reif; ich danke der Wiedervereinigung, dem Herrn Dr. Kohl, den vielen andern.
Endlich macht das große Thema des Stücks nicht mehr vor den widernatürlichen innerdeutschen Grenzen halt: Die Arbeitslosigkeit hat (fast) alle erreicht.
Und mein Stück endlich den schönen, runden Titel. Danke vielmals!

F. X. Kroetz
30. Juni 97

Bibliografische Information Der Deutschen Bibliothek

Die Deutsche Bibliothek verzeichnet diese Publikation in der Deutschen Nationalbibliografie; detaillierte bibliografische Daten sind im Internet über http://dnb.ddb.de abrufbar

2. Auflage 2006

Aufführungsrechte: Kroetz-Dramatik, München
Herstellung: Das Herstellungsbüro, Hamburg
Druck und Bindung: Aalexx Druck, Großburgwedel
Printed in Germany

ISBN 3-434-54532-8

Informationen zu unserem Verlagsprogramm finden Sie im Internet unter www.rotbuch.de

Inhalt

Furcht und Hoffnung in Deutschland

Ein Stück in 20 Szenen
aus dem deutschen Alltag

Mitarbeit: Alexandra Weinert-Purucker

Szenen und Personen

Schritte
WILLI
MARTHA

Gespräch
DER MANN
DIE FRAU

Heimkehr
ANNA
KARL

Weihnachtstod
MANN
FRAU

Ich geh meilenweit
ER
KEUSCHE SEXPUPPE

Bilanz der Wände
EINE FRAU

Mittagessen: Guten Appetit
WILLI

Jüngstes Gericht
ALTE FRAU
ALTER MANN

Modell der Zukunft
FREUNDLICHER MANN

Ehrenwort
MANN

Der arme Poet
DER DICHTER
DIE FRAU

Der Mann, der weiß, was er nicht will
DER REDAKTEUR
DER SCHRIFTSTELLER

Nein (Kemal Altun)

Ausländerdeutsch
DIE DEUTSCHE
DER TÜRKE

Zerreißprobe
MANN

Der Überläufer
HÄFTLING
UNTERSUCHUNGSRICHTER

Osterlamm
ER
SIE

Klopfzeichen
WILLI
MARTHA

Verschnaufpause
MANN
FRAU

Alternativszene: Verschnaufpause
MANN
FRAU

Bühnenbild:
In meinem begleitenden Tagebuch aus der Entstehungszeit von *Furcht und Hoffnung in Deutschland* heißt es: Ich habe oft das Gefühl, alle Figuren stehen am Fenster und wollen wegfliegen.

In einer kleinen, normalen Wohnung; sauber alles. Hinten raus vielleicht ein Balkon, Wohnung im dritten Stock, Wohnblock, man sieht auf andere Häuser.
Früher Morgen vermutlich. Willi im Schlafanzug, hektisch, zerfahren, zwischendurch still, weiß nicht was tun, rennt rum »wie bestellt und nicht abgeholt« an diesem frühen Morgen.
Martha schon angezogen, nette, saubere Frau, ein bißl rundlich, sie hat es eilig, sie macht alles routiniert und schnell, sparsam. Bloß frühstücken tut sie kräftig, wenn auch schnell. Und er schaut ihr zu. Vielleicht Frühmusik aus dem Radio, oder sowas ähnliches. Er ist ihr oft im Weg während der Szene, aber sie beachtet ihn zu wenig. Sie kennt das alles wohl schon. Jeden Morgen das gleiche?

WILLI *(schaut ihr beim Frühstücken zu, verschränkt die Hände, spannt sie, bis die Knöchel krachen, haut auf den Tisch, wischt den Schlag entschuldigend wieder weg, schweigt, steht auf, setzt sich wieder, schaut, steht wieder auf, geht zum Balkon, leise)* Guten Morgen, Unglück. Die Nacht is vorbei, die Träume ausgeträumt, darfst weitermachen! Schönen guten Morgen, Verzweiflung und Scheiße! *(Schaut seine Frau an, nickt)* Die Tiere im Käfig erwachen und rütteln. Hallo? Hallo! *(Er rüttelt an der Balkontür.)* Ist da noch wer außer mir? Ich will mich unterhalten! Guten Morgen. Hallo, ich heiß Willi Gerngroß. Ich bin ein kleiner Mann in einer kleinen Wohnung mit einer kleinen Frau *(haut seiner Frau schnell auf den Hintern)*, die ich liebe. Genau. *(Pause)* Hallo? *(Er geht an die Wand, horcht, klopft, horcht.)* Morsezeichen der Versuchstiere. *(Hochdeutsch)* Wie bringt man die Pferde zum Saufen? Die wollen nicht. Die Deutsche Wirtschaft hat keinen Durst. Weil sie keinen Durst hat, kriege ich keine Luft mehr, ich, der Gerngroß Willi mit dem Audi 80, bin als Arbeitsloser das Versuchstier der Wirtschaftslenker und Herren Politiker. Am guten Willen für den Willi fehlt es ihnen nicht. Man will die Investitionstätigkeit der trägen Pferde anregen. Mit allen Mitteln, wenn es sein muß! Man spart sogar bei meiner Unterstützung, wenn gar nix anderes mehr hilft, und schenkt das Ersparte den Unternehmern, vielleicht daß sie mir von meinem Ersparten einen Arbeitsplatz schenken. Allerdings nur, wenn ich ein Einsehn zeige! Und darauf verzichte, daß ich *(laut)* jeden Tag ein Fleisch im Teller haben muß, und der Kaffee immer ein echter sein muß, und im Fall einer Krankheit nicht die Krankenkasse belaste, sondern die Zähne zusammenbeiße und im Falle eines Todes auf einen pompösen Sarg verzichte, kann sein *(kleine Pause)* kann sein: Die Rettung ist nah. Ich muß *(laut)* verzichten lernen, ich muß den Gürtel enger schnallen, ich muß einsehen, daß ich über meine Verhältnisse gelebt habe und faul war. Ich, der Gerngroß Willi, lebend im Jahr 1983, habe zuviel. *(Er geht in die angrenzenden Zimmerchen, zeigt sie her.)* Ich habe zuviel. Ich habe zuviel! Ich habe viel zuviel! Und das Schlimme ist, ich habe mich an dieses Viel Zuviel gewöhnt. Das geht ins Uferlose! Ich habe momentan 825 Mark Arbeitslosenunterstützung. Das ist zuviel. Auch meine Frau hat viel zuviel! Sie heißt Martha und arbeitet im Kaufhof. Sie verdient netto einen guten Tausender im Monat für die Tätigkeit einer Verkäuferin bei den Strampel- und Strumpfhosen. *(Zu seiner Frau)* Du hast zuviel. Du hast über deine Verhältnisse gelebt, du mußt den Gürtel enger schnallen. *(Laut)* Das sieht doch ein jeder, der Augen im Kopf hat, daß wir zuviel haben. *(Kleine Pause)* Wie ich noch der Ehre für würdig befunden worden bin, eine Arbeit tun zu dürfen, habe ich in manchem Monat sogar 1700 Mark nach Hause gebracht. Ich sollte mich schämen! *(Schreit sich an)* Schäm dich! *(Kleine Pause)* Ich hab Polsterer gelernt und 1967, als ich in diesem Beruf wegn Konkurs »meiner« Firma nicht mehr hab arbeiten können, kurzfristig auf Lagermeister umgesattelt. Lagermeister in einer Papierwarenfabrik. Vor anderthalb Jahren hat die Firma den Direktverkauf eingestellt und mich ausgestellt. Seitdem bin ich im Wartestand und Versuchstier in der vom Staat nach Kräften geförderten Versuchsserie Wirtschaftspolitik: Man testet, wieviel man mir zumuten kann, bis ich mich umbring. *(Größere Pause, er schaut sie an, sie frühstückt weiter, er fällt ein bißl zusammen, lächelt verlegen, setzt sich zu ihr, haut wieder auf den Tisch, wischt den Schlag wieder entschuldigend weg.)*

MARTHA Tust vorher noch frühstückn, mit vollem Magen stirbt es sich leichter. *(Pause)*

WILLI Hab keinen Hunger. *(Kleine Pause, dann laut)* Gikeriki, der Hahn bin i, kochn tust du und essn tu i.

MARTHA *(nickt)*

WILLI Bin kein Hahn mehr, gell?

MARTHA Doch.

WILLI Lüge. *(Kleine Pause, schaut, wie sie ißt)* Mir hättn nicht heiratn sollen.

MARTHA *(lacht)* Genau.

WILLI Spät, die Einsicht!

MARTHA Besser spät wie nie.

(Pause)

WILLI Guten Morgen.

MARTHA Ham mir schon dreimal gsagt.

(Pause)

WILLI Guten Morgen, allerseits. Das Tagwerk beginnt: Im Schweiße deines Angesichts sollst du dein Brot essen. *(Kleine Pause)* Wo nehm ich den Schweiß her? *(Kleine Pause)* Ich hab schon lang nimmer gschwitzt. *(Pause, dann ehrlicher, ruhiger)* Entschuldigung. Es tut mir leid. Aber ich hab einen ganzn Tag vor mir und denk jetzt schon, daß ich wahnsinnig werd.

MARTHA Genau. *(Kleine Pause)* Willst kein Kaffee, noch is er heiß!

WILLI Nein.

MARTHA Tust nachher frühstückn, hast Zeit.

WILLI Genau.

MARTHA Mir schmeckts, obwohls mir pressiert. Leider.

WILLI Jawoll. *(Nickt, steht wieder auf, nimmt seine »Wanderungen« im Raum wieder auf, horcht, klopft etc.)* Hörst sie?

MARTHA Wen?

WILLI Die andern. *(Kleine Pause)* Schreie, Tränen, Klopfen.

MARTHA *(nickt)* In deim Kopf.

WILLI *(stur)* Schreie, Tränen, Klopfen.

(Pause)

MARTHA *(ruhig, ehrlich, gut)* Man darf sich ned abdrängen lassen, Willi, und zum eigenen Narrn machen.

WILLI Weil ich horch? *(Kleine Pause)* Im Gegensatz zu dir hör ich was.

MARTHA *(nickt)* Iß wenigstens was.

WILLI Hab keinen Hunger.

MARTHA Wenn man hinter sich die Tür zusperrt und keinen mehr herein laßt, geht man unter.

WILLI Wer das Klopfzeichen kennt, darf herein.

MARTHA Zieh dich wenigstens an, daßd ausschaust wie ein Mensch.

WILLI So.

MARTHA *(mit dem Frühstück fertig, räumt ein bißl ab, geht ins Bad etc., macht sich zum Fortgehen fertig)* Schau dich an!

WILLI *(rennt ihr überall hin nach)* Schau dich an! – Was die Frau redt. *(Pause, dann wie eine große Entdeckung)* Soll ich dir was verraten? Wo ich durch Nachdenken drauf kommen bin? Ein Geheimnis?

MARTHA *(nickt)*

WILLI *(wie einen Trumpf ausspielend)* Ein Arbeitsloser ist automatisch aus der Gewerkschaft draußen, weil er keine Arbeit mehr hat.

MARTHA Is er ned.

WILLI Das wirst du wissen. *(Laut)* Is er schon!

MARTHA Dann is es ungerecht.

WILLI Mach was dagegen. *(Penetrant)* Du zahlst ein Prozent von deim Lohn Gewerkschaftsbeitrag im Monat. Das is seit alters her so, oder?

MARTHA *(nickt)*

WILLI Eben. Wennst keinen Lohn mehr hast, weilst keine Arbeit mehr hast, dann zahlst du ein Prozent von nix, und drum bist du nimmer Gewerkschaftsmitglied. So einfach is das. *(Kleine Pause)* Der Arbeitende is sogar der natürliche Feind des Arbeitslosen, genau!

MARTHA Zahlst den Beitrag von der Unterstützung?

WILLI Das is verboten, das is Betrug. Wenns dir da drauf kommen, dann wirst du bestraft. Vortäuschung von Arbeit ist verboten.

MARTHA *(trocken)* Spinnst du?

WILLI Eine Gewerkschaft hat nur einen Sinn, wenn jemand eine Arbeit hat. *(Kleine Pause)* Hast du schon einmal einen Arbeitslosen streikn gsehn?

MARTHA *(lacht)*

WILLI Ebn, ich auch nicht. Gibt es Tarifverhandlungen für die Arbeitslosen? *(Deutlich)* Manteltarifverhandlungen? Nicht einmal einen Mantel-Vertrag gibt es, wo jeder Arbeitslose für den Winter einen solchen braucht. *(Pause)*

MARTHA Du siehst am frühen Morgen schon wieder alles schwarz.

WILLI Ich seh es so, wie es ist. Das is der Unterschied. Ein Arbeitsloser fallt heraus aus alle andern, wenn er arbeitslos wird, und keiner haltet ihn. Ohne Werkausweis kommt er ned einmal am Pförtner von seiner alten Firma vorbei. Er wird dem Werkschutz übergebn, wenn er die alten Kollegn besuchn will.

MARTHA Zerfleisch dich doch ned selber, Willi, das hat doch keinen Sinn.

WILLI Tust mit?

MARTHA Bei was?

WILLI Beim Zerfleischen.

MARTHA Nein. *(Kleine Pause)* Wie spät is es?

WILLI *(nachmachend)* Beim Gongschlag ist es sieben Uhr neunzehn.

MARTHA Ebn, höchste Zeit für mich.

WILLI Genau. *(Kleine Pause)* Das is es: Ein Arbeitsloser ist allein. Das ist das Geheimnis.

MARTHA Als ob ich zu meinem Vergnügn gehn tät!

WILLI Nimmst mich mit?

MARTHA *(lacht)*

WILLI *(nickt)*

MARTHA *(kommt hergerichtet aus dem Bad)* Schau mich lieber an, und sei froh, daßd eine saubere Frau hast. Gfall ich dir?

WILLI Ja.

MARTHA *(lächelt)*

WILLI Ein paar Minuten hast noch Zeit. Laß mich ganz schnell, daß ich mich nachher ned so allein fühl!

MARTHA Du hast ja einen Vogel.

WILLI *(lauernd)* Magst kein Arbeitslosensperma.

MARTHA *(sauer)* Nein.

WILLI Ich auch nicht. *(Pause)* Ebn.

MARTHA Einfälle hat der Mensch, wo man schon im Mantel is.

WILLI Laßt mich erst wieder, wenn ich eine Arbeit hab.

MARTHA Mit der Arbeit hat das nix zum tun, sondern mit dem Menschn.

WILLI Aber der Mensch is seine Arbeit.

MARTHA Ja, und drum pressiert es mir jetzt.

WILLI Warum laßt mich allein? Immer so allein?

MARTHA Ich komm nach der Arbeit pünktlich heim, kannst die Uhr danach stelln.

WILLI Weißt schon, was ich mein.

MARTHA Nix weiß ich, wo ich sogar koch und den Haushalt

mach. Sag nicht: Mach du, wenn ich ausm Haus bin, hast Zeit!

WILLI Bin von dir allein gelassen, ich fühl es.

MARTHA Ich hab kein andern.

WILLI Den ganzn Tag, wenn ich daheim bin, dann mal ich mir aus, was du mit die andern Männer jetzt grad im Kaufhof machst.

MARTHA Ja.

WILLI Was ja?

MARTHA Malst es dir aus, dann vergeht dir die Zeit.

WILLI Sau.

MARTHA Wie man sich bettet, so liegt man.

WILLI Ich bin abgedeckt und frier.

MARTHA Jetzt is aber höchste Zeit.

WILLI Hau schon ab.

MARTHA *(hat alles)* Dummkopf! *(Gibt ihm einen Kuß, einen kleinen)* Wennst überhaupt nimmer weißt, was du tun sollst, haust die Handtücher in die Waschmaschin, mir ham nämlich keine mehr.

WILLI Genau. Auf Wiedersehn.

MARTHA Tschüß. *(Sie geht ab.)*

(Große Pause, Willi geht zum Balkon, schaut hinunter, sieht sie wohl die Straße überqueren, in die U-Bahn gehen, dreht sich wieder um, nimmt schließlich Kaffee vom Ofen, setzt sich an den Tisch, schaut, wartet, nickt, trinkt in kleinen Schlucken, schaut wieder zum Balkon, steht auf, geht hin, schaut hinunter.)

WILLI Hallo, guten Morgen allerseits. Ich bin hier oben, soll ich kommen? *(Kaum merklich macht er mit den Armen Flügelschlagbewegungen.)*

Gespräch

Auf einer Spielplatzbank. Neben einem Mann eine Frau mit einem Kinderwagen. Sie strickt. Er schaut sie an, mehrmals, lächelt, er schaut in der Gegend herum. Sie schaut auf.

(Der Mann nach all dem Schauen, hin und her, etc.) Bitte schön, beachten Sie mich gar nicht. *(Er lächelt.)* Verzeihung, aber ich tu nur meine Pflicht. *(Die Frau schaut, nickt, lächelt.)* Ich sag das nur, weil Ihnen mein Verhalten vielleicht sonderbar vorkommt. Das kann ich verstehen. *(Die Frau schüttelt den Kopf.)* Doch, natürlich. Ich darf mich vielleicht vorstellen: Ich bin Polizist in Zivil, ich führe hier einen Beschattungsvorgang durch, deshalb schau ich auch immer in die Richtung, in der Sie sitzen. *(Die Frau schaut.)* Ja, ich *(leise zu der Frau)* bin kein Opa in der Rente, der seinen Enkel auf den Spielplatz führt. Der Enkel, den ich auf den Spielplatz führe – Sie wissen schon, Terrorismus, Entführungen – ist das Kind sehr wohlhabender, aber eben auch sehr gefährdeter Eltern, ich sorge dafür, daß das Kind nicht entführt wird, ich bin, wie gesagt, Polizist. Das nur zur Erklärung meines Verhaltens. *(Die Frau schaut, streng, nickt.)* Eben. Verzeihung. Wenn das Kind zu mir Opa sagt, dann hat das eine traurige Geschichte. Er hat seinen Opa, einen Schwerindustriellen – den Namen darf ich nicht nennen – vor einem Jahr durch einen Terroristenüberfall verloren. Den wirklichen Opa. Jetzt sagt es eben zu mir Opa, weil es ja nicht weiß, warum ich in sein Leben getreten bin. *(Er lächelt, nickt, die Frau auch.)* Das bloß zur Erklärung meines sonderbaren Verhaltens. Verzeihen Sie. *(Lächelt)* Das sag ich bloß, damit Sie mich nicht verwechseln, bevor Sie mich erkennen. Weil, so könnte doch eine wache Frau, die die Augen überall hat, fragen, warum sitzt dieser gesunde Mann, jetzt, am hellen Vormittag, auf dem Spielplatz neben mir? Wo die anständigen Menschen um diese Zeit eine Arbeit ham und bestimmt nicht auf dem Spielplatz herumsitzen. Weil sie dazu keine Zeit haben. *(Kleine Pause)* Daß Sie sich nicht denken, ich bin ein Arbeitsloser oder ein Penner, weil ich so dasitz und kein Kind hab, auf das ich aufpaß. Außerdem hat ein Mann in meinem Alter weder ein ganz kleines Kind, noch hat er schon einen Enkel *(laut),* und wenn er einen hat, dann hat er trotzdem an einem normalen Vormittag was anderes zu tun, als

daß er auf dem Spielplatz damit herumhockt. *(Lacht)* Das nur, damit Sie wissen, wen Sie vor sich haben, weil ich dasitz und so tu, als tät ich die Zeitung lesn, weil ich sonst nicht weiß, wo ich mit mir und meiner Zeit hin soll. *(Pause)* Welches Kind es ist, das ich überwach, kann ich Ihnen leider nicht sagen, weil, Sie verstehen, das ist gegen die Sicherheitsvorschriften. Klar. *(Lächelt)* Oder ham Sie was anders denkt, von mir? Was denn? Daß ich ein Kinderverführer bin vielleicht? *(Lacht)* Was hams denkt, sagen Sie es ruhig, ich bin es gewöhnt, daß man mich verwechselt. Das gehört zum Beruf. *(Nickt, schnauft, lächelt, schwitzt, Pause ...)*

Heimkehr

Sie hat das Essen gerichtet. Beide am Tisch. Ihm schmeckt es.

ANNA Für mich ned.
KARL *(schaut)*
ANNA Für mich ned. Kannst alles zamessn.
KARL Hast dir den Magen verdorbn?
ANNA Ja.
KARL Vom Nixtun?
ANNA *(lächelt)* Ja.
KARL So schön möcht ich es auch einmal habn.
ANNA Ja.
(Pause, er ißt.)
KARL Oder hast mir das Essn vergiftet?
ANNA *(lacht)* Nein.
(Pause, er ißt.)
KARL Bei mir wirkt Gift nicht. *(Kleine Pause)* Bin immun. Mir schmeckt es.
ANNA Das is recht.
KARL Nicht einmal probiern?
ANNA Nein, danke.
(Pause, er ißt.)
KARL Ich glaub ned, daß dir das was schadn tät. Iß ein bißl, aus Freundlichkeit, da kommt man sich ja blöd vor, wenn man dasitzt und in sich hineinfrißt, und die Frau daneben hat bloß eine lange Nasn und rührt nix an.

ANNA Mag ned. *(Lächelt)* Vielen Dank!

KARL »Vielen Dank!« Wie die redt, als ob man sich grad kennenglernt hätt. *(Kleine Pause)* Das tät spannend sein, ha? Mir lernen sich kennen, ich sag, daß ich gern iß, daß mir das wichtig ist, und du ladst mich zum ersten Mal ein und kochst. Jetzt sitzt da und bringst vor Aufregung keinen Bissen hinunter, weil du nicht weißt: schmeckt es ihm oder ned?!

ANNA Genau.

KARL Wennst wirklich nix magst, friß ich alles zam, da kenn ich nix.

ANNA Freilich.

KARL In der Zeitung hab ich glesen, daß eine Diät der größte Schmarrn is, Haferbrei und so. Alles Unsinn, man soll so weiteressn, wie man es glernt hat. Das is das Beste.

ANNA Wenn man keinen Hunger hat.

KARL Dann nicht. *(Kleine Pause)* Schadt dir eh nix, wennst ein paar Pfund abnimmst.

ANNA Nein.

KARL Oder hast dir tagsüber eine Tafel Schoko hineingschobn? Ha? Schau mich an!

ANNA *(schaut ihn an)*

KARL Bist zu faul gwesn, daßd dir selber was kochst, obwohlst den ganzen Tag Zeit hast! *(Lächelt)* Ich kenn dich. Bist zum Konditor und hast dir drei Stück Kuchn kauft und auf dem Heimweg verzehrt.

ANNA *(lacht)*

KARL Ich kenn dich.

ANNA Nein.

KARL Wie ein Kind, dem man nicht traun kann?

ANNA Kannst mir traun.

KARL Wer einmal lügt –

ANNA Nix glogn.

KARL Hast früher auch gmacht, da erinnert ich mich noch gut: Süßigkeiten, ganze Berge hat sie in sich hineingfressn. Ich hab ein Gedächtnis. Du hast deine Kantinenmarken doch nie für ein Essn verwendet, oder? Bloß ein Kaffee, ein Schoko, Kuchn, Bounty und Mars – gib es zu!

ANNA *(lächelt)*

KARL Mußt dich erst umstelln, gell! Geht nicht so schnell. Aus der Traum von der emanzipierten Frau, wo sich kauft, was sie will. *(Lächelt, meint es nicht ernst)* Bist wieder daheim gelandet, hinter dem Kochtopf.

ANNA Ja.

KARL Mußt dich erst umstelln.

(Pause)

KARL Soll ich ehrlich sein?

ANNA Ja.

KARL Ich bin ganz froh, daßd wieder daheim bist. Is ein ganz anderes Gefühl, wenn man in der Arbeit is und man denkt sich: Jetzt macht sie dir ein gutes Essn und freut sich, wenn du kommst, damit sie jemand hat, mit dem sie redn kann. *(Kleine Pause)* Das is gemein, gell?

ANNA Nein.

KARL Also ich hab dich nicht entlassn, gell! Da darf ich auch die Wahrheit sagn.

ANNA Ja.

KARL Hätt ich auch nie. Und drum darf ich mir die Freiheit nehmen und die angenehmen Aspekte nennen, die die Veränderung mit sich bringen.

ANNA Darfst.

(Pause)

KARL Kein Kuchn, wie früher?

ANNA Nein.

KARL Wär auch schad, das Geld hinausschmeißn.

ANNA Ja.

KARL Der Mensch braucht seine Würde, und wenn er zu fett wird, dann schaut er aus wie eine Sau. *(Kleine Pause)* Du nicht. *(Kleine Pause)* Machst eine Abmagerungskur? Hast einen Ehrgeiz, weilst eine ganz Schlaue bist? Sagst dir: Jetzt, wo ich keine Arbeit und damit keine Bewegung mehr hab und nicht weiß, wie lang das dauert, da friß ich bloß noch die Hälfte, oder noch weniger, damit ich nicht auch noch fett werd.

ANNA Ja.

KARL Mir macht es nix, wennst ein bißl dicker wirst in der nägstn Zeit. *(Kleine Pause)* Eine richtige Frau hat einen richtign Arsch! *(Pause)* Das is schwer, gell, die Umstellung vom Draußen auf das Drinnen?

ANNA Ja.

KARL Das hat dir auf den Magn gschlagn.

ANNA Ja.

KARL Ich tät mich an deiner Stell mit der Situation abfindn! *(Kleine Pause)* Aus mit die Ausflüg in die große weite Welt. *(Ernster)* Ich verdien genug, das hab ich immer schon gsagt, bleib daheim. Ich glaub, die Rosinen mußt dir aus dem Kopf schlagn. Mir kriegn eine Zeit, wo es wieder normal wird, daß die Frau daheim is und der Mann arbeitet und das Geld bringt. *(Kleine Pause)* War nicht das Schlechteste.

ANNA Nein.

KARL *(nach einer kleinen Pause)* Arbeit macht den Menschen auch ned schöner. Genieß es. Hast die besten Jahre vor dir. Pflegst dich, machst dich schön. Hast Zeit, nutzt sie aus.

ANNA Ja.

(Pause)

KARL Wenn man es nicht in Rosa sieht, sondern in der Wahrheit, dann muß man sagen: Vielleicht is die Entwicklung auch nicht ganz falsch. *(Nickt)* Die Familie. Du hast immer gsagt: Jetzt noch nicht. Weißt es noch? – Wartn mir noch ein paar Jahr.

ANNA *(schaut, kleine Pause)* Ja.

KARL Vielleicht tät das ein neuer Aspekt sein. Weißt, warum du lebst. *(Kleine Pause)* Brauchst bloß ja sagen. Es langt auch für drei, was ich verdien.

ANNA *(nickt)*

KARL Ebn. Und du weißt, was du mit deinem Leben anfangst. Was is? Sei froh, wenn ich dir so ein Angebot mach, plötzlich aus dem Stand heraus. *(Kleine Pause)* Kannst es dir überlegn. Hast Zeit.

ANNA Ja.

KARL Sie ist nicht mehr draußen in der Wildnis, sondern bewacht das Feuer. *(Lächelt)* So heißt es doch, oder?

ANNA *(schweigt)*

KARL *(nach einer kleinen Pause)* Soll ich dir erzählen, was heut in der Firma los war, wenn es dich noch interessiert.

ANNA *(nickt)*

KARL Damit du mir nicht eingehst an Entwöhnung.

ANNA *(nickt, lächelt, steht auf, geht zum Fenster, öffnet es)* Ein bißl frische Luft. *(Sie schaut aus dem Fenster.)*

KARL *(scherzhaft)* Daßd mir nicht hinausspringst!

ANNA *(lächelt)* Nein.

Ein nettes, kleinbürgerliches Wohnzimmer. Der Christbaum. Weihnachtliche Musik.
(Pause, sie putzen andächtig den Baum.)

MANN *(ruhig)* Sag amal, du glaubst es aba schon, daß ich arbeitn will?

FRAU *(schaut ihn an, kleine Pause)* Freilich glaub ich es. *(Pause, sie tun weiter.)*

MANN Die andern ned. *(Kleine Pause)* Und ich selba glaub mirs auch scho bald nimma.

FRAU *(schnell)* Na, glaub ichs für dich mit.

MANN Mir is, als wenn des gar nimma ich wär, der »ich«, als wenn des ein anderer wär. Der ich, der wo ich wirkle bin, der is allaweil noch beim »Manzinger« und macht an Lohn für dreihundert Leut. Der jetzige ich, des is ein anderer, der wo mir zuglaufen is wie ein heimatloser Hund. *(Kleine Pause)* Ob ich betteln gehn soll?

FRAU Du spinnst ja.

MANN Aber bevor ich den ganzn Tag in der Kuchl sitz, kannt ich auch an einem Eck stehn und betteln. *(Kleine Pause, macht eine Geste)* Wie schau ich aus?

FRAU Arm.

MANN Ebn, das müßt doch langen für ein Mitleid! *(Nickt, lacht)*

FRAU Versündig dich nicht! Mir sind nicht so arm, daß mir zum Betteln gehn müssen.

MANN Noch nicht. Aber wenn ich die Arbeitslosenunterstützung nimmer krieg und aufs Sozialamt muß, meinst, das is dann kein Betteln?

FRAU Aber nicht auf der Straß!

MANN Lieber wär ich auf der Straß, weil mich da niemand kennt. Der aufm Sozialamt, der redt mich mit meinem guten ehrlichen Namen an, den er aus dem Akt heraus liest.

FRAU Aber der muß uns was geben, weil es unser gutes Recht is.

MANN Aber der tut so, als wenn er mir was schenken müßt, als wenn ich IHN anbetteln tät, weil ich zu faul bin, daß ich arbeiten geh. *(Kleine Pause)* Und dann krieg ich auf einem grünen Formular eine Anweisung über dreihundertfünfzig Mark im Monat.

FRAU Noch sind mir nicht bei der Fürsorge.
MANN Noch nicht, aber bald.
FRAU Bis dorthin hast du wieder eine Arbeit!
MANN Tu uns nicht anlügn, Anni. *(Ruhig)* Ich krieg nix mehr. *(Kleine Pause)* Schau mich doch an. Wenn ich drin steh im Arbeitsamt bei meiner Vermittlung, was glaubst, was da außer mir noch für Leut stehn: Meine und deine Kinder könntn des sein, die wo da stehn, vor mir und hinter mir. Und die kriegn nix. *(Kleine Pause)* Mich nimmt keiner mehr. Für die bin ich schon gstorbn. Für die Firmen. *(Kleine Pause)* Es is schön in die neuen Räume, sie ham mich rumgführt, der Personalchef bei der Verabschiedung. Sie ham die Wände durchgebrochen, weil die Datenverarbeitungsanlage Raum braucht. Wie gern hätten mir früher ein größeres Büro ghabt! Und hell is es jetz. Neue, große Fenster! Sehr schön, sauber und schön. Hut ab! *(Kleine Pause)* Weißt es noch, wie ich immer gsagt hab, im Winter gehts, aber in der Übergangszeit kann man sich *(lacht)* den Arsch abfrieren im Büro, weils ned heizen. Alles vorbei! Der Computer hat es durchgesetzt, der braucht eine gleichbleibende Temperatur von 18 Komma 5 Grad Celsius, egal was draußen ist. *(Lacht)* Das hätt einmal einer von uns sagen sollen: Herr Chef, ich brauch für meine Gesundheit eine gleichbleibende Temperatur von –
FRAU 18 Komma 5 Grad is aber kühl.
MANN Der Computer will es so, basta.
FRAU Und gsund is die gleichbleibende Temperatur auch ned, weil man sich erkälten kann.
MANN Was die redt. Daran liegt es nicht, ich tät gern friern und schwitzen, wenns mich bloß wieder arbeiten lassen täten, egal bei welcher Temperatur.
(Kleine Pause)
FRAU Jetz is Weihnachten, heut denkt man an nix Unerfreuliches. Viel is heuer nicht, das weißt schon.
MANN Freilich. *(Nimmt es)* Ein schönes Hemd!
FRAU Mir hats auch gfallen.
MANN Sehr schön. Meine Farbe.
FRAU Des hab ich mir auch denkt, daß es dir steht.
MANN Jetz du!
FRAU *(nimmt etwas in die Hand)*
MANN Groß is ned, aber –

FRAU Des Etui kenn ich.

MANN Des kannst du gar ned kennen.

FRAU Freilich kenn ich des, da war doch der Füller drin. Der ghört dir und is dir von der Firma als Präsent gebn wordn für 25jähriges Firmenjubiläum. *(Wieder kleine Pause)* Den mag ich nicht, der ghört dir.

MANN Des is ned des Etui.

FRAU Freilich. *(Kleine Pause)* Aber angstrichn hast es mit einer andern Farb, des war blau.

MANN Des Luder hat Augn im Kopf wie ein Luchs, der entgeht nix. *(Kleine Pause)* Jetz machs schon auf.

FRAU *(tut es)* Erwin, du bist ja narrisch wordn.

MANN Gfallt es dir?

FRAU Nein, ich mag keinen Modeschmuck. Und so groß noch dazu. *(Kleine Pause)*

MANN Des is keiner.

FRAU Des wird keiner sein! Weißt, was des kost, wenn des echt is?

MANN Viel.

FRAU Des kannst sagn – *(sie schaut das Armband ganz genau an, dann erschreckt)* Des is echt, gell?

MANN *(nickt)*

(Pause)

FRAU *(zu ihm, zu sich)* Wieso is des echt? Des kann ned echt sein!

MANN Echt is, des is echt.

(Pause)

FRAU Des is wirklich echt. *(Ärgerlich)* Du Spinner, du narrischer! Eine Uhr hab ich wollen für zwanzig oder dreißig Mark, a Quarzuhr für des Geld hab ich wollen, ich hab sie dir zeigt im Kaufhof. – Fünfhundert Mark?

MANN Des langt ned.

FRAU *(schaut ihn an)* Des war teurer, gell?

MANN Viel teurer.

FRAU *(schaut ihn an, dann schnell und leise)* Gestohlen? *(Pause) (Leise)* Des hast gestohln, gell?

(Kleine Pause)

MANN Zwölfhundertfünfzig Mark hat es – hätt es – kost.

(Pause)

FRAU Hätt es kost!

MANN Ja.

(Pause)

FRAU Zwölfhundertfünfzig Mark.

MANN *(nickt)*

(große Pause)

FRAU Betteln oder stehln. Als wär das alles das gleiche.

MANN Mir hams meine Arbeit gestohln, und ich hab ihnen des Armbandl gstohln.

FRAU Wem?

MANN Die Wirtschaft mir und ich ihr. Ich hab ein Armbandl gsehn, des wo mir gfallen hat. Des hab ich mir eingeprägt. Dann bin ich gangen und hab einen Modeschmuck gsucht, der wo genauso ausschaut. Und den hab ich kauft. *(Lächelt)* Für dreiundachtzig Mark und fünfzehn Pfennig. Und dann bin ich in das Gschäft, wo des Armband in der Auslag war, und hab es mir zeign lassen. Und dann hab ich gwart, bis sich der Verkäufer umdreht hat, weil er mir noch ein »besonderes Stück« hat zeign wolln, und da hab ich schnell das echte aus dem Etui außer tan und das falsche hinein.

FRAU So dumm is doch ein Schmuckverkäufer ned, der sieht sofort, ob etwas falsch is.

MANN Freilich sieht er es, wenn er es sehn muß. Aber wie ich in dem Gschäft war, da hat er ja keinen Grund ghabt, daß er an seine eignen Sachn zweifelt. *(Lacht)* Des war ebn schlau von mir, gell!

FRAU Wenn das wirklich wahr is, dann hast du nicht mit deiner Schlauheit gestohln, sondern mit deinem fünfundfünfzig Jahr ehrlich erworbenen Gsicht. *(Kleine Pause)* Mit dem ehrlichn Buchhaltergsicht hast du gstohln, ned mit der Schlauheit.

MANN Aber habn tu ich es, das Armbandl.

FRAU Aber bloß einmal, Erwin, ein zweites Mal nicht.

MANN Weihnachten is nur einmal im Jahr.

FRAU – schon beim nächstn Mal sieht es dir der dümmste Verkäufer an!

MANN Es war eine Ausnahm, und die soll es auch bleibn.

FRAU Wie der redt, der Herr Dieb. *(Kleine Pause)* Auf die Polizei sollt ich des Armband bringen, das wär das beste. Dann tätst ins Gfängnis kommen!

MANN Tragst es auf die Polizei, wennst willst! Komm ich ins Gfängnis. Glaubst, das macht mir so viel aus? Glaubst, ich sitz ned schon bald lieber im Gfängnis als bei dir in der Kuchl beim Nichtstun? Von denen im Gfängnis sagt man, die können nicht arbeitn, weil sie sitzen, aber von mir sagt man, ich bin ein alter, fauler Depp, der wo ned arbeiten mag. Da wär ich schon bald lieber im Gfängnis.

FRAU Du hast überhaupts keinen Anstand mehr. *(Kleine Pause)* Daß sich ein Mensch so schnell ändern kann, gestern noch der ehrlichste Mann auf der Welt und heut ein Dieb.

MANN Ich will nicht stehln, ich will arbeitn, aber wenns mich nicht arbeitn lassen, wenns meine Arbeit wegrationalisieren und mich zum Bettler machen, dann stehl ich ihnen, so gut ich kann und solange mein ehrliches Gsicht ausreicht. Wenn ich arbeiten kann, brauch ich nicht stehln. Des Armband hätte ich dir früher, wies mich noch arbeitn haben lassen, kaufen können. Da hätt ich hingspart ein halbes Jahr, und dann wär ich stolz in den Laden gegangen und hätte es gekauft. Wer is schuld, daß ich es heut nicht mehr kaufen kann, ich oder der Staat?

FRAU Ich hätt des Armband nicht braucht.

MANN *(schreit)* Aber ich hab es dir schenken wolln. Ich hab dir nicht eine Uhr für 19 Mark 90 kaufn wolln wie ein Lehrling seiner Freundin, sondern was Gescheites. Das is meine Freiheit, daß ich arbeit und was kauf –

FRAU – oder stehl.

MANN Ja, oder stehl. Wie du mir, so ich dir! *(Nickt)* Heuer lassens 2,5 Millionen Menschen nicht arbeiten, von denen die meisten gern arbeiten würden, wenn man sie lassen tät! Ja, was meinst denn du, was das für ein Verlust is für die Wirtschaft! Die dürfen nicht bloß NICHT arbeiten, die müssen auch noch ausgehalten werden von die andern! Und die Regierung, was tut die? Nichts tut die, dem Reagan in Arsch kriechen sie hinein vor lauter Freud. Weils alle zamhalten. Und warum? Weils die gleichen Interessen haben. Wenn ich einen Haufen Geld hab, was ist mir dann wichtiger: die Inflation oder die Arbeitslosigkeit? Zehn Prozent Inflation kosten mich von meinem Vermögen zehn Prozent Geld, aber zehn Prozent Arbeitslose kosten mich gar nichts. Im Gegenteil, die bringen mir sogar noch was, weil die neunzig Prozent, die arbeiten dürfen, bestimmt nicht mehr aufmucken, die sind brav und fleißig und trauen sich nicht einmal mehr krank werden, vor lauter Angst, daß sie hinausgeschmissen werden! Und hinausschmeißen ist sehr leicht, solang auf der andern Seite Millionen arbeitslos sind. *(Kleine Pause)* Nein, für die Menschheit is die Arbeitslosigkeit ein Unglück, aber für die Banken ist sie ein Segen.

FRAU Der Staat –

MANN Der Staat! Laß doch du mich mit dem Staat in Ruh. Vor fünfundzwanzig Jahr hab ich beim Manzinger den Lohn für hundert Leut ausgrechnet, vor zehn Jahr für vierhundertfünfzig und bevors mich entlassn ham noch für rund dreihundert. Der Staat hat zugschaut, keinen Ton hat der gsagt. Wenns aufwärts geht wird eingstellt, wenns abwärts geht ausgstellt. Der Vater Staat schweigt. Der beschützt das, was einer hat. Wenn er viel hat, beschützt er viel, und wenn man wenig hat, beschützt er wenig. Und wenn man nix hat, nix.

FRAU Mir sind bis jetzt nicht schlecht gfahrn mit unserm Staat, wenn mir ihn nicht hättn, dann hättn mir vielleicht den, wos drüben habn, dankschön!

MANN Dann wär ich zumindest ned arbeitslos.

FRAU Hast du es ned selber immer gsagt: Ich bin lieber bei uns arbeitslos, als drüben Hauptbuchhalter.

MANN Des hab ich gsagt, wie ich noch eine Arbeit ghabt hab.

FRAU *(nach einer kleinen Pause)* Jetzt is der Herr ein Dieb wordn, und wen macht er verantwortlich? Den Staat! Schäm dich.

MANN Was verteidign denn die Panzer und Raketn anders als das Recht von andere, daß man mit mir umspringt wie mit einem Viech. Hams mich gfragt, wie sie das neue Buchungssystem in der Firma eingeführt ham, ob mir des recht is. Freiheit ist, daß man gefragt wird, wenn es einen angeht. Das neue Buchungssystem ist gekommen, und ich bin rausgeflogen. Wem seine Freiheit ist des? *(Schnauft)* Die meine? Bestimmt nicht.

FRAU Du siehst nur noch die Schattnseitn, weil der Dieb braucht eine Entschuldigung.

MANN Wo is die Sonnseitn? Daß ich mich jederzeit ins Flugzeug setzn kann und nach Afrika zur Safari fahr, weil mir offene Grenzn ham? Ich brauch ned nach Afrika, weil ich es mir gar ned leistn kann, ich will da in Münchn eine Arbeit. Aber der Staat verteidigt ned mein Recht auf Arbeit, der verteidigt mein Recht auf Elend. Die freie Marktwirtschaft! Freilich, Freiheit für die andern, einstelln, ausstelln, umstelln, aufmachen, zusperren, wie es ihnen paßt: ohne Rücksicht, ohne Gnade.

FRAU Da kannst du redn, was du willst, des Armband nimm ich ned. Auf was Gestohlenem liegt kein Segen.

(Sie sitzen da und starren auf den Weihnachtsbaum, Pause.)

FRAU *(leise)* Mir müssn durchhalten, anständig durchhalten. Findst schon wieder was.

MANN Wann? *(Kleine Pause)* Wann? *(Pause)* Wie ich vorige Woch wieder einmal auf dem Arbeitsamt gwesn bin und meinen *(lacht)* Weihnachtsbesuch gmacht hab, da hab ich zu meim Sachbearbeiter gsagt: Jetzt bin ich schon neunzehn Monat arbeitslos, wie lang soll das noch dauern? Wann glauben Sie, is eine reale Chance, daß ich wieder arbeiten kann?

FRAU Ja.

MANN Dann hat er blättert in dem Akt, der wo der meine sein soll. Wie er aufgschaut hat, hat er gsagt: Lieber Mann, wenn ich mir das so anschau, mir sind auch nimmer der Jüngste.

FRAU Sechsundfünfzig.

MANN Hab ich auch gsagt. Ja, hat er drauf gsagt, das mein ich ja. Warum soll ich lügen, die Arbeitslosen werden vorerst mehr und nicht weniger, und mir gehören nun einmal zu den schwer Vermittelbaren, damit müssen mir uns abfindn.

FRAU So.

MANN Ja. *(Kleine Pause)* Ich hab zu ihm gsagt: Ich sitz jetzt schon oft da draußen vor Ihrer Tür, und da hab ich auch schon mit andere geredet. Warum werdn die bevorzugt, und ich nicht? Wo ich schon so viel länger wart. Muß man da was über Ihren Schreibtisch schieben? Einen Tausender vielleicht oder mehr?

FRAU Und was hat er drauf gsagt?

MANN Das einzige, was Sie mir rüberschieben müßten, wär ein anderer Geburtsschein. *(Kleine Pause)* Und dann bin ich gangen, weil ich nicht wollen hab, daß ich vor dem jungen Hund auch noch zum plärren anfang. *(Er weint, oder unterdrückt es)*

FRAU Schau, wie schnell die Kerzen runterbrennen.

(Große Pause, er starrt in die Lichter.)

MANN *(leise, kaum hörbar)* Ich hätt noch ein Benzin.

FRAU Was?

MANN *(lächelt verlegen)* Ein Benzin hätt ich noch unter meim Bett. *(Rennt davon, kommt mit einem Benzinkanister wieder)* Schau her, da is er. *(Lächelt)* Eine Entdeckung, gell.

FRAU Genau. *(Pause)* Zu was brauchst du an Weihnachten ein Benzin unter dem Bett?

MANN Das sollt eine Überraschung werdn.

FRAU So.

MANN Ja. Ich hab mir denkt, es is eine Lösung. *(Lächelt, kleine*

Pause) Es hätt eine Überraschung werdn sollen. Hättst es aus der Zeitung erfahren können. Hättst dir denkt, mein Mann, man kann sagen, was man will gegen ihn, aber einen guten Kern hat er ghabt, alles hat er sich nicht antun lassen, er hat sich gewehrt.

FRAU Gewehrt?

MANN Er is hingangen, hat sich übergossen und anzunden. *(Große Pause)* Ich hab mir denkt, daß es dich und mich – befreit.

FRAU Von was?

MANN Mich von mir und dich auch von mir.

FRAU *(nickt)*

(Große Pause)

MANN Ja.

FRAU Und warum soll ich befreit werdn von dir?

MANN Wenn ich weg bin, dann is die Schande weg. *(Kleine Pause)* Ich hab mir denkt, wenn ich einen Anstand hab, dann will ich dich nimmer belastn. Und dann setz ich ein Zeichn, daß der Mensch nicht alles mit sich machen laßt. Und dann hast im nachhinein einen Stolz auf mich.

FRAU Kannst es nicht erwartn, bis ich es dir sag, daß ich genug von dir hab.

MANN Hast schon gsagt.

FRAU *(laut)* Lüge!

MANN Des merkst du gar ned.

FRAU Hörst das Gras wachsen.

MANN Ein Selbstmord aus Verteidigung.

FRAU Schöne Verteidigung.

MANN Jeder wie er kann. Wie ich nämlich auf die Stufn vom Arbeitsamt gstanden bin, da hab ich mich umdreht und mir denkt: Ihr werds alle noch an mich denken. Sowas machts ihr nicht mit mir. Keinen Schritt weiter. Und dann hab ich mir denkt, daß ich ein Benzin kauf und mich anzünd aus Rache, direkt vor dem Arbeitsamt, und einen Brief schreib, damits ned sagn können, das is bloß zufällig vor dem Arbeitsamt passiert, der is aber wegn seelischer Depression gstorbn. *(Kleine Pause)* Schreiben hab ich so wollen: Sehr geehrte Damen und Herrn vom Arbeitsamt! Liebe Mitbürger! Sie sehen mich brennen und fragen sich sicher, warum ich brenn. Ich brenn aus Protest, weil ich sechsundfünfzig Jahre alt bin und nicht zum alten Eisen geworfen werden will. Aber in diesem

Staat, in dem ich ein ganzes Leben lang fleißig gearbeitet habe, in diesem Staat gibt es heute keinen Platz mehr für mich. Ich soll sogar in die Fürsorge hinuntergedrängt werden wie ein Bettler. Aber das erlaubt meine Ehre nicht. Deshalb sterbe ich lieber, als in Schande leben. Ich hab mir denkt, ein Protest, der wo die andern Mut macht.

FRAU Zu was? Daß man der Sterbekasse die Einäscherung erspart?

MANN Ein Zeichen setzen. Was tun. Das kann jeder nachmachen. Das ist kein Problem.

FRAU Bis das ganze Land brennt?

MANN Ja. Der Mensch ist kein Vieh, mit dem man machen kann, was man will. Zeigen, daß es eine Grenze gibt. *(Kleine Pause)* Und die wo schuld sind sollen –

FRAU – deine Asche um Verzeihung bitten? *(Pause, ehrlich, leise)* Du dummer Hund, du dummer.

MANN Weil ich sag: Bis hierher und nicht weiter? *(Kleine Pause)* Des Armbandl hätt ein Abschiedsgeschenk sein solln. Eine Überraschung.

FRAU *(nickt)* Die is dir gelungen. Schöne Weihnachten. Danke.

MANN Machst mit? Das soll ganz schnell gehen und nicht weh tun. *(Kleine Pause)* Setzen mir ein Zeichen. Setzen mir uns unter den Christbaum und brennen mir nieder wie die Kerzen.

FRAU Und dann?

MANN *(schaut)*

FRAU Wen interessiert denn unser Tod?

MANN Und wen interessiert unser Leben?

(Pause)

Ich gehe meilenweit

In einer kleinen, saubern, nicht zu kleinen Junggesellenküche. Alles ordentlich. ER ist genau, ernst und freundlich, denn er zeigt uns, wie Furcht zum Wahnsinn wird. SIE reagiert auf die Normalität des Wahnsinns nicht, weil sie – vermutlich – nicht kann. Aber sie ist bieder, nett und auch sauber, egal, wer sie ist.

Ich bin komisch – *(lacht)* ich geh auf die Bank und lös den letzten Euroscheck ein, der übrigblieben is, vom Urlaub in Italien, weißt schon, wo mir drei Wochen ein herrliches Wetter ghabt ham und erstmals kein Geld, sondern bloß Schecks mitgenommen haben, und ich hab ja genau Buch geführt da drüber, wann welcher Scheck in welcher Höhe und wo, nicht immer die vollen 300,- Mark, sondern weniger, und einer is schon lang in meiner Brieftaschn, übrigbliebn, gell, *(lacht)* ham mir nicht mehr ausgebn können, beim bestn Willen, obwohls dir das Geld aus der Nasn ziehn in Italien, und den hab ich immer schon einlösn wollen, und jetz hab ich es tan. Und stell dir vor, ich lös ihn ein, ich weiß, daß nur noch einer, ein gut bewachter is, aber kaum hab ich ihn heraußn, bild ich mir ein, daß es zwei warn, ned bloß einer – ich weiß überhaupts ned warum, ich bild mir ein, es warn mindestens noch zwei, *(leise)* ich bin sogar zurück zu der Bankfiliale und hab gfragt, ob ich was verlorn hab, einen unausgeschriebenen Scheck zum Beispiel – obwohl ich es genau gwußt hab: Du hast nur noch einen Euroscheck von der Italienreise, hab ich mir plötzlich einbildt, es waren noch zwei, und eine Angst ghabt, daß einer verlorngangen is irgendwann und irgendwo in der letzten Zeit. *(Schnauft)* Sowas – Schmarrn *(schaut sie an)*, gut, wenn man wen hat, dem man es sagen kann, seine Zwangsvorstellungen! Viele ham niemand, die sind einsam, die ham keine Seele, die wissen nicht, wie es is, wenn man am Abend heimkommt und kann sein Herz ausschütten. *(Kleine Pause)* Was hast gmacht, den ganzen Tag? *(Lächelt)* Du brauchst keine Angst haben, ich schau nicht in jede Eckn hinein, ob ich einen Staub find. Ich nicht. Der Mensch is nicht nur zum Saubermachen geboren, das weiß ich schon lang. Heut red ich viel, gell?! *(Kleine Pause)* Glaubst, daß ich was zum verbergen hab und um den heißen Brei herumred? Bestimmt ned. Kannst es glaubn. Ich liebe dich, das weißt doch, und es stimmt. Nach einer andern schau ich mich gar ned um. Besser der Spatz in der

Hand wie die Taubn auf dem Dach, hat mein Vater immer gsagt. Und es stimmt. Es kommt ned so oft vor, daß zwei Menschen zampassen, damit soll man nicht spielen. Das Glück ist leichter verspielt, als man sich denken kann. Bin kein Spieler, keine Angst, kleine Frau, keine Angst! *(Lächelt, singt)* Ob blond, ob braun, ich liebe alle Fraun, mein Herz is groß ... Da kriegt sie Augen so tief wie Brunnen, sagt der Dichter. Das schadt nix, wenn man die Frau in Atem hält, wenns weiß, er hat mich, aber er könnt *(betont es)* auch noch eine andere habn, wenn ich mich nicht anstreng! Keine Angst, verlierst mich nicht, bin mit dir zufrieden! Aber das sollt man dir gar ned sagen, das wär besser. *(Lächelt)* Daß du mich so gut kennst, das is dein Vorteil, der is unersetzlich. Das schafft Vertrauen. Ich liebe dich. *(Kleine Pause)* Gut, du weißt es eh, SIE tät wollen, aber sie hat keine Chansn. Das is doch ganz normal, wenn man viel unter die Menschn kommt, dann is immer einer oder eine, je nachdem, ob Mann ob Frau, der/die wollen tät. Bei schönen Menschen kommt es häufig vor, bei weniger schönen weniger. Aber vorkommen tut es bei jedem, das is normal. *(Pause)* Weil du dich hier verkriechst, weilst so selten hinausgehst, weilst immer daheim bist – du mußt auch hinaus in die Welt, und dann siehst es selber. *(Kleine Pause)* Bist zufrieden mit mir, hast keine Sehnsucht nach den andern? Das is auch schön. Aber wennst mehr vergleichen können tätst und sagen: Trotzdem is er mir der Liebste, das wär noch besser! Man kann nicht alles haben. Besser eine häusliche Frau wie eine, die dauernd unterwegs is. *(Pause)* Ich hab es IHR sowieso letzte Woch angedeutet: daß der Platz an meiner Seite besetzt is. Ich weiß auch gar ned, was die von mir will?! Sie hat niemanden, soviel is sicher. Vielleicht die ganz normale Sehnsucht nach einem Partner? Vielleicht laden mir sie einmal zu uns ein, dann kannst sie dir anschaun, sofern du es willst. *(Kleine Pause)* Ich sag ja, nur sofern du es willst. Ich verspreche es: Wenn nicht – nicht. *(Kleine Pause)* Man sollt es ja nicht sagen, aber es is schön, wenn du um mich Angst hast, das is schön. *(Kleine Pause)* Ich bin ein Esl, gell? Aber es is so. *(Pause)* Du weißt ja gar ned, wie gut mir es haben. *(Kleine Pause)* Draußen is es schlimm, das kann ich dir sagen. Regen, Schnee Kälte. Und in Amerika soll es eine Hungersnot geben in diesem Winter, steht in der Zeitung. Zwei Millionen können in diesem Winter verhungern, wenn keine Abhilfe geschaffen wird, steht in der Zeitung. In Amerika. *(Kleine Pause)* Du brauchst keine

Angst haben, ich sorg schon dafür, daß mir ned verhungern. Mir verhungern ned bloß ned, es geht uns sogar gut, auch in der Zukunft, dafür garantier ich. Obwohl die Nachrichten bedrückend sind. *(Kleine Pause)* Doch, sind sie. *(Nickt)* Sie, also diejenige welche, wird vielleicht dabei sein in 14 Tag. Sie rechnet jedenfalls damit. Ich hab ned viel mir ihr geredet, nein, das spricht sich doch auch so rum. Das Geheimnis is: Wenn ich Lotto, Toto und Schreibwarenkleinbedarf hab, dann brauch ich eine Verkäuferin, schon wegen dem Lotto. Das Lotto kommt aber weg, und der Rest kommt hinter die Sperre. Man legt die Zeitung und die Zigarettn einfach in den Einkaufswagen und fahrt damit zur Kasse wie mit allem andern auch. Kein Problem, wo mir sogar Kakteen habn, wo man im Selbstbedienungsverfahren mitnimmt und an der Kasse zahlt wie das Cola. Lotto und Toto verschwindt, und eine Verkäuferin is sinnlos. *(Kleine Pause)* Schlau, gell! Was soll sie denn noch tun? Ebn! Was soll sie tun? Die vergeht doch vor Langeweile. Aus die Maus. *(Nickt)* Genau. Wir sind dagegn sicher. *(Kleine Pause)* Jetzt vor Weihnachten spielt sich gar nichts mehr ab, weil mir unter den erweiterten Kündigungsschutz fallen wegen langer Betriebszugehörigkeit. *(Kleine Pause)* SIE ist erst zwei Jahr da. Wo war sie vorher? Wo war sie? – *(Nickt)* Mir ham mindestens Zeit bis Februar mindestens. Gut, gell? Was? – Pssst! – *(Kleine Pause)* Psssst! Immer wieder! *(Lacht)* Immer wieder! Wo ich es dir doch versprochen hab, daß ich dich nicht mit dem, was draußen vor sich geht, belästigen tu. Kein Wort darüber, ham mir ausgmacht, hier in unseren vier Wänden kein Wort darüber. Mir brauchn auch keine Angst haben, im Lager brauchen sie den Schumann und mich, einer allein kann das gar ned. *(Pause)* Der Neukauf is zwar keine soziale Firma, aber daß er keine soziale Firma is, das is auch unser Vorteil: Er geht ganz bestimmt ned pleite, er wirft Ballast ab, solang es noch Zeit is, und wer da überlebt und nicht drankommt, der hat eine lange Zukunft. Jeder Arbeitsplatz, der eingespart wird, macht die Arbeitsplätze der andern, die wo übrigbleiben, sicherer, das is doch klar. Es gibt Supermärkte mit dem gleichen Umsatz wie mir, da is der Personalstand noch doppelt so hoch, das weiß ich von einem, der in der Gewerkschaft is. Das heißt: Mir brauchen uns keine Sorgen machen, mir ham den Gesundschrumpfungsprozeß schon überstanden, da sind mir durch. *(Pause)* Bis Februar sind mir jedenfalls ganz sicher, das is klar. *(Lacht)* Zur Weihnachtszeit spuckt uns keiner in den Teller, weil er gar ned kann. Und dann sieht man weiter. *(Pause)* Im nächsten Winter, schreiben die Zeitungen, soll es sogar drei Millionen Arbeitslose geben. Da dann nicht dabei sein, is schon ein Kunststück. Das muß man schaffen. *(Pause)* Wie es da in der Kuchl ausschaut, mein lieber Schwan. Ein bißl ein Geschirr abwaschen tät dir aber ned schaden, wennst schon den ganzn Tag in der warmen Stuben sitzen kannst und ich für uns die Haut zum Markte tragen muß. Heute ham der Schumann und ich 12 Tonnen Ware in Empfang genommen und Restbestände verlagert und die verlangten Sonderangebotsreserven griffbereit gestellt. 12 Tonnen, und du wascht nicht einmal das Geschirr ab. Du brauchst den Kopf ned einziehn, ich tu dir nix. Ich sag es nur. *(Kleine Pause)* Du hast keine Ahnung von der Wirklichkeit, du hast hier das Paradies auf Erden und merkst nicht, was draußen vor sich geht. *(Kleine Pause)* Brauchst keine Angst haben, ich bin ein guter Chef und kündig dir nicht. Mußt ned hinaus in Eis und Schnee. *(Pause)* SIE hat gefragt, ob ich einmal mit ihr ins Kino geh. *(Kleine Pause)* Sie, wo sie die Frau is, fragt mich das?! Stellt man sich das vor. So is das heute auf der Welt. Aber ich hab nein gsagt, weil ich will mit ihr nix zum tun haben. *(Kleine Pause)* Sie soll mich in Ruh lassn, sie soll mich gefälligst in Ruh lassen. Ich hab es ihr schon gsagt, aber sie versteht mich ned. Is doch klar, daß sie sich nach einem Rettungsring umschaut: Wo sie von der Halbtagsstell praktisch leben hat müssen, kann sie jetzt, mit der kommenden Kündigung im Arm, von der Arbeitslosenhilfe erst recht ned lebn, wos bisher schon ned auskommt, wies sagt! Jetz will sie mit mir ins Kino gehn, weil sie weiß, daß ich ned kündigt bin und vorerst ned kündigt werdn kann. So einfach is das, aber sie meint, ich durchschau das ned. Meint sie. *(Pause)* Du liebst mich, weilst mich liebst und ohne Hintergedanken, gell? – Ebn. *(Kleine Pause)* Nein, nein, auf das laß ich mich nicht ein, das is mir viel zu nah am Abgrund. Die stellt doch ihre Forderungen, kaum daß sie einen Fußbreit in mein Leben treten hat dürfen, das is doch klar. Das tät doch ein jeder, das tät ich doch im umgekehrten Fall genauso. Das is doch menschlich. *(Kleine Pause)* Aber mit mir ned. *(Pause)* Aber dir – *(plötzlich streng)* muß ich auch was sagen: Du sollst weniger fressen, weilst dick bist und die Lebensmittel ned umsonst sind. Hab ich es ned gfundn, das Glasl im Abfall mit dem Kaviar, auch wenn es ein Sonderangebot war. *(Lächelt)* Hast mir nix aufghobn, gut, gut, ich verzeih dir, wo ich dich kenn. Zamfressn und basta, das bist ebn du. Ich werd genauer kontrolliern in Zukunft, das sag ich dir jetzt im Frieden. Die Lebensmittel werdn uns ned nachgschmissn, die muß man teuer bezahln, wo du kein Hirn für das Geld hast und kaufst, was du siehst. *(Kleine Pause)* Und wo woanders auf der Welt die Menschn verhungern, ned in Indien bloß, sondern in Amerika. In Amerika, das stellt man sich vor! *(Kleine Pause)* Nein, da red ich gar ned mit dir, du kriegst in Zukunft weniger. Ich sag ja ned nix, sondern weniger – weil mir den Gürtel enger schnallen müssen – *(laut plötzlich)* ja, du dumme Gans, wie stellst denn du dir das vor? Ha? Ich hab noch 1246 Mark auf der Bank, minus den Euroscheck mit 300,-, dann sind das noch *(leise)* 946 Mark – das geht, das geht – wo schon der halbe Monat vorbei is, aber trotzdem: Das will ich in Zukunft als Sicherheit haben. Unter 1000 rutscht mir das Konto nicht mehr herunter, solang jeden Tag Zigtausend arbeitslos werden. Das is meine Sicherheit – das interessiert mich überhaupt nicht, ob du das verstehst oder ned, ich will es so, wegen meinem Wohlgefühl, verstanden. *(Pause)* Du ißt ab sofort die Hälfte, dann geht es. Und trinken sowieso. Das ewige Bier, bei jeder Gelegenheit. Ende! *(Kleine Pause)* Gut, daß du nicht rauchst! SIE raucht sogar! Bestimmt hat das auch eine Rolle gespielt: Bei jeder denkbaren Gelegenheit hat sie eine Zigarettenpause gemacht im Aufenthaltsraum und eine geraucht. Ins Lager kommt sie auch zum Rauchen. Der Schumann raucht auch, der versteht es, ich nicht. *(Leise)* Das Rauchen kann ein Vermögen kosten! 3 Mark 20 die Schachtel, es gibt welche, die rauchen zwei Schachteln am Tag – nein, das stimmt, die gibt es – das sind 6 Mark 40 und das jetzt mal dreißig. *(Noch leiser)* Die geben dann sage und schreibe 200 Mark im Monat für Zigaretten aus. *(Pause)* Gut, daß du nicht rauchst. SIE raucht nicht zwei Schachteln, das nicht, aber eine bestimmt. *(Kleine Pause)* Ebn. *(Kleine Pause)* Untervermieten könnt ich laut Mietvertrag. Ich kann einen Untermieter haben. Aber sie hat ein Appartement, ganz ein kleines, hat sie gsagt, es is überhaupt kein richtiges Appartement, sondern insgesamt bloß 19 qm, aber sie hängt dran, hat sie gsagt, sie hängt dran und zahlt nicht allzuviel Miete. Wieviel, hab ich nicht gefragt, weil mir das zu intim war. Brauchts nicht. *(Kleine Pause)* Freilich gibt die, in einer Stadt wie München, wo man eh keine Wohnung kriegt, nicht ihr Appartement auf und zieht zu mir. Wenn mir streitn, dann muß sie raus, und wo geht sie dann hin? Das Risiko geht niemand ein. Und wenn sie bloß noch das Arbeitslosengeld kriegt, kann sie ihr Appartement nicht mehr aus eigener Kraft halten – sie kann einen Wohngeldzuschuß beantragen beim Sozialamt, tut sie aber nicht, weil das unter ihrer Würde sein wird – und was is das Ergebnis: Ich kann ihr bei der Miete helfen und die Zigaretten kaufen. Von allem andern, was dann noch kommt, einmal ganz abgesehen. *(Pause)* Du brauchst keine Angst haben, sie braucht sich keine Hoffnungen machen. *(Pause)* Gehn mir bald ins Bett heute? Ich bin nicht müd, aber ich will die Augn zumachen und nix mehr sehn. Verkriechen wir uns in die Federn. *(Pause, dann streng)* Ich will ned, heute ned, nein, und gestern hab ich auch ned wollen, und wenn ich morgen wieder ned will, dann mußt dich damit auch abfinden. Ich hab momentan andere Sorgen im Kopf, ganz andere, von dene du nicht die geringste Ahnung hast, weil ich alles von dir abhalt, aber da sind sie, die Sorgn. *(Pause)* Das is doch mir egal, was du denkst, denk dir, was du willst. Ich sage: Ich will nicht heute, weil ich nicht will, das hat mit IHR überhaupt nix zum tun. *(Pause, er schnauft.)* Weilst mir schon bald jeden Abend damit kommst. Legen mir sich zusammen und geben mir eine Ruh, mir is ned nach Sexualität. *(Pause)* Frauen! Habts nix anders im Sinn, gell. Aber mit dir werd ich schon fertig, Gott sei Dank. *(Pause)* Bei IHR tät das schon was anders sein, da bin ich sicher. Wenn die sagt: Komm! und ich will ned, weil ich ned mag, dann is der Teufel los. *(Pause)* Nein, das wird gar ned probiert, kannst beruhigt sein. Ich will ned, daß sie enttäuscht is, und ich will ned, daß ich enttäuscht bin. Mein Gott, sagt sie, was hast denn du für ein kleines Pimperl, das spür ich ja gar ned. *(Pause)* Doch, die sind so gemein, das sagen sie. *(Pause)* Das sagst du nicht, gell? *(Kleine Pause)* Denkst es dir und sagst es bloß nicht? *(Pause)* Nein, ich glaub es dir schon. Ich garantier es dir auch, daß dir da nix abgeht, brauchst dich nicht benachteiligt fühlen, er is ganz normal groß, das kann ich dir zuverlässig sagen, auch wennst keinen Vergleich hast. *(Große Pause)* Und das Schlimmste is: Vielleicht tut man alles für SIE, man zahlt ihre Zigaretten und hilft bei der Miete, man gibt sein Bestes, im Leben und in der Liebe, und man ist glücklich, weil man sie hat, obwohl es nur kostet und weh tut, weil man sich so anstrengen muß, aber dann fühlt man sich wohl, und wenn man sich richtig wohl fühlt, dann is der Augenblick gekommen, wo sie sagt: Aus is, ich kann nimmer, ich hab einen andern, ich hab es dir schon am letzten Freitag sagen wollen, aber jetz sag ich es dir jetz. Dann steht man da.

(Pause) Und dann steht man da, und dann, dann is man wirklich allein. Wirklich. *(Pause)* Oft hab ich eine furchtbare Angst, vor allem hab ich oft eine furchtbare Angst. Das merkst du aber schon, oder? *(Pause, laut, streng)* Merkst du das? Weil die Aussicht, daß man arbeitslos wird und einsam, das muß schlimm sein. SIE hat die Aussicht jetzt. Obwohl ich es ned sicher weiß, ob sie einsam is. Ganz sicher weiß ich es ned. Sie schaut nicht häßlich aus, und sie hat auch keine verweinten Augen. Sie lacht sogar. Sogar jetzt noch, wo sie sagt: Schaun mir halt, ob ich in vierzehn Tagen auch dabei bin, beim Los der Woche, ganz in Blau ... Das sagt sie und lacht. Sie lacht schön. Stell dir vor, jemand is einsam, und da kommt einer dazu und lacht. Der lacht einfach! *(Pause)* Bist du müd? *(Pause)* Ich denk nicht dauernd an sie, nein, bestimmt nicht. Bist eifersüchtig? Brauchts nicht. Ich weiß schon, was ich an dir hab, und laß mich bestimmt auf kein Abenteuer ein. Keine Angst. Keine Angst. Gehn mir ins Bett. Ich denk noch einmal alle Schecks durch, die ich ausgeben hab in Italien, ich weiß noch jeden einzelnen an jedem einzelnen Tag, da komm ich sogar im Kopf auf neun, und dann kann nur einer fehlen, weil es nicht mehr wie zehn waren, und dann kann ich beruhigt sein. *(Pause)* Hörst mir gar ned zu, was ich sag? Hast Angst, daß ich dich anschau und sag: Es is aus, ich hab eine andere, es tut mir leid, aber es is so, und ich kann nix mehr dagegen tun? Hast eine Angst? Brauchts nicht. Ich bin dir treu, dein Weg an meiner Seite führt nicht in die Gosse, das kann ich garantieren. Wenn wer anklopft, stelln mir sich stumm, wenn wer läutet, machn mir ned auf. Du kannst beruhigt sein, ich geh IHR aus dem Weg, wenns wieder wegn ihrer Zigarettenpause zum Schumann und mir ins Lager kommt. *(Pause)* Wie die schaut, ja, wie schaust denn du? Hab ich dir jetz soviel Angst gmacht? Deswegn braucht man doch nicht weinen, ich sag es doch, daß ich dir treu bleib. Die andere hat keine Chanse. Gegn dich. Komm jetz, ich streichel dich, bisd eingeschlafen bist. Das is schön, glaub es mir. Und die andere vergiß ich. Ich versprech es dir. Die is nix für mich, die tät nicht zu mir passen. Bestimmt ned. *(Er nimmt sie vorsichtig und trägt sie ins Schlafzimmer.)* Vor der brauchst du keine Angst haben ...

Eine Frau, dunkel, normal, über dreißig, im Unterrock im Bad, das sauber und glänzend ist. Sie macht sich schön für die Nacht, Radio auf dem Waschschränkchen vielleicht, sie ist mit sich beschäftigt.

Ich nimm die Pille schon lang, die nimm ich schon jahrelang. Die Pille. Das is eine Befreiung für mich, eine Freiheit sozusagen. *(Kleine Pause)* Gegen die laß ich nichts kommen. *(Kleine Pause)* Oft hab ich mir schon denkt, warum nimm ich sie? Mein Gott, hab ich mir denkt, warum nimm ich eigentlich die Pille? *(Kleine Pause)* Wo ich keinen Mann hab. *(Kleine Pause)* Aber die Pille is ein Geheimnis, auch wenn man nicht immer einen Mann hat. Momentan hab ich schon lang keinen Mann. *(Kleine Pause)* Das is jetzt schon länger, daß ich keinen Mann hab. Aber die Pille nimm ich immer, damit man vorbereitet ist, damit ER nicht sagt: Ja, da schau her, die nimmt nicht einmal die Pille, die dumme Gans! Wo ich mit ihr wollen tät. *(Pause)* Ich zieh immer einen ganz kurzen Rock an, wenn ich in die Disco geh, seit Mini wieder modern is. Ich hab viele ganz kurze Röck. *(Pause)* Manchmal vielleicht hat mich die Pille schon gerettet, da hab ich die Pille genommen und dann – ich hab sie immer gnommen. Immer! Die nimmt doch eine jede, die dem Lebn kein Bein stellen will. *(Pause)* Und jetzt hab ich die Untersuchung machen lassen, die, die man machen lassen muß, wenn man älter wie dreißig is. Und da hat man jetzt vollkommen überraschend festgestellt, daß ich einen Knoten in der Brust hab. Vielleicht is es nicht nur einer, sondern mehrere. Das weiß man noch nicht. Da war ich ganz überrascht und hab gsagt: Ich nimm immer die Pille, seit ich mich erinnern kann, und rauchen tu ich auch, vielleicht soll ich jetzt mit die Knoten nicht mehr rauchen und die Pille auch nimmer nehmen? Weil das Rauchen könnt ich schon aufgeben, obwohl es eine schöne Abwechslung ist, wenn man viel allein ist und man sich dran gewöhnt hat *(leise)* wie an einen guten Freund. *(Kleine Pause)* Und die Pille brauch ich auch nicht unbedingt, weil die Nachfrage nicht so groß is. Da hat der Arzt gesagt: Ja, die Pille und das Rauchen, das sind Risikofaktoren, aber jetzt, wo Sie beides schon so lang genommen haben, sollen Sie sich nicht künstlich aufregen und alles beides sein lassen. Das tät bloß einen Streß bedeuten, jetzt plötzlich, der wo zu gar nix

Gutem führt. Rauchen können Sie weiter, weil der Knoten in der Brust mit dem Rauchen gar nix zum tun hat. Und nehmen Sie weiter die Pille, weil die beschützt die Brust. Was tut die? *(Kleine Pause)* Ja, die beschützt jetzt sogar, die Pille, hat er gsagt. Weil der Knoten is sehr groß, und wenn Sie in drei Monaten immer noch den Knoten haben und er sich ein bißl vergrößert hat, dann muß man ihn eh herausnehmen. Weil dann, dann nutzt nix mehr, da kommt man dann nicht drum herum. Dann muß man eben in den sauren Apfel beißen, und es muß operiert werden. Hat er gsagt. *(Pause)* Immer hab ich die Pille genommen, und auch wenn der Doktor jetzt ganz anders red, hab ich es in der Zeitung glesen, daß die Mischung aus Pille und Zigaretten eine explosive sein kann, und das hab ich auch gewußt, und trotzdem hab ich sie gern gnommen, weil ich mir denkt hab, wenn ich sie nimm, und es ist sinnlos, weil ich kein hab, dann is es vielleicht schädlich, aber ich kann mir immer sagen: An mir liegt es nicht. Und vielleicht kommt doch ein Mann, und dann kann ich dem doch nicht sagen: Hoppla, damit hätt ich jetzt gar nicht gerechnet, weil ich schon so lang allein bin, und deshalb nimm ich auch keine Pille, und mir müssen erst warten, bis ich damit anfangen kann. Das kann man nicht sagen, dann zerstört man alles, weil wer will schon warten. Und man braucht seine Illusionen, speziell in der Liebe, da führt kein Weg vorbei. Der Mann sagt nämlich sonst mit Recht: Du bist ja eine alte Jungfrau, du brauchst dich gar ned anstrengen, mit dir schlaf ich sowieso nicht, wo ich das jetzt weiß. Gehst zum Doktor und laßt dich erlösn, und dann redn mir weiter, weil ich mir den Schwanz nicht krumm stoßen will. *(Lächelt)* Was sagt man dann, wo die Zeit heute schnellebig ist? Das hab ich nicht wollen, da hab ich schon lieber die Schädlichkeit riskiert und die Pille fleißig genommen. Und jetzt, wo ich der Gesundheit wirklich den Vorzug vor der Einsamkeit geben tät, wenn es sein muß, sagt der Doktor, daß es nicht notwendig ist, daß ich in Streß komm. Und sogar das Rauchen tät ich aufgeben. Alles nicht nötig! *(Lächelt)* Wenn ich die Pille nicht gnommen hätt, soviel hab ich schon zamkriegt, daß ich dann jetzt ein Kind haben könnt. *(Lächelt, kleine Pause, denkt nach)* Mein Gott, dann hätt ich jetzt ein Kind. *(Kleine Pause)* Dann hätt ich jetzt wenigstens jemand, der wo da is. *(Kleine Pause)* Die Einsamkeit ist nicht schön, und das vergiß ich der Pille nie, daß sie mich das nicht so tief hat spüren lassen. Schlau! Da hat man sich umgedreht, einen Schritt gmacht, sich eine Zigarettn angezündet und die Wolkn vertriebn. Das tät schon ein großer Unterschied sein, wenn ich das jetzt lassen müßt, weil der Doktor es sich vielleicht doch noch anders überlegt. *(Pause)* Daß man eigentlich allein ist, so daß man fast von einer Einsamkeit sprechen könnt, das soll man besser niemand sagen, den wo man vielleicht kennenlernen will, weil das schreckt den andern ab. Der sagt sich: Warum hat denn die niemand, mit der muß doch was ned stimmen, und dann schaut er einen genau an und meint, daß er es gefunden hat. Ich hab schon oft am Anfang zu dem andern gsagt: Ich bin NICHT einsam, weil ich gebunden bin, aber ich will eigentlich weg. Dann weiß er, daß der Weg frei sein könnt, wenn er will. Aber in der letzten Zeit is das selten geworden, daß es einer ausnutzt, seine Chanse. Vielleicht merkt man es schon länger, daß ich ned gsund bin, man merkt es einfach, und wer will schon eine Frau, die vielleicht an einem Brustkrebs operiert werden muß. *(Pause)* Wenn man nur noch eine Brust hat, dann muß man den Büstenhalter immer anlassen und sagen: Ich laß den Büstenhalter an, weil ich das so geil find. *(Kleine Pause)* Man muß sich zu helfen wissen, es gibt für alles im Leben einen Trick. Den muß man kennen. *(Pause)* Ich hab meine Brüste bisher nie eine große Aufmerksamkeit geschenkt. Sie sind nicht häßlich, das weiß ich, das is mir schon gsagt wordn, sie sind mittelgroß und fest. Sie sind ned ganz gleich groß, *(kleine Pause, sie lächelt)* die wo die kleinere ist, das soll die mit dem Knoten sein. Komisch. Mehr wie der eine Knoten is bisher nicht zum erkennen, keine Todesgefahr also. *(Pause)* Aber eine Frau, wo nur noch eine Brust hat, auch wenn es die größere is, nimmer raucht und keine Pille mehr nimmt, das is langweilig. Da kommt dann nicht einmal der Tod, geschweige wer anderer. *(Pause)* Daß es auch Nichtraucher gibt, wo eine Frau, die wo raucht, eklig finden, daran hab ich nie denkt. Ich hab immer gmeint, wenn er sieht, daß ich rauch, dann heißt das, daß ich den schönen Dingen des Lebens aufgeschlossen gegenübersteh. Er raucht, ich rauch auch, sieht er, wenn man gemeinsam raucht, irgendwo, wo es schön is, is das schon eine Gemeinsamkeit. *(Pause)* Daß der Krebs sich ausgerechnet mich ausgsucht hat, das wundert mich. Wo es so viele gibt, wo es sich viel mehr für ihn rentieren tät, wenn er die packt: »Die Frauen großer Männer« zum Beispiel. *(Kleine Pause)* Aufsehen kann ich ihm keines bieten, meinem Krebs, und Tränen auch keine, weil man selber über sich nicht weint. Das gilt nicht. *(Pause)* Seit ich den Krebs haben soll, komm ich mir sehr lebendig vor. Lebendiger als vorher. Ein Krebs ist kein willkommener Gast, das is klar. Aber ich denk mir: Wie geht das jetzt weiter. *(Pause)* Ich mag die Menschen, ich mag einen Umgang mit den Menschen, den hab ich schon immer mögen. *(Kleine Pause)* Ich red gern. *(Pause)* Ich glaub nicht an ein Leben nach dem Tod. Das weiß ich jetzt. Bei mir jedenfalls nicht. Bei mir war das Leben oft schon sehr unlebendig, das muß man doch zugebn. Wie sollt denn bei mir das Leben nach dem Tod lebendig sein? *(Kleine Pause)* Leider. *(Lächelt)* Wenn der Krebs weitergeht, dann is er der Tod. Aber er verrat die Pläne noch nicht, die er mit mir hat. *(Lächelt)* Hat sich mich ausgesucht. *(Pause)* Die Pille nimmt man gegen die Kinder und gegen die Einsamkeit, rauchen tut man, weil es ablenkt und schön is. Leben tut man auch gern. *(Pause)* Ich hab immer was zum denken, jetzt, seit ich bei der Untersuchung war. Drei Monat, dann muß ich wieder. Lange drei Monat! Zuerst war es nicht schön. Jetzt ist es spannend. *(Kleine Pause)* Bist du der Krebs, lieber Gott? Holst du mich heim? *(Lächelt)* Vielleicht ist der Tod sehr spannend, wo die Minikleider und das Rauchen und die Pille nix genutzt haben. *(Sie nimmt die Pille, ist damit mit der Toilette fertig, löscht das Licht im Bad und geht weg ...)*

Mittagessen

Willi allein in der Küche. Er ist beim Geschirrabspülen. Aus dem Radio hört man die Meldung, daß jetzt gleich der Hausfrauenfunk kommen wird. Willi schreit auf, macht das Radio lauter und arbeitet schnell und schneller, bis er fertig ist.

Dann steht er da, geht zum Kühlschrank, schaut hinein. Macht ihn wieder zu. Nimmt von der Kredenz ein Kochbuch herunter, blättert drin herum, »spielt« den Begeisterten und den Verzweifelten; simuliert, was er alles brauchen wird. Rauft sich die Haare!

Dann hat er eine Idee: Er zieht sich aus, rennt in das Zimmer seiner Frau und holt sich dort Strümpfe, Straps, Mieder, Rock, Bluse etc., alles, was er an »Weiblichem« finden kann. Er rennt damit in die Küche und zieht sich das alles – unter den Klängen und Worten des Hausfrauenfunks – an. Er ist zufrieden mit sich.

Er rennt ins Bad, schaut sich im Spiegel an, ist bestürzt, rasiert sich den Rest des verbliebenen Schnurrbartes ab; dann setzt er sich ein Tüchlein auf, wie es »Hausfrauen« gerne aufsetzen, wenn sie Hausarbeit machen, und rennt so wieder in die Küche.

Er beginnt nun etwas systematischer mit den Vorarbeiten zu einem Essen; wirklich nicht ungeschickt. Dann fällt ihm ein Ei oder was ähnliches auf den Boden. Er schreit hysterisch auf und rennt nach Putzzeug, immer unter wilden Gestikulationen: Er spielt den Putzzwang. Plötzlich hält er inne, er starrt auf die Ata- oder Vim-Dose, Pause. Er lächelt so, als würde er ein liebenswürdiges Kompliment erhalten haben, schüttelt verlegen den Kopf, wartet; dann rammt er sich, so gut er kann, die Ata- oder Vim-Dose zwischen die Beine. Er schreit verletzt oder »entjungfert« auf, spielt das Wehren und Neinnein, tut dann so, als würde die Kraft des Mannes ihn überwältigen und er nachgeben. Spielt den Geschlechtsverkehr mit wachsendem Entzükken.

Er klemmt die Dose zwischen die Beine, unter den Rock, watschelt zum Radio, macht es besonders laut und tanzt in der Küche herum (Hausfrauenfunk mit Musikeinblendungen und Werbung!).

Dazu spricht er, mal männlich tief, mal weiblich hoch: Ich geh jetzt – ja geh nur – sei nicht traurig, es muß sein – ich hab dein Kind in mir, geh nur – tapfere kleine Frau – Liebster – das Schiff wartet nicht – *(lacht tief)* ich weiß – ob in Bombay, Rio und Shanghai, ich denk an dich – ich auch – nenn das Kind Otto, wenns ein Junge wird – Otto – ja, Otto – gut, Otto – *(lacht tief)* wenn er dich mit 15 verprügelt, mach dir nichts draus, ich war genauso – ja, Otto – und wenn er Seemann werden will, kleine Frau! leg ihm nichts in den Weg – nein, Otto – und bleib mir treu, verstehst du – immer, Otto – irgendwann, du weißt es nicht, steh ich wieder vor der Tür – ich warte auf dich – und bin da, einfach da – jajaja – und wenn ich dann – nie – wenn ich dann – nie – *(lacht tief)* kleine Frauen müssen sauber bleiben, ganz gleich, was ihre Männer treiben – ja – adieu Seemann, adieu – tschüß, du süße kleine Fotze, ich denk an dich.

Er rennt zur Tür, schmeißt sie hinter sich zu, oder vor sich, starrt die Tür an, nickt. Pause.

Das Spiel ist anscheinend vorbei, es fällt ihm nichts mehr ein. Er denkt nach, zieht langsam die Frauensachen aus, schmeißt sie hin, steht da, wartet, blättert im Kochbuch, strahlt plötzlich. Er nimmt verschiedene Gewürze und schüttet sie sich über den Körper, dabei krümmt er sich wie ein Braten zusammen, er beschmiert sich mit Fett, läßt Speiseöl über sich laufen, nimmt aus dem Kühlschrank verschiedene Dinge und »garniert sich damit«, versucht, sich mit einer (Wäsche?-)Leine zu binden. Er will wohl einen Rollbraten machen aus sich.

Er öffnet das Backrohr, will hinein, kommt aber nicht hinein. Er macht die große Platte (Elektroherd) an, starrt, setzt sich schließlich drauf, so wie er ist. Er spielt die langsam aufkommende Hitze. Friert er oder brät er schon? Er hält es lange aus und sagt: Gegrüßet seist du Maria voll der Gnaden, der Herr sei mit dir, du bist gebenedeit unter den Weibern und gebenedeit ist die Frucht meines Leibes Otto. Heilige Maria voll der Gnaden, bitte für uns arme Sünder jetzt und in der Stunde unseres Todes Amen. Guten Appetit.

(Pause) Mit einem Satz springt er herunter vom Herd, schreit und gestikuliert, rennt heulend aus dem Zimmer, kommt zurück, rennt, wie wenn er »Pfeffer im Arsch hätte« in der Wohnung herum, jammert, stöhnt, heult, wirft sich auf den Boden, springt wieder auf, rennt zum Kruzifix, wirft sich davor auf die Knie und sagt: Schau mich an, was ich getan hab für dich. Es ist dein Kind, das ich in mir trage. Ich will es tragen stolz wie eine Königin und gebären in Schmerzen. Komm herunter, wir brauchen dich, du armes Schwein, schau uns an. Wer alle Schmerzen freigebig verteilt, was soll dem noch bleiben? Schau, wie dein Kindlein Hilfe braucht, schau es an, schau nur, welcher Hunger, welche Neugier, wie ein Vogel so leicht, wie ein enthäutetes Kaninchen so zart und wie Beton so hell. Magst ned? Kein Interesse an deiner Family? Ha? Biebbiebbieb! Wo is Henderle? Ha? Biebbiebbieb, schau, es gibt ein feines Fresserchen! Kommkommkomm!

(Pause) Er starrt auf das Kruzifix, auf seinen Bauch, dann wild: Wenn er nicht will, dann will ich auch nicht. Wie du mir, so ich dir. Ja, von was sollen mir denn leben, du Depp, du damischer, ha, wenn du keine Arbeit hast und bloß herumhängst? Hast du dir das einmal überlegt, ha, du arbeitsscheuer Windhund! Runter und arbeiten, wie es sich gehört. Soll ich dir Beine machen? *(Er nimmt ein Einwegfeuerzeug und brennt dem Jesus am Kreuz die Füße an. Er sagt)* Jetzt wirds dir warm, gell! Jetzt hupfst herunter, weil ich dir sonst die Haxen abbrenn. Verstanden. Hupfen sollst! *(Pause, er starrt das Kruzifix an.)* Tut nicht,

der Herr, was man ihm sagt. Gut! *(Laut)* Dann will ich auch kein Kind von dir. Das kann ich mir gar nicht leisten, daß mir der liebe Gott ein Leben hinspeibt und sich dann aus dem Staub macht. Nix da. *(Schlägt sich auf den Bauch)* Pfui, pfuipfui, gehst weg! Du bist nicht eingeladen, man geht nicht wo hinein, wo niemand herein gesagt hat, man klopft an, wenn man wo hinein will! *(Er spielt Wehen)* Wehe, wehe du Viech, wennst mit dem Kopf herausschaust, dann schlag ich dir den Schädel ein – buz, buz, buz, wo is Biberle, wo is – pfmmm, pfmmm. Lieber Gott, sei mein Gast und segne, was du mir bescheret hast. *(Steht da, frißt was aus dem Kühlschrank heraus)* Das Leben schmeckt ihm nicht. Mir auch nicht. Fangst mich auf, wenn ich komm? Kannst du gut fangen? Hepp! *(Plötzlicher Anlauf, er springt durch die Scheibe des Fensters.)*

Jüngstes Gericht

Zwei böse, alte Figuren wackeln im Halbdunkel ihrer Wohnung herum, sie sind schwer beschäftigt.

(Langes Schweigen, Zeit vergeht, die beiden schauen sich an, langsamer Beginn)

FRAU Vielleicht – *(kleine Pause)*

MANN Ja?

FRAU Vielleicht is der Widerstand bloß noch ned angekommen bei uns?

MANN *(lächelt)* Nein, bei uns ned.

FRAU Ich glaub, daß es das is, was man uns als erstes und wichtigstes ausgetriebn hat. *(Kleine Pause)* Ich weiß es noch, ich hab einen Lehrer ghabt, der war gefürchtet, so ein richtiger Nazi, so ein junger, der hat ned bloß den Hitler verehrt schon 1930 – des war mir als Kind wurscht –, sondern der hat auch zughaut, der hat Tatzn gem, aber schon so, gell, daß dir die Händ aufgschwollen sind wie Ballon – *(kleine Pause)* die Sau, und dann bin ich versetzt wordn und hab einen andern Lehrer kriegt, Gott sei Dank, und war froh und habs daheim verzählt. Und da hat der Vater zu mir gsagt, das vergiß ich nie: Freu dich ned zu früh, weil es immer wieder einen gebn wird in deim Leben, dem kannst du ned entkommen, der über dir is, und der sagt dir, was du tust und was ned, und wennst ned folgst, dann kriegst ein paar drauf. *(Kleine Pause)* Der Lehrer hat Stöckel gheißn, das Schwein *(sie lacht)*, und der Vater hat gsagt: Es wird immer einen Stöckel gebn in deim Lebn. Das is einmal so.

MANN *(lächelt)* Aber ich bin nicht dein Stöckel wordn. *(Kleine Pause)* Haun tu ich dich nicht.

FRAU Nein, du haust niemand, du frißt alles in dich hinein und bist –

MANN Ein Verreckerl?

FRAU Was?

MANN Ein Verreckerl, wie bei die Viecher, wos welche gibt, die kommen ned durch, oder wenns durchkommen, dann bleibens gring ihr Lebn lang.

FRAU *(lacht)* Herbstkatzeln?

MANN *(nickt)* Ich bin ein Herbstkatzl, gell!

FRAU Mir sind uns recht ähnlich. *(Hart)* Tatzn hab ich dann später keine mehr kriegt, aber Watschn. *(Bös)* Des hab ich vollkommen vergessn, oder ned vergessn, aber verdrängt, weil es ja keine schöne Erinnerung is: Ich bin viel ghaut wordn in meiner Jugend.

MANN *(nickt)*

FRAU Auch wenn es mir vielleicht ned viel gschadt hat, ich hab nie eine Gehirnerschütterung ghabt, und ich bin nie ausm Fenster gschmissn wordn und auch ned mit dem Schürhakn verprügelt wordn, sondern bloß normal mit dem Teppichklopfer. *(Kleine Pause)* Eh nicht viel, gell?

MANN *(lacht)*

FRAU *(kleine Pause)* Es war ned schlimm, es war mehr oft. Immer hat man sich denkt: Geh dem oder der aus der Reichweitn, tauch hinunter, mach dich klein, damitst nix erwischt. Automatisch. *(Zieht den Kopf ein)* Das ist die Haltung! *(Kleine Pause)* Anbieselt hab ich mich auch ein paarmal, aus Angst.

MANN Ich hab nie in die Hosn bieselt, das is typisch weiblich, glaub ich.

FRAU *(stur)* Das ist nicht weiblich, das ist wehrlos.

MANN Wer hat mehr Watschn kriegt in seim Leben: du oder ich, das tät mich jetzt glatt interessiern, da sollt man jetzt einen Computer habn, wo man drückt, und dann kommt das heraus.

FRAU Ich möchert bloß gern wissen, wie oft das in meim Lebn passiert is, daß ich vor wem gstandn bin, der Watschnbaum umgfallen is und ich mich anbieselt hab. *(Kleine Pause)* Das muß einen Menschen doch prägen, einprägen, wenn man dauernd auf den Kopf – ich bin viel auf den Kopf ghaut wordn, das muß sich doch abbilden –

MANN Abbilden?

FRAU Abbilden.

MANN Wenn man ein Viech mit der Hand haut, dann wird es handscheu, das is sogar ein Fachausdruck »handscheu«, und drum soll man ein Viech nie mit der Hand haun, sondern mit was anderm. Jetz is das ein Viech –

FRAU Ebn, drum tät ich ja so gern wissen, wie oft ich vor wem gstandn bin, der größer und stärker war, der mich links und rechts hergwatscht hat, und ich hab mich nicht gwehrt, sondern bloß ein paar Spritzer in die Hosn lassn.

MANN Hättst zruckghaut!

FRAU Das sagst du. *(Verbissen)* Da hätt ich viel zum Zruckhaun ghabt! *(Kleine Pause)* Ich möcht ja bloß wissen, was das Haun in meim Kopf verändert hat über die Jahre.

MANN Da kommst spät drauf.

FRAU Ja, spät is es. *(Pause, sie schaut.)* Die Farb muß noch mehr verdünnt werden.

MANN Bin schon dabei. *(Pause)* Ich kann mich auch gut erinnern an die Herrschaftn in meim Lebn, die wo eine gute Handschrift ghabt ham.

FRAU *(abschließend)* Jammern ist keine Kunst! *(Sie arbeiten weiter.)*

MANN Weil man Entschuldigungen sucht, nix als Entschuldigungen. Alle sind schuld vom Papst bis zum Hitler, von die Eltern bis zum schlechtn Wetter, daß man dasitzt und jammert. *(Kleine Pause)* Glaubst du, daß der Mensch eigentlich von Geburt her eher feig oder eher mutig is?

FRAU Eher beides.

MANN Ich glaub, eher feig. Ich stell mir vor, daß der Mensch ein Baum is, der wo an ein Spalier gezwungen wird von klein auf. Wenn es ein eisernes Spalier is –

FRAU – weil du was verstehst! Das braucht gar kein eisernes sein, man muß nur sofort jeden neuen Trieb festbinden. Das is das Geheimnis.

MANN Ebn.

FRAU Ich bin gleich fertig.

MANN Ich auch. Aber ich fang schon wieder zum zittern an.

FRAU Weilst eine Angst hast. Denk an die Indianer in Brasilien –

MANN Hör auf mit die Indianer und die Neger. Das is alles weit weg. Ich zitter hier.

FRAU Aber man darf nicht so tun, als wenn der Widerstand etwas wär, was unter Millionen Fällen immer bloß einmal vorkommt. Das stellt es in die Einsamkeit, und die macht den Menschen schwach.

MANN Ich hab aber Angst, daß sie uns erwischn, weil sie uns auflauern, und dann haun sie uns zam, ich hab Angst, daß eine Gewalt passiert.

FRAU Mir dürfn sich nicht erwischn lassen, bis mir es so oft getan haben, daß es bekannt wird, und erst dann, wenn es ein öffentlicher Fall is, dann treten mir vor, nehmen sich bei der Hand und sagen: Mir waren es.

MANN Wenn uns die Zeitungshändler ned vorher derschlagn.

FRAU Angsthas.

MANN Ich hätt keine Angst vor einem Schuß, das garantier ich dir, weil ich mir denk, der kommt, und man spürt nix. Ich hab Angst vor Schläge. Kann doch sein, die Zeitungsverkäufer tun sich zusammen und passen uns auf.

FRAU Wenn mir jede Nacht in einem andern Viertel sind.

MANN Und wenn mir alle Viertel durchhaben?

FRAU Dann muß es bereits eine Schlagzeile geben, die heißt: Wer schüttet braune Farbe in die BILD-Zeitungs-Kästen. Unbekannte sind jede Nacht am Werk und vernichten mit brauner Farbe, die sie einfach drüberschütten, Tausende Zeitungen. Was haben die Täter im Sinn?

MANN *(lacht)*

FRAU Und dann treten mir vor und sagen: Das waren mir. Und dann nimmst du deine Aufstellung heraus und rechnest es ihnen vor, daß mir an einem Punkt angelangt sind, wo man von unserer Rente kein menschenwürdiges Dasein mehr führen kann. Und dann nimmst du die Zahlen und sagst ihnen, daß die Hälfte aller Rentner noch weniger hat wie mir – und dann sollen sie uns einsperren.

MANN Is an unserer Rente die BILD-Zeitung schuld?

FRAU Fangst schon wieder an?

MANN *(bös)* Is sie schuld?

FRAU Sie auch.
MANN ALLE sind schuld.
FRAU Aber die BILD-Zeitung lügt am meisten.
MANN *(verbissen)* ALLE lügens, wenns ums Zugebn geht, daß Menschen gibt in unserm Land, dene es dreckig geht.
FRAU Das sag ich doch.
MANN ALLE, ned bloß die BILD-Zeitung.
FRAU Aber irgendwo muß man anfangen. *(Kleine Pause)* Feigling.
MANN Mistviech.
FRAU Depp!
MANN Luada. *(Sie schnaufen, Pause)* ALLE sind schuld!
FRAU Aber soviel Farb ham mir nicht, daß mir ihnen allen, vom Vermieter bis zum Bundeskanzler, braune Farb übern Kopf schütten. Mir müssen tun, was mir können.
MANN Ich will nicht zamgschlagn werdn auf meine altn Tag. Wenn mir das Gebiß kaputt geht, wer kauft mir ein neues. Die Krankenkasse sagt: Da sind Sie selber schuld, wenn es kaputt ist, weil sie anderer Leute Eigentum zerstören. Da zahlen mir nicht.
FRAU Dann lebn mir ohne Gebiß! Lieber ohne Gebiß als ohne Ehre!
MANN Ich bin alt.
FRAU Das hat mit deim Alter gar nix zum tun. *(Pause)* Soll ich allein gehen?
MANN Allein gehst du nicht, wenn, dann geh ich mit!
FRAU Dann gehst mit.
(Schnaufen, Pause)
MANN Genau.
FRAU *(kleine Pause)* Es muß ja ned bis an unser Lebensende die BILD-Zeitung sein. In die BILD-Zeitungs-Kästen schütten mir die braune Farb, und aus die andern Kästen klauen mir uns die Konkurrenz. Und dann wird gelesen! Und verglichen. Und entschieden, welche dieses Mal am dreckigsten von der Wahrheit schweigt.
MANN Und der passierts am nächsten Tag!
FRAU Ja.
MANN Und das so lang, bis alles braun ist?
FRAU Ja. Bis sie oben schreien: Mir ersaufen in der braunen Farb, wer ist das! Und wenn uns der ganze Staat jagt, wenns die Polizei einsetzen gegn uns und den Grenzschutz. Auch

Rentner sind Menschen. *(Total sauer)* Das müssen sie lernen. Das is wichtig. Dann gibt es einen Prozeß, und mir können vor Gericht sagen: Ihr ignorierts das Rentnerelend in diesem Lande, deshalb stehen mir da.

MANN Wenn mir bis dorthin noch leben.

FRAU Warum denn ned?

MANN Du bist in einem Frauengefängnis und ich in einem Männergefängnis.

FRAU Das halten mir schon aus.

MANN Ich nicht.

FRAU Stirbst vor Aufregung!

MANN Ja.

FRAU Weil du es falsch machst! Du muß es genießen. Du hast die Wut gehabt und die Zahlen, wo es belegen, und ich die Idee. Das ist doch schön.

MANN 18 Mark 83 am Tag für zwei Personen. Das soll mir erst einmal jemand vormachen, wie man damit auskommt bei die Preise.

FRAU Menschenwürdig auskommt.

MANN Und wenns uns derschlagn, dann sagn mir es im Jenseits weiter. *(Kleine Pause)* Im Jenseits sehn mir uns ned wieder, gell?

FRAU *(lacht)* Nein, das glaub ich nicht. Was wär denn wert, daß man es wiedererweckt, an uns beide. *(Sie zieht ihn zum Spiegel.)* Schau uns an!

MANN *(schaut in den Spiegel)*

FRAU Zwei spinnerte Mumien.

MANN Du bist noch keine Mumie!

FRAU *(lacht)*

MANN Herr, du hast mich aus der Gnade gestoßen, heißt es in der Kirchn, wenn einer tot is, das sagt der Pfarrer, aber er meint es bloß vorübergehend, weil man drüben gleich begrüßt wird.

FRAU Du hast doch die Zahlen, das is doch keine Gnade, unser Lebn, das is eine Gemeinheit.

MANN Ob den Herrgott meine Aufstellung interessiert?

FRAU Warum denn ned.

MANN Da tät ich aber ganz schön ins Schwitzn kommen, wenn der sagen tät: Also Herr Ruhsam, dann schießens einmal los, damit ich mir ein Bild machen kann, ob Sie mit Ihrer Rente hätten auskommen können oder nicht.

FRAU Soviel rechnen wird der liebe Gott schon können.

MANN Ich glaub ned, daß ich zum Redn komm. An mir is nix, was es wert is, daß es gerettet wird und wiederauferweckt. *(Bohrend)* Wer is denn an mir interessiert. Da heruntn hams mich braucht, weil ich ein guter Arbeiter war, und dann hams uns vergessn. Und im Himmel gibts keine Arbeit, und da vergessns uns erst recht.

FRAU Ich stell mir vor, daß er einen nicht gleich kennt, weil es zu viele sind. Er sagt: Was hast denn tan auf der Welt, und dann sagt man es ihm.

MANN Soll ich ihm sagen, daß ich ein guter Schachspieler war, weil Schach mein Hobby is?

FRAU Freilich.

MANN Wenn er allwissend is, dann findet er das Schachspielen so langweilig wie ich das »Schwarzer Peter«.

FRAU Und wenn er sagt: Paß auf, ich zeig dir ein paar, die kann ich erkennen, weil sie was getan haben, und dann zeigt er dir einen Tierschützer, wo sich für die Wale eingesetzt hat oder die Delphine und sagt: Das is nämlich meine Schöpfung, und die hab ich gern, und weil sie sich dafür eingesetzt haben, daß die nicht ausradiert wird, drum sinds jetzt da. Ich finde mein Wohlgefallen an ihnen. *(Betont es)* Und die Rentner sind auch seine Schöpfung! Die müssen ihm genauso lieb wie die Wale und Delphine sein!

MANN Des glaub ich ned. Ich glaub, mir sind ein Fehler, den wo er nimmer rückgängig machen kann. Was soll denn den an uns interessiern, der is doch froh, wenn einer aus der Rass tot is. Der muß doch seine ganze Schöpfung im Kopf habn und ned bloß uns, de Menschn.

FRAU *(schaut)*

MANN Meinst wirklich, der mag uns lieber wie die Wale und die Robben, warum denn? Habgier, Haß, Neid, Brutalität, Elend und viel Bosheit, des is doch im Menschn, des is doch ned in der Natur.

FRAU *(schaut ihn an)* Bist heut zu feig für unsern Ausflug? Willst lieber ins Bett und betn?

MANN Ich stell es mir so vor: Ich krieg einen Grund, und in einer schweren langen Arbeit mach ich den allerschönstn Gartn aus dem Grund, der wo vorher bloß Wüstn gwesn is, und es wachst und gedeiht, und die Viecher san da, Eidechsn und Vögel und Käfer und alles, was ebn in einen Gartn ghört, und dann bin ich fertig mit der Arbeit, und dann setz ich noch einen Gartenzwerg hinein, und dann leg ich mich ins Bett und schlaf mich aus. Und wie ich in der Früh aufwach, da merk ich, daß der Gartnzwerg das Lebn angfangt hat, und ich denk mir: Gut, dann wird er sich schon freun über den Gartn. Aber was tut er? Die Bäum schneidt er zam, die Viecher fangt er und bringts um, die Blumen reißt er aus, grad werkn tut das kleine Mandl und ruiniert alles, was ich gmacht hab.

(Sie schauen sich beide an.)

FRAU Dann vertreibst ihn.

MANN Den vertreib ich ned bloß, den daschlag ich sogar.

FRAU Und wenn er sich hinsitzt und Musik macht?

MANN Musik?

FRAU Wenn er tanzt und singt und sich freut?

MANN *(nach einer kleinen Pause)* Die wo Musik machn, die dürfn bleibn.

FRAU Und Kinder kriegens, und weinen tuns wenn eines stirbt, und betn tuns zu dir, und soviel Böse, wies gibt, soviel Gute gibts auch, und wennst mit der Faust hineinhaust, triffst alle zwei Sortn?

MANN Dann möcht ich gern wissn, warum die einen so sind und die andern anders. Des muß sich doch ändern lassn! *(Er schaut seine Frau an und lacht.)* Mistviech, hast mich wieder!

FRAU Jetz gehn mir.

MANN Fünfundzwanzig Kästn, kein mehr und kein weniger!

FRAU Fünfundzwanzig, mehr Farb ham mir gar nicht.

(Pause)

MANN Und wenn sie es nie merkn, weil mir viel zuwenig Farb ham, daß mir ihnen was zerstören wolln?

FRAU Das merkn die bald. Wenn man in einen von unsere Kästn hineinlangt, kriegt man braune Finger und keine Zeitung, weils alle verpatzt sind.

MANN Schau, wie ich zittert!

FRAU Die frische Luft tut dir gut.

MANN Und wenn alles nix nutzt?

FRAU Dann sagn mir im Jenseits einmal: Des warn mir mit die Zeitungskästn.

MANN Und dann kommen mir in Himmel?

FRAU Zumindest sagt der Herrgott dann: Ach, ihr warts des! Und mir sind erkannt.

(Mann nickt, er packt die Farbtöpfe, sie den Rest, dann gehen sie ab.)

Modell der Zukunft

Ein freundlicher, sanfter Mann mit einem Pullover und Hausschuhen zu Hause vor seinem Lieblings-Modell. Er läßt sich Zeit.

Es ist natürlich vor allem – bisher – das *(betont es)* Material, das seine Grenzen kennt. Insofern habe ich hier auch ganz neue Wege beschreiten müssen, die der Modellbauer bisher gar nicht gekannt hat. Wenn – um jetzt ein markantes Beispiel zu geben – Stahlbeton in Nagasaki zu Staub zermahlen worden ist – *(kleine Pause, zum Publikum)* welches Material nimmt jetzt der Modellbauer für diesen – innern Kern der Explosion. *(Pause)* Ich hab das mit Staubzucker, den ich eingefärbt hab, probiert, das sehen Sie vor allem in diesem Bereich hier. Aber das ist nicht maßstabgetreu, ich meine die Feinheit des zermahlenen Materials. Im Maßstab ist der Staubzucker – ja, was anderes ist mir nicht eingefallen – immer noch zu grobkörnig, weil der innere Kreis der Explosion so zerstäubt wird, als würde man also ein Hochhaus durch eine besonders fein mahlende Kaffeemaschine hindurch reiben, das Geriebene entspricht dann natürlich im Weltmaßstab einer viel kleineren Einheit, als wenn ich mit Staubzucker arbeite, denn in Wirklichkeit wäre ja die Staubzukkergröße die, die eben in Wirklichkeit anzutreffen wäre, am Stachus oder am Sendlinger Torplatz – das hier ist übrigens die Gegend, also hier müßte der Marienplatz angenommen werden – ich mein, es weiß ja noch niemand, wie das wirklich einmal ausschauen wird, da muß also schon ein bißl Fantasie erlaubt sein – das ist die Fußgängerzone – dabei gibt es Probleme, die bewältigt werden wollen. *(Pause)* Ich nehme also an, das Kaufhaus Oberpollinger wäre hier und würde also diese bereits erwähnte Staubform aufweisen, gut, das ginge noch an, aber: Jetzt kommt es vor, daß in diesem innersten Kegel auch gewisse Gegenstände erhalten bleiben. Da liegt ein Ring, da vielleicht ein gut erhaltener Kugelschreiber, auch ein Gebiß kann übrigbleiben – ja, Sie lachen, ich versteh das nicht ganz, weil MIR ist das sehr ernst, und ich find das auch überhaupt nicht lächerlich. *(Ernst)* Ich habe einige kleine Gegenstände im Staub verborgen – also ich weiß, wo die sind, aber sonst niemand – eingelegt, das sieht man jetzt mit freiem Auge nicht, aber das ist auch nicht notwendig, ICH weiß, daß da eine ganze Menge unter diesem Staub verborgen ist, was noch nicht total kaputt ist. Es darf allerdings nur wenig sein, hin und wieder sozusagen ein menschliches Zeichen. Mehr nicht. Ja, das geht dann weiter, hier wär also, die Ortskundigen haben es bereits erraten, der Stachus – also die Leute haben da ja teilweise eine ganz putzige Vorstellung *(schüttelt den Kopf)* – natürlich bietet die U-Bahn überhaupt keinen Schutz, wenn wir annehmen, daß dieser Bereich zum Kern des Einschlags gehört. *(Kleine Pause)* Ich hab da ein bißl geschummelt, und angenommen, daß die Bombe selber auf der Theresienwiese einschlägt – das sehen Sie hier, dieses Loch, das ist eigentlich ein Tal und kein Trichter mehr, das reicht jetzt genau bis zur Trappentreustraße, also da ist gar nichts zu machen, das ist ein bis zwei Monate total in Staub gehüllt *(kleine Pause)*, also die Staubentwicklung habe ich jetzt sowieso außer acht gelassen, weil pyrotechnisch treten da für den Modellbauer derartige Probleme auf – das kann man also beim besten Willen nicht mehr wirklichkeitsgetreu darstellen, vor allem nimmt einem das auch die Freude an der Arbeit, weil ich will das alles ja SEHEN, und wenn ich dem Staub sein Recht gebe, dann müßte man ja davon ausgehen, daß in Bayern die Sonne einen Monat lang nicht mehr zu sehen wäre, also eine totale Finsternis sozusagen. *(Kleine Pause)* Ich hab mich darauf beschränkt, diese typische Staubentfaltung zu begrenzen, damit man den Rest noch sehen kann. Ich zünde jetzt einmal dieses Rauchpulver an *(lächelt)*, das ist natürlich bloß ein Notbehelf, aber ich zünd das jetzt an, damit Sie einen Eindruck haben, wie sich das entwickelt, und wie das ausschaut. *(Tut es)* So, jetzt kommen wir der Sache schon näher. Das schaut jetzt ein bißl romantisch aus, ist es aber mitnichten! *(Lächelt)* Man muß zugeben, daß dieses Modell sich darauf bezieht, daß eine Bombe von der Sprengkraft derer *(betont das »derer«)* verwendet wird, die wir von Hiroshima und Nagasaki kennen. Wenn man bedenkt, daß heute andere Bomben benützt werden würden, deren Sprengkraft bis zum Zehntausendfachen der damaligen reicht, nun ja – ich meine, ich wollte eine gewisse Struktur erhalten haben, das war ja das Reizvolle für mich, diese Grenze zwischen Sein und Nichtsein, dieses Schweben zwischen totaler Zerstörung und Erahnung gewisser zerstörter Teile. Das war das Spannende, dieses Nichtsmehr? – Also der Staubzucker, der übrigens mit haarfeiner Stahlwolle in ganz kleinen Stücken durchsetzt ist, weil Teile der Stahlgeflechte der höheren Betonbauten in diesem Staub noch zu finden sind, das ist ganz klar. *(Pause)* So, also die Fußgängerzone haben wir gehabt, der Stachus – ja, was soll man da sagen, ich hab mein Bestes versucht, hier, wo es so maulwurfartig ausschaut, da habe ich angenommen, daß die U-Bahntunnel eingebrochen sind, das reicht auf dieser Schiene bis Schwabing, oder nach Laim, oder eben auch bis zum Effnerplatz, wobei das die Übergänge von der U- zur S-Bahn sein sollen, diese Verdickungen, die natürlich an der Oberfläche dann – das ist überhaupt das Problem, daß eben im engern Umkreis der Bombe alles, was sich auf der Oberfläche befindet, unkenntlich wird. Noch mal deutlich gesagt: Es handelt sich um eine kleine Bombe mit zwanzig bis höchstens dreißig Kilotonnen TNT. Ja, diese Zahlen! TNT ist der früher gebräuchliche Sprengstoff, vor allem also im 2. Weltkrieg, das ist ganz klar. Eine Atombombe von dreißig Kilotonnen entspricht etwa dreißigtausend Bomben des 2. Weltkriegs. Man darf sich da aber nicht verwirren lassen. *(Pause)* Hier also gehts weiter vom Stachus zum Hauptbahnhof, wichtig ist, daß man darauf hinweist, daß von diesem Hauptbahnhof Rudimente, Rudimente erhalten sind, man kann also noch gut erkennen, daß das ein Bahnhof war – hier beginnt dann für mich dieses Tal, das also jetzt so schön raucht, wobei man auch hier der Wirklichkeit ihr Recht lassen muß, man würde heute eine solche Bombe kurz vor dem Aufschlag zünden, damit sie nicht ihre Hauptsprengkraft darin vergeudet, das Erdreich umzugraben. Deshalb ist dieser Trichter auch nur etwa dreißig Meter tief, und man kann im Prinzip sagen, daß lediglich die Theresienwiese selbst vom direkten Einschlagkrater betroffen ist. Aber das ist ja sowieso der Teil der Szenerie, der den Modellbauer unbefriedigt läßt, weil das interessante Problem, wie stelle ich das Nichts dar, das haben wir auch noch nicht gelöst. Dabei bin ich aus Pietätsgründen davon ausgegangen, daß zum Zeitpunkt der Explosion auf der Theresienwiese KEIN Oktoberfest stattfindet. Gehen wir jetzt ein bißl weiter hinaus an den engeren Stadtrand. Also zwischen Goetheplatz und Westend auf der einen und Stiglmayrplatz und Universität auf der andern Seite gibt es wenig, was übriggeblieben ist, aber dahinter wird es spannend: Wenn man annimmt, daß im eigentlichen Feuerball von etwa einem halben Kilometer Durchmesser eine Hitze von Zehnmillionen Grad Celsius herrscht und mit der Ausbreitung dieses Balls eine Druckwelle entsteht, die kreisförmig mit ungeheurer Geschwindigkeit bis an den Stadtrand schießt, dann kann man sich schon vorstellen, wie es da draußen ausschaut. Also, eine Sekunde nach der Explosion hat dieses Feuer, dieser Druck die Stadtbibliothek und das Schwabinger Krankenhaus – das sehen Sie hier – erreicht. Nach weitern drei Sekunden sind wir schon mitten im Hasenbergl angelangt. Dem Feuer und der Druckwelle folgen Stürme, die man mit orkanartig falsch beschreibt, weil die Geschwindigkeit dieses Orkans auch am Hasenbergl immer noch runde neunzig Meter pro Sekunde erreicht, und das entspricht etwa dreimal der Windstärke zehn. Ja, das muß man sich vorstellen, also wir sind jetzt hier im Hasenbergl, und Sie sehen, hier schaut es schon ganz anders aus. Hier kann man dann doch schon wieder einiges recht gut erkennen. Hier treten jetzt auch erstmals wieder Menschen in Erscheinung. Diese Menschen werden einfach mitgerissen und an der nächsten Wand zerschlagen oder etwas ähnliches. Weiter drin in der Stadt sind die Menschen verdampft, hier stellt sich wieder die Frage, wie ich das Nichtmehr darstelle. Ich habe mich darauf beschränkt, hier an einigen Stellen kleine helle Flecken – ja, die sind natürlich maßstabsgetreu und deshalb sehr klein – helle Flecken hervorzuheben in der sonstigen dunklen Grundierung, weil die verdampften Körper zum Teil auf dem schwarzverkohlten Pflaster sozusagen helle Schatten übriglassen können. Nicht jedermanns Sache. Also, die, die zufällig oder aus anderm Grund innerhalb dieses Einschlaggevierts sich befinden, die haben auch für den Modellbauer keinen besondern Reiz mehr. Weiter draußen wird es, wie immer, dann auch wieder spannend. Den Übergang zwischen totaler, praktisch aschennaher Verbrennung und Erahnung von Resten können Sie überall hier sehen. Also, diese verkrüppelten Strukturen sind das. Hier nahm ich an, daß etwa achtzig Menschen standen. Die noch weiter draußen, am Ostbahnhof, Baldeplatz, Donnersberger Brücke und Münchner Freiheit erleiden Verbrennungen zweiten Grades dort, wo die Kleidung sie geschützt hat, und dritten Grades dort, wo keine Kleidung war. Das schaut hier – sozusagen zusammengezogen auf eine Haltestelle, an der ich annahm, daß viele Menschen auf den Bus warten – so aus. Ich habe dazu Plastikfiguren über verschiedene Feuer gehalten, am Ende hat sich dann doch wieder der Lötkolben bewährt, und bin zu solchen Verformungen gekommen. An dieser Gruppe arbeite ich aber noch weiter, das befriedigt mich noch nicht. Hier habe ich die Grenze angenommen, wo die Kleidung selbst noch Feuer fängt und leuchtende Fackeln das Straßenbild erhellen. Jetzt kommen wir in den Bereich, wo auch Sie vermutlich, wenn Sie Münchner sind, sich wieder zurechtfinden, hier ist zum Beispiel Laim, und die Landsberger Straße ist doch schon wieder ganz gut zu erkennen, und je weiter man dann nach Pasing oder Obermenzing kommt, um so freundlicher schaut es schon wieder aus. Das Schloß Blutenburg, das ja erst kürzlich vollkommen renoviert worden ist, läßt sich ohne größeren Aufwand wieder herrichten. Nymphenburg, etwas weiter drin gelegen leider, ist, wie man sehr gut erkennen kann, doch großenteils zerstört worden. Der Ihnen ja inzwischen geläufige Staub verwandelt sich allmählich in Schutt, denn ab der Gegend westliches Westend, Rotkreuzplatz, Münchner Freiheit und Isartor auf der einen und Harras auf der andern Seite fallen dann die Häuser nur noch in der bekannten Manier zusammen und bleiben erkennbar übrig. Das ham mir dann hier recht schön zu sehen. Ich meine, bis Pasing und Trudering, auch Milbertshofen, Harlaching wird das Glas zersplittern, das war aber kein Problem, wenn Sie diesen Häuserblock anschauen, dann haben Sie schon einen recht guten Eindruck, wie es in Harlaching ausschaut. Ganz geringe Schäden sind dann noch in Neuaubing oder Feldmoching erkennbar, aber das ist nicht mehr drauf gegangen. Das wär da hinten dann. Interessant ist, und ich habe das versucht, vor allem hier zu konzentrieren, daß noch am Stadtrand Benzintanks von Autos explodieren, Öfen und Öltanks und so weiter dort noch Brände auslösen, wo die eigentliche Feuerwalze, wenn man das so nennen will, dann nicht mehr hinkommt, oder doch nur noch mit verminderter Kraft. Zehn Minuten nach der Explosion steht ein Rauchpilz über der Stadt, der ist zwanzig Kilometer hoch und zehn Kilometer breit. Darauf verzichten wir jetzt aus naheliegenden Gründen, das Rauchpulver deutet es sowieso an. Man denkt, die Nacht ist plötzlich angebrochen, obwohl die unzähligen Brände natürlich ein gewisses Licht spenden. Der Atompilz hat zigtausend Tonnen Schutt mit in den Himmel genommen, die im Feuerball verdampft und emporgerissen wurden. Die von der Bombe ausgehende Neutronen- und Gammastrahlung hat die im Atompilz fliegenden Milliarden Teilchen – ja, das kann man jetzt nur noch erzählen, das läßt sich nicht mehr als Modell darstellen – diese Teilchen sind hochgradig verseucht. Eine Stunde nach der Detonation beginnt es zu regnen, die Regentropfen sind schwarz – das kann ich jetzt ein bißl simulieren, ohne daß das Modell deshalb gleich Schaden nehmen muß –

diese schwarzen Regentropfen bringen einen großen Teil der Radioaktivität aus der Explosionswolke zurück auf die Erde. Ein Gebiet von rund fünfzig Kilometern Durchmesser mindestens, also von Freising bis Wolfratshausen und von Fürstenfeldbruck bis Ebersberg wird radioaktiv verseucht. Menschen, die eine höhere Strahlenmenge erhalten, werden dort ohnmächtig. Später wachen sie wieder auf, aber nach einigen Tagen gehen ihnen die Haare aus, und an ihrem Körper brechen plötzlich Wunden auf, die sich nicht mehr schließen lassen. Die meisten von ihnen werden nach einigen Monaten an der sogenannten Strahlenkrankheit sterben. Man darf annehmen, daß am Tage der Explosion etwa dreihunderttausend Menschen sterben und im Laufe der nächsten sechs Monate dann weitere hundertfünfzigtausend. Als Spätopfer kann es dann im Verlauf der nächsten fünf Jahre nochmals rund hunderttausend Menschen erwischen, diese Zahlen schwanken naturgemäß nach oben und unten. Weil, das sind ja Schätzungen, Vermutungen, Hochrechnungen, logischerweise. Für die Überlebenden wird das Leben insofern schwierig, als es naturgemäß kein unverseuchtes Wasser, keine strahlenfreien Lebensmittel, kaum medizinische Versorgung und natürlich keinen Strom und kein Fernsehen mehr gibt. *(Kleine Pause, er denkt einige Zeit nach.)* Eigentlich sollte man mit so einem komplexen Modell eine Gesamtsituation in kleinen, aber um so genauer, erzeugen. Das ist der Sinn davon. Ich habe einen Zeppelin gebaut vor zehn Jahren, den erkennen Sie, wenn Sie ihn durch ein Fernrohr betrachten mit einem blauen Hintergrund, nicht als Modell. So echt ist der. Später habe ich jahrelang darauf verwendet, deutsche Bahnhöfe nachzubauen, das ist auch nicht ganz einfach, das kann ich Ihnen versichern. Aber irgendwie hat mich das immer unzufrieden gelassen, weil es war doch letztendlich bloß eine Nachahmung. Ich wollte immer was Eigenes schaffen, etwas, das es eben noch NICHT gibt, eine Modellbauweise der Zukunft, die mir die Möglichkeit der schöpferischen Arbeit gewährt. DIESES Szenario gibt es naturgemäß noch nicht. Gerade darin war die Möglichkeit verborgen, den tiefen innern kreativen Schöpfungsdrang zu befriedigen. Der normale Modellbauer darf ja kein Freund der Fantasie sein, die Fantasie verdirbt das Modell. Hier war das umgekehrt, vom Material bis zur Gestaltung der Einzelheiten hatte ich vollkommen freie Hand, weil die Wirklichkeit eben noch nicht soweit ist, daß sie eine Vorlage hätte liefern können, sieht man einmal von Hiroshima und Nagasaki ab, aber das haben wir ja doch großenteils bereits vergessen. Natürlich wäre es nicht uninteressant, dieses Modell später einmal an der Wirklichkeit zu überprüfen, weil der Fall, daß zuerst der Modellbauer und dann erst die Wirklichkeit da ist, der kommt selten vor. Die Wirklichkeit hat ganz andere Möglichkeiten, das ist klar, da wird der Modellbauer immer im Nachteil sein, egal, was er nun baut, aber interessieren tät es mich naturgemäß schon, wo die Abweichungen sind. Die Vorstellungskraft des Menschen ist ja bekanntermaßen begrenzt. Ich bedanke mich für Ihre Aufmerksamkeit. Kommen Sie gut heim, und gute Nacht.

Ehrenwort

Eher ein Kind als ein Mann, blaß und mager, aber drahtig.

Ja, ick jebe ja zu, ick habe eim Bullen n paar über die Rübe jekloppt, ick hab auf ein Bullen voll reinjedonnert, stimmt ja, ick habe seine Fresse jesehn, hab jesehn, wie er sein Knüppel rausholt, und habe jesehn, wie ihm dat Maul aufjeht zu irgend som Schrei, der hat so weit ausjeholt, der Bulle, ehrlich, der hat ausjeholt wie wenn ick n Elefant sein würde, weißte, wie man dat inner Röhre sehn kann, inne Zeitlupe sehn kann, so hat der ausjeholt, der hat och jar keene Angst jehabt, daß ihm da wat an Kragn jehn könnte, der hat mich anjeglotzt hat mich der, richtich jegrinst hat der, so wie dat heißt, dat Vorfreude die schönste Freude is, so hat der mich anjeglotzt, anjegrinst, der war da janz cool, der war freundlich war der und hat mit so ener Klammer ausjeholt und sich jedacht – ick habe richtich jesehn auf dem sein Hirn, wat der sich denkt – hat der sich jedacht, der is richtich, der klenne, schwächliche Scheißa, der kommt mia grade recht, der is richtich, dem hau ick jetzt ufn Latz, dasser in zwei Monate noch en krankn Eumel inna Birne hat, so hau ick dem jetzt ens über die Rübe, dat war wie so ne Momentaufnahme war dat, wien Foto, wie der so über mir mich angrinst und sein Ausholer nimmt mit seim Knüppel und druf will auf mich, ick wollte ihm ja erst zwischn die Beene durch, der hatte, also der war ja groß, der war ja schon viel größer wie ick, da wollte ick dem zwischen die Beene durch, wie der sich grade aufrichtet und auszieht mit seim Knüppel und mit seim Grinsn und sich grade streckt und grade den janzen Bauch freimacht, richtich rausstreckt, weißte, wie im Kino, wo die fettn Opas mit den Colts die Wampe vorschieben, so hat der ausjezogen und die Wampe freijelegt, ick hab den Jürtel jesehn, wo der Ballermann dran baumelt, und habe jedacht, dat jibs doch nich, dat jibs nich, der hält mich nich fürn denkendes Wesn, der hält mich fürn Arschloch hält mich der, der kommt nich uf die Idee, daß ick dem eins verpasse, der denkt sich, son blödet Vieh, dat rennt mia zwischn die Beene durch wien Köter, und wenn ick die zumache und mia den Kerl grapsche, denn hält der stille, denn duckt sich der, denn macht der den Puckel janz rund, damitet nich so weh tut, und denn verdresch ick den, der wollte mia vielleicht mitm Kopp zwischn die Beene nehm, ick weeß nich, wat der wollte, bloß der war sicher, der war so irre sicher war der, der war voll drauf, daß ickn kleenet blödet Tierchen bin, dasser bloß grapschen braucht, und ick sehe dat, wie er so auszieht mit seim Knüppl und denka mia, Mann wie weit zieht denn der noch aus, willste mia den Schädel zerdellern damit, wat willste denn, und der zieht aus und zieht aus, und der Bauch, der kommt so frei, und ick sehe den Jürtel um den Bauch, und da blitztet auf in mia, dat blitzt einfach auf, dat denkt so wien Blitz in mia, rinn in den Bauch, rinn in die Wampe, rinn in den Bullen, rinn mit allet für watte stehst, mit allet watte bist, mit deim janzen Jewicht, mit dein Übazeujungn, mit deim Ärjer, mit deim Frust, rinn, brutal rinn einfach, hau rinn, rinn – *(kleine Pause)* ick habe ihn jetroffen, ick habe in die Eier jetroffen, das icks bimmeln jehört habe, so habe ick jetroffen, ick habe ein rein jesetzt in seine Hose, dasser bloß leise jeschnappt hat, pieff hat dat jemacht, der hat so jeschnaubt, der hat so Luft valorn und gleich wieda nachjezogen hatter, so wie ne Luftmadratze wode drauf sitzt, inne Lagune, und denn zieht dir eina den Stoppel raus, pieff hat dat jemacht, und dann hatter nachjezogen seine Luft und jekieckt hatter, der hat mich anjekieckt, dat war unverjeßlich, der hatte noch jegrinst, mich anjegrinst, na Ratte, gleich tritt ick dir in Leib hatte der mia zujegrinst, und jetz, wie ick ihm die Eier anjedonnert habe, is der janz ernst jeworden, der is janz ernst geworden, der hat jekieckt, als wenn er sagen würde, aber entschuldigen Se schon, dat war nicht abjemacht, daß Sie mia, dat war nicht vorjesehn, Sie halten sich ja nich an die Spielregeln, halten Sie sich ja nich, wer sind Sie eigentlich, der hätte mich eiskalt jesiezt, wenn der wat sagen jekonnt hätte, der hätte dat jebracht, der hatte plötzlich sone richtige Achtung vor mia, der war janz anjetan von mia, hat ick dat Jefühl, der hat sich runterjebeugt, hat sich mit der frein Hand an die Eier jelangt und jekieckt, wie son übaraschta Wichsa, dem ena die Bettdecke wegzieht, der war begeistert von mia als Partna – nee ehrlich – auch wenn der nich begeistert war, vorher war der so richtich von Mensch zu Tier jegen mich, und wie der ens zwischn die Beene hatte, wie der begriffen hatte, Mann, dat muß en denkenda Mensch sein, dat kann keen Scheißdreck allene sein, dat kann keen Haufn Mist mit Klamotten sein, dat kann bloß en Mensch sein, da war der janz entzückt von mia – *(kleine Pause)* – ick denke mia, du kannst nochmal entzückt sein, und setze ens nach, nich in die Eia, sondern drüba, son bißchen drüba setz ick wat, und weil der schon im Sinkn is, treff ick ihn so in den hübschen kleen Bauch rin, dat macht ploing, wie son Faß, wat voll is, wennde dat anstoßt, dat macht och ploing, so macht der, und jetz sagta och wat, der sagt jetz »Schweinemensch« zu mia, Schweinemensch sagt der, nur einfach so, und wie der redet, brauchta Luft und japst nochmal und will doch nochmal sein Knüppl hochziehn, ick denk, man hör doch auf, laß dat doch, aber der zieht sein Knüppl wieda hoch, so wie wenna sagn würde, dat stimmt ja nich, dat träum ick, wat ick in die Wampe jeballert jekriegt habe, dat is bloßn totaler Traum, und dat Schwein is och keen Mensch oder so, dat hat zu quiekn aba nich mia in die Wampe zu kloppen, dat tuta nich, dat kanna nich, dat kanna nich tun, dat hat dem janz brutal seine Theorie kaputtjemacht, dat son Untamensch – Untaschwein sowat macht. *(Kleine Pause)* Ja, da hab ick denn kene Wahl jehabt, hab ick nochmal ploing inn Wanst jejebn, einfach satt grade, juta Ton dat, brutal, aba jut. Ja, und denn hatter voll Stoff kapiert und den Umfalla markiert, Knüppl runta, Flossn vorn Bauch, Mama und Papa und inne Knie und janz friedlich zur Seite. So is dat jewesen. Richtich in die Reihe jekriegt hab ick dat erst späta, dasser sich nich satt jenuch sehn konnte, wat ick da mache, daß ihm da ener aufmischt, ener wie ick, son Schweinemensch ebn. Dem seine Ehre en Fremdwort is. Men Olla hat imma jesagt, daß dat die einzje Sprache is, die ick vasteh. Aba dat is die Sprache, die jeda Mensch vasteht. Man kann fast allet mit mia machn, da bin ick nich so, aba wenn mia eener dat Motorrad umschmeißt – und dat hatter absichtlich jemacht – denn setzt dat bei mia aus. Dazu steh ick och, weil der Mensch, der braucht wat, wo ihm keena dran kommt, wo er der Boss is, er janz alleene. Sowat sollte jeda Mensch habn, denn könnte jeda sagn: hoppla, jetz kommste mia keen Schritt mehr näha, weil dat jehört mia, wo de jetz deine Griffl dran hast. Und dat müßte jeda vastehn, denn wär dat einfach uffa Welt. Kindaeinfach. Daß ick denn jetz vorbestraft sein werde is mia ne Ehre, dat is wie en Rittaschlag, weil ick nämich weeß, warum ick dat tun mußte. Dat Motorrad schmeißt mia keena um, dat bin nämlich ick, die Motorrad, und dem tut keena wat zuleide. Nee bestimmt nich.

Der arme Poet

In einem geschmackvoll eingerichteten Zimmer, hoch oben, man sieht aus dem großen Fenster auf eine große Stadt.
ER schaut gut aus, ist gepflegt und sympathisch. SIE sitzt in der Nähe und hört genau zu. ER redet flott und engagiert ins Telefon:

Ich mein, also das ist doch nicht so, daß man das absichtlich – *(kleine Pause)* – bestimmt nicht. *(Pause)* Aber ich – und nicht irgendein empirisches »ich«, sondern ich ganz persönlich muß – es muß mich treffen, getroffen haben eigentlich – *(Pause)* – aber es muß mir doch was einfallen zu einem Thema, und es fällt mir bestimmt nichts ein, wenn es mich nicht betrifft – *(kleine Pause)* – freilich ist das hart – ja, ich sag das auch ganz unverblümt – ich mein, ich bin mir da schon bewußt drüber, daß ich damit – kann ich doch gar nicht, wie denn? Was nützt denn der gute Wille in der Literatur? – Das ist doch keine Frage der Überzeugung, sondern – die Machart, »Einübung« – *(kleine Pause)* – es gibt aber Bedingungen der Literatur, ob das in deinen ideologischen Kram paßt oder nicht – *(kleine Pause)* – »Einübung in den Klassenkampf« – da kann man schon drüber reden – reden ist immer gut, aber es gibt eben für mich Fragen, über die ich NICHT rede, die laß ich nicht raus, denen – oder besser über die – erlaub ich eben niemand, daß er sie mir herausholt und zerfetzt, weil – ich hab ein Anrecht auf was Privates, darüber diskutier ich doch gar nicht – ich reklamier mein Anrecht auf – im Öffentlichsten das Privateste? – das sind höchstens dialektische Volten, die – doch, ich! – *(Pause)* – Ist denn das wirklich so schwer zu verstehen – *(kleine Pause)* – Tatsache ist doch: Ich bin nicht arbeitslos, das muß man doch auch zur Kenntnis nehmen, das ist doch ein Teil der Realität, von der verdammt noch mal AUCH gesprochen werden muß, ohne die gehts doch gar nicht – *(größere Pause)* – meine Realität ist aber meine Einsamkeit, ist aber diese Isolation, ist aber, daß ich eben NICHT dabei bin, daß ich nicht marschier, daß ich eben Angst krieg, wenn die Menschen brüllen – einfach die Qualität des Brüllens – *(Pause)* – aber es muß mir doch erlaubt sein, wenigstens noch zu sagen, was ich empfinde, wenn mir das nicht mehr erlaubt ist, mein Gott, dann mach ich doch einfach von meinem ureigensten Recht Gebrauch: Da häng ich ein – doch, ich häng ein, freilich häng ich ein, warum denn nicht? – *(Pause)* – Im Strom der Geschichte bin ich, ob ich es will oder nicht, leider, da kann ich mich nicht draus verabschieden, und du verkaufst keine Eintrittskarten dafür – *(kleine Pause)* – ja, leck mich – doch, ich sag einfach leck mich – *(lacht)* – *(Pause)* ich hab aber keine Angst vor dem Entzug der »historischen Notwendigkeit« – der Zustand meiner Träume ist die Unnotwendigkeit, genau! – *(kleine Pause)* – weil das »alles«, was ihr artikuliert, das sind doch kernlose Probleme – sind das, das hat doch grad der Brogi – nein, ich mein den – man wird sich ja noch versprechen dürfen, ich hab von dem vielleicht mehr gelesen wie du – das hat doch grad der Jorge Luis Borges gesagt in einem Artikel in der – der sagt ganz einfach, daß für den Leser das Politische in der Dichtung allemal belanglos ist – das sagt der, das traut sich der – *(kleine Pause)* – was hat denn das damit zu tun, daß der schwerreiche Eltern hatte, deswegen kann er doch was von Belang sagen – *(kleine Pause)* – das meint im Kern, daß der poetische Knoten unlösbar, der politische durchschaubar ist – *(kleine Pause)* ich spekulier nicht mit der Ewigkeit, ich hab von der Poesie allgemein geredet, und das ist KEIN Rückzug, das ist ein – Wirklichkeit, freilich Wirklichkeit – *(kleine Pause)* – der Zustand meiner Wirklichkeit bedingt sich aber aus MEINER Definition von ihr, und für mich gibts eine andere Wirklichkeit als für euch, das muß man doch auch anerkennen, das muß man doch zugeben, damit muß man sich doch auf beiden Seiten abfinden, um Himmels willen. – *(Pause)* – *(er schnauft, schaut zu ihr, fährt sich durch die Haare)* – Und wenn ich mich damit noch so entlarve, mir fällt zur Arbeitslosigkeit nichts ein, ich kann mir nicht oben die Arbeitslosigkeit hineinstecken, und hinten kommt das Klassenkampfgedicht heraus, ich bin doch kein – ein Mensch bin ich, freilich, was denn sonst – *(Pause)* – Talent ist aber prädestiniert – *(laut)* ich bin ich, was denn sonst? – aber da drum gehts doch schlußendlich – was? – ja freilich! – *(Pause, er beruhigt sich)* – Ich bin alt genug, daß ich selber weiß, was für mich als Schriftsteller UND Mensch wichtig ist und was nicht – ich weiß auch gar nicht, warum das gehandhabt wird wie – ja, warum man das brandmarkt, wenn einer den Mut hat, daß er sich hinstellt und sagt: Ich bin aber nicht arbeitslos, ich hab damit nichts am Hut, es ist MIR noch nicht passiert, es fehlt mir einfach der Erfahrungs- *(kleine Pause)* – die Einübung, genau – freilich bisher, aber ich schreib doch von dem, was ich erlebt hab, und nicht von dem, was ich vielleicht einmal erleb – *(Pause)* der literarische Gegenstand muß zuerst mal MEINE Wirklichkeit sein, wer das ignoriert, der bezahlt – mit einem Verlust an Sinnlichkeit – *(kleine Pause)* – das ist aber für mich sehr wichtig, das ist für mich vielleicht das Wichtigste überhaupt, daß das, was ich schreib – ich red von nichts anderem – nach meinen Maßstäben einen poetischen – aber die Poesie ist AUCH eine Realität in meinem Leben – ist eine, und die Arbeitslosigkeit ist keine, bitte, wenn du es so haben willst – *(Pause)* – deswegen bestreit ich doch noch lang nicht, daß auch die Massen ein Recht auf – von mir aus sollen sie Arbeit UND Poesie kriegen, das liegt doch – also mir ist jeder recht, der das lesen will, was ich schreib, ich mach bestimmt keinen Klassenunterschied, was mein Publikum anlangt – der Klassenunterschied von oben stammt doch nicht von MIR – *(Pause)* – es gibt nicht bloß Bücher von 45 Mark aufwärts, es gibt einen immensen Taschenbuchmarkt, da kostet ein Buch nicht mehr wie die zwei oder drei Bier, die sich dein Paradeprolet jeden Abend hinter die Binde gießt – ja freilich, aber die Kultur soll umsonst sein! – *(Pause)* – das führt uns auch nicht weiter, genau, weil ich den Aufruf nicht unterschreib – *(kleine Pause)* – ich unterschreib nicht, ich demonstrier nicht mit, und ich schreib erst recht kein – das stinkt mir sowieso, nie kümmert ihr – euch alle mein ich – ihr kümmert euch doch sonst nie um die Kunst, die fällt euch doch bloß ein, wenn ihr was von ihr braucht – die veredelte Form von Girlanden drapieren, den roten Samt anschlagen und ein Liedchen – das ist nicht demagogisch, das ist so ehrlich, daß es schon unwürdig ist, wie ihr mit uns umgeht – ich bin nicht das literarische Echo von Sonntagsreden – *(laut)* ich bin überhaupt kein Echo, ich bin ich, wie oft soll ich das denn noch sagen – da müßt ihr euch wen andern suchen, da ist mir – ist mir zu schade, genau, ist mir die Kunst dafür zu schade – *(kleine Pause)* – dein Kunstbegriff stammt doch aus der Unterabteilung »Agitation und Propaganda« – du hast doch überhaupt noch nicht begriffen, daß Kunst als Eigenwert, als – als tägliches Brot – *(laut)* unverzichtbar – *(Pause)* – und warum ruft mich dann sonst nie jemand an und sagt: Du, ich hab grad was von dir gelesen, das find ich unheimlich gut – warum macht das keiner? – *(kleine Pause)* – ja gut, einer, aber der macht das Kraut auch nicht fett – nein – *(Pause)* – wir kommen überhaupt nicht weiter, ja – das kann ich dir gern sagen: Weil Kunst für mich das Gegenteil von »gut gemeint« ist und BLEIBT – weil ihr das nicht einseht, und weil ich es mit den Impressionisten halt, die gesagt haben: Eine gut gemalte Rübe ist besser wie ein schlecht gemalter Christus – *(kleine Pause)* – du kannst auch Karl Marx sagen – doch, doch, die radikale Ästhetik ist für mich genauso wichtig wie für dich das »Kapital« – ja basta, genau – basta – *(Pause)* – ich oktruier doch niemand was auf, das ist doch umgekehrt, mir wird doch dauernd vorgeschrieben – ich bin nicht taub, auch wenn ich es gern wäre – *(Pause)* – das heißt nicht, daß ich mich raushalt, bloß weil ich – *(Pause)* – auf der Ebene kann ich doch nicht weiter disku- – *(kleine Pause)* – das ist ja schon – gut, ich bin feig – feig bin ich, ich hab dich verstanden – klar und einfach – *(Pause)* – wen meinst du denn dann? – ich glaub, die sind alle nicht feig, die sind – eine Richtung kann überhaupt nicht feig sein, das können immer nur einzelne – *(Pause)* – das ist die Sprache von Staatsanwälten – tust du aber – wenn du schon mir nicht zuhörst, hör wenigstens dir zu – *(kleine Pause)* – ich bau keine Kluft, ich sag: Sie ist da und damit, daß man so tut, als wär sie nicht da, kann man sie nicht überbrücken – der muß man sich vorurteilslos stellen, genau – zugeben, da IST was, das ist – dicht, ist existentiell verwoben – ich sag dir was: Seit Sartre tot ist, kann ich ihn wieder lesen – *(Pause)* – Ich hab Krisen, ich hab schwerste Depressionen, wer bin ich denn? – Das geb ich zu, gern zu – ich wehr mich aber dagegen, daß man so tut, als hätten alle Depressionen das gleiche Gesicht – ich laß mir doch meinen radikalen, existentiellen Stillstand nicht als nebulöse Angst vor Massenentlassungen abmelken – ein Schriftsteller muß auch mit seinem Frust haushälterisch umgehen – deswegen ist die Wahrheit trotzdem konkret, das leugne ich nicht – *(kleine Pause)* – das hat nicht Marx gesagt, das hat vor ihm schon Hegel gemerkt, und Brecht hat es dauernd wiederholt – aber ich schreib doch über meine Depressionen – *(kleine Pause)* – Das ist nicht zynisch, ich versuch meinen Standpunkt – ich hab aber als Schriftsteller keine Angst vor Arbeitslosigkeit und Jobverlust, ich seh nicht die Schlangen vor dem Arbeitsamt auf mich zukommen – ich hab Angst davor, daß mir nichts mehr einfällt, aber deshalb seh ich nicht die Fürsorgegrenze an mich rankriechen – nein, soviel Fantasie hab ich nicht, die brauch ich auch gar nicht haben, die – nein – *(kleine Pause)* – aber das stimmt doch nicht, wenn ich den Aufruf unterschreib, dann tu ich automatisch so, als würd mich das existentiell berühren – aber so ist er doch formuliert – *(Pause)* – Nein, du verstehst mich falsch, das ist kein redaktionelles Problem, der kann formuliert werden, wie er will, ich hab damit keine – Berührung, ich – *(Pause)* – ich stell mich aber nicht hin, wo mich ganz andere Probleme drücken, und tu so, als würd die Arbeitslosigkeit mein Problem Nummer eins sein – ich bin kein Schwindler, und ihr macht mich nicht dazu – *(Pause)* – Das kann ich dir gern sagen: Einsamkeit – *(die Frau sucht seinen Blick, aber sie findet ihn nicht)* – Sinnleere, Depression, Gesamtbedrohtheit, Hilflosigkeit, Wahnsinn, Unfähigkeit – *(Pause)* – Aber ICH hab das Problem NUMMER eins, daß ich mich, mich als Ganzes, nicht als – als geeignetes – Gerät – für Leben an sich begreifen kann – das ist eine Glaubenskrise, ist der »Legitimationsverlust« des: bin ich überhaupt? – Du, weil sich das andere nicht leisten können, deshalb – *(kleine Pause)* ich steh aber neben mir, ich hab Identitätskrisen, deren Gewalt du dir vielleicht nicht mal träumen lassen kannst – ach Gott, ja, immer muß das Ficken herhalten – *(kleine Pause)* – dann interessieren mich eben meine Orgasmusschwierigkeiten und nicht der dritte Weltkrieg – genau – ja, da fühl ich mich auch nicht so einsam, das Bumsen verlernen wir alle, das ist ein Massensyndrom – *(lacht)* – *(Pause)* – Alles zugegeben, alles zuge- – meine Frage: IST es nicht so?

IST es letztendlich nicht so, ist das nicht die lausige, kleine, elende Wahrheit, in die wir geworfen sind? – Na also, genau – *(Pause, er schnauft)* – im Gegenteil, jetzt haben wir den Punkt doch: Was uns verbindet, ist privat, nicht öffentlich – nein, ich unterschreib es nicht, und ich komm auch nicht – *(Pause)* – jetzt versteh mich doch: Ich WILL nicht lügen, ich kann gar nicht – ich will wenigstens dort, wo ich es noch KANN, mit mir einig sein – wo ich noch eine Entscheidung fällen kann, wo sie mir nicht abgenommen ist – da verteidig ich eifersüchtig – freilich, das ist das, was mir geblieben ist, darauf bin ich zurückgedrängt – *(laut)* Ich steh an der Wand, das ist doch mir nichts Neues – aber jetzt haben wir doch ein Beispiel existentieller Problematik, alles fällt, verharrt, verweigert, irrt – Zurückgedrängtheit, das – WAS KANN DENN ICH TUN? – *(kleine Pause)* – Nichts kann ich tun, gar nichts, ich kann niemand Arbeit schaffen, weil ich mir nicht mal eine Halbtagssekretärin leisten kann, und der ganze Aktionismus rund um meine Unfähigkeit herum vernebelt mir bloß eines: die Unfähigkeit zu erkennen, anzuerkennen – die Akzeptanz meiner Nichtigkeit zu vollziehen – der globalen Bedrohung gegenüber der Rückzug hinter die Vorhaut – *(laut)* Jawohl, ich leist mir noch soviel Ehrlichkeit, daß ich sag: Pi- – Pickel sind aber ein Problem, wenn man sie HAT – *(kleine Pause)* – Ich will nicht ausweichen, überhaupt nicht, ich bin viel radikaler, als ihr euch das träumen könnt – *(laut)* ich hab keine Illusionen – ich stelle mein »ich« radikal in den Mittelpunkt und wende mich angeekelt davon ab, jawohl – das kann man leicht sagen, aber das müßtest DU erst mal aushalten, mein Lieber – ich bin mir untauglich, fremd, verräterisch – das sind MEINE Tatsachen, und die stringent zu Ende gedacht können einen zerreißen – da ist eine Sprengkraft drin, die kannst du bloß in Megatonnen ausdrücken, wenn du sie global nimmst – *(Pause)* – bis ich draufgeh – natürlich ohne Schnörkel ganz physisch gedacht, da gibts kein raus mehr, da steht der Suizid dahinter, genau – *(Pause)* – Mein Gott, das wird man sehen, freilich – das ist hoffnungslos UND ich steh es durch, das ist meine Art mich zu – ich sprech nicht von Verteidigung, die Illusion hab ich längst – MEINE Revolution ist, daß ich zu mir steh, bis es mich zerreißt, das ist die Grundbedingung für Radikalität in unserer Zeit – Zerreißprobe jawohl, im Selbstversuch – *(kleine*

Pause) – so stelle ich mich zur Disposition, und so bleibt es – genau – ja gut, versteh ich, leider – *(Pause)* – Hast du denn verstanden, um was es MIR geht? – okay, also mach es gut –

DIE FRAU *(deutet etwas)*

DER MANN Ich soll dich von der Irmi grüßen – ja, du auch. Servus. *(Er legt auf, schnauft, er schaut hilfesuchend zur Frau, er trinkt einen Schluck, er schaut wieder, Pause.)* Abgeschmettert – *(nickt, kleine Pause)* – das war eine schwere Geburt – schwerer Abgang sozusagen – *(lächelt verlegen, aber freundlich)*

DIE FRAU *(schaut ihn neugierig, unverwandt an)*

DER MANN *(schaut, ehrlich)* Es ist aber die Wahrheit. – *(Pause)* – Is es. Redet dauernd von der Wirklichkeit und hat keine Ahnung. *(Kleine Pause)* – Das ist doch heute nicht mehr so, daß man Narrenfreiheit – die Zeiten sind vorbei – *(kleine Pause)* – ich bin nicht arbeitslos, und ich will es nicht werden – ganz bestimmt nicht mit solchen Mätzchen – die Situation ist heute eine andere – eine Unterschrift unter so einen Aufruf und dann ein Foto vom Verfassungsschutz – weiß ich, was die neben mir machen, weiß ich, ob ich nicht wo drin mitmarschier, wo die Schaufenster zu Bruch gehen, weiß ich – ist ja egal, das genügt doch heute, das ist doch genug, darauf warten die doch bloß – *(kleine Pause)* – Ausgerechnet unsereiner – ich werd nicht mal entlassen, nicht mal der Akt als solcher läßt sich nachweisen, wenn ich – die ham doch gar keine Ahnung, die Herrn Proleten, was ein freier Schriftsteller ist – ich krieg nicht mal eine Arbeitslosenunterstützung, mich vermittelt kein Arbeitsamt – ich bin – ich bin darauf angewiesen – mehr als sich das einer von denen träumen lassen kann, ich – das langt doch heute, eine solche Unterschrift, ein kleines Foto, und der Bayrische Rundfunk sagt mir: Tut uns leid, Lieber, aber Ihr neues Hörspiel – »schlecht« sagen die nicht mal, nicht mal das, eng sagen die, papieren sagen die, mager sagen die – überzeugt uns nicht, Lieber – was weiß ich – wie man halt mit Ästhetikvorwürfen jemand wegräumt – *(kleine Pause)* – Und dann kann es aus sein, für einige Zeit, und die kann verdammt lang dauern, und dann – was is denn dann? Mal ins Sozialamt reinschnuppern – *(kleine Pause)* – um Gottes willen, nein, nein, vorerst – untertauchen vorerst, Tauchstation, kleinmachen, nicht auffallen, abwarten, bis es vorbei ist, das geht vorbei, das muß vorbeigehen, ganz klar – aber solang es ist, keinen Fehler machen, jetzt nicht – jetzt auf keinen Fall. *(Pause)*

DIE FRAU *(schaut ihn an)*

DER MANN *(schaut, lächelt)* Ich hab Schiß – ich hab einfach Schiß, verdammt noch mal, das kann doch nicht so schwer zu verstehn sein.

DIE FRAU Und warum hast du ihm das nicht gesagt?

DER MANN Was?

DIE FRAU Das.

DER MANN Daß ich Angst hab?

DIE FRAU Ja.

(Pause)

DER MANN Ich glaub, ihr versteht mich alle nicht.

DIE FRAU Kann man eigentlich schreiben, wenn man zu feig ist zuzugeben, daß man Angst hat?

DER MANN Feig?

DIE FRAU Ja.

DER MANN *(nach einer kleinen Pause)* Nein.

DIE FRAU Eben.

DER MANN Ich schreib keinen Satz seit einem Monat.

(Pause)

DIE FRAU Schreib doch wenigstens darüber, daß du Angst vor der Angst hast.

DER MANN *(schnell)* Damit ich mich verdächtig mach?

(Lange Pause)

Der Mann, der weiß, was er nicht will

Der Redakteur ist schnittig, kurzhaarig, gebräunt und festnakkig; die Kleidung ist salopp, aber mit Geschmack.
Der Schriftsteller ist feierlicher, unwohler gekleidet; drum ist ihm heiß. Beide sitzen, ein Schreibtisch trennt sie. Der Redakteur hat einen warmen, offenen Unterton:

Ich lebe gegen eine – *(kleine Pause)* graue Wand an – *(er lächelt)* der uneigentliche Rhythmus der eigenen Existenz – DAS LEBEN *(kleine Pause)* wo denn? – ich nenne es das »Milchglasscheibensyndrom« – *(er lächelt)* Ich sag das ganz offen, was mich zusammenhält, ist die Arbeit – gäbe es das hier nicht mehr

– *(lächelt)* ich wäre mit Sicherheit ein Sozialfall – *(er lacht laut)* – ich habe keine Illusionen, Sie sehen es – *(Pause)* – Jeder gute Satz ist ein Maßstab an die Wirklichkeit gelegt – sagt Wittgenstein – *(kleine Pause)* – Ich bin mir kein Maßstab – mein Lieblingsstück ist Leonce und Lena – »höchst problematische Waden« – *(er lacht)* – Das Durchstoßen der Wirklichkeit durch die erfundene, geschriebene Realität, die mir jeden Tag auf den Schreibtisch flattert – stoßweise – was befinden WIR – ich im Team mit den andern als jene maßstäbliche Realität angelegt an die tatsächliche Wirklichkeit – *(kleine Pause)* – Ich fühle mich überfordert, ich fühle mich, seit ich hier sitze, überfordert – diese Schiedsrichterfunktion zwischen dem, was sich draußen abspielt, und dem, was ich auf meinem Schreibtisch vorfinde – haben wir hier verarbeitete Wirklichkeit eingebunden in die dem Medium immanente Ästhetik – also Wahrheit letztlich, konkrete, faßliche, das also, was der Hörer verlangt und verlangen kann – oder haben wir nur einen einsamen Furz in der Landschaft – was? – *(Er lacht)* Vom Minderheitenprogramm in die Taubstummen- *(nickt)* frequenz – *(kleine Pause)* – Das hängt doch alles zusammen – Welches Bild, in unserm Fall welchen Ton gebe ich dem Hörer von der – von seiner Welt – *(Pause)* – Dahinter verbirgt sich Verantwortung, denn mit den Tönen, mit denen wir die Wirklichkeit besprechen, mit den – Farben wären besser in diesem Fall, als Beispiel – die Farben, in denen wir die Wirklichkeit malen und aussenden – vier Programme, hundert Stunden Sendezeit täglich – das sind die Farben, die der Hörer, ob er es will oder nicht – das sieht der Hörer irgendwann dann auch, der sieht, was wir wollen – Wir können also die Wirklichkeit – korrigieren wäre das beste Wort – die Wirklichkeit drückt auf uns, und wir drücken auf die Wirklichkeit – das verzahnt sich – *(kleine Pause, er lächelt)* – Sie sehen, ich mach mir nichts vor – die Macht der Medien bricht man nicht dadurch, daß man so tut, als gäbe es diese Macht nicht – das würde nur heißen, daß wir vor der Verantwortung davonlaufen, vor der – Macht ist ein verbrauchtes Wort – der – die Verteilung der Gewichte – *(Pause)* – Überschätzen wollen wir uns allerdings auch nicht, das Hörspiel ist nicht der Nabel des Rundfunks, und hören tun uns auch nur noch Blindenhunde – *(er lacht laut)* – Wir sind Teil der Teile, Sendeteil der Zeit – im Gesamten eben doch wieder. *(Pause)* – Ich habe, seit ich ein schlechtes Gewissen habe – seit ich hier sitze – *(kleine Pause)* –

was ich rauslasse, was ich versende, das verantworte ich auch, ohne Wenn und Aber, denn DAS ist meine Auseinandersetzung mit der Wirklichkeit, sonst säße ich hier am falschen Platz – Meine Abteilung, meine Hörspiele, ich – ich kann nicht schreiben, aber ich kann mich zu meinen Autoren bekennen – und glauben Sie mir, ich bin dankbar, ich bin für ein realistisches, sauber geschriebenes Stück »Wirklichkeit« dankbar, ich lauf dafür an den Starnberger See, wenn es sein muß – Wer kann denn in unserm Land noch schreiben, wer denn? – Und der Funk braucht das Wort, eigentlich eine klassische Disziplin – wenn man nur das Wort hat, definiert sich die Wirklichkeit sofort als eine radikale – und haben wir nicht die radikalste Wirklichkeit aller denkbaren Wirklichkeiten? – *(Kleine Pause)* – Darauf muß man inhaltlich reagieren, da muß das Loch gefunden werden, der Pfropfen knallen – *(kleine Pause, er denkt nach)* – Schon jetzt sehen Sie an mir eine – meine – die kindliche Sehnsucht nach Bildern, die große, die hungrige Sehnsucht nach Bildern – von der Ideologie sind wir satt, die hängt uns zum Hals heraus, die haben wir – über. Nein – *(kleine Pause)* – nein, Bilder, Bilder und wieder Bilder, wir sind süchtig nach Bildern – anschauen – die harte Zeit der Bilderbücher – *(er lächelt)* – Gehen wir davon aus heute, in der – *(kleine Pause)* – die Kunst auch – *(kleine Pause, er schnauft)* Die Wirklichkeit definiert sich als eine radikale, ja? – *(Der Autor nickt)* – Eben. Ich sage: die Radikalität der großen Bilderbücher, die Sehnsucht nach dem farbigen ICH. – Radikale Form und radikaler Inhalt. – Seien wir mutig, solange wir es noch können. – Keine Rücksicht vor nichts und niemand, wir sind eine öffentlich-rechtliche Anstalt. Wir gehören niemand, seien Sie radikal! – Rücksichtslos gegen sich, radikal gegen das Ich. – I c h, hören Sie dem mal nach: ICH. – Das ICH hinter der schlammverschmierten Plexiglasscheibe – ausgeschaltet, ABgeschaltet, vereinsamt, ENTleert – ICH – die großen Augen hinter der Scheibe, starrend auf die wirklichste Wirklichkeit, die es gibt seit der Menschheitsgeschichte, aber: hoffnungslos, wirkungslos und getrennt, wohlgemerkt getrennt – handlungsunfähig, vereinsamt, ALLEIN! – Ich? *(Laut)* Seien Sie radikal hinter der Plexiglasscheibe, reißen Sie den Schleier – *(kleine Pause)* – Ich kann *(lächelt)* – ich kann in Bildern, nur noch in Bildern denken. – *(kleine Pause)* – Ist das typisch? Meine Wand, meine Bilder? Das Glas, das Plexi, die Schlammstellen, die Außenwelt, wessen Innenwelt ist das?

Ich bin ein Intellektueller, Kopfarbeiter. Ich bin ich. Ich bin nicht das Gewicht der Welt, ich erhebe keinen Allgemeinheitsanspruch. Aber ich bekenne mich zu mir. Immerhin. Das Gewicht der Intellektuellen in unserer Welt, wir in unserer Ichigkeit – *(lächelt)* Wir? – Ich, icher, am ichsten. Wer spricht nicht gern von sich? – *(kleine Pause)* Geben wir es doch zu, sagen wir ja zu uns, stehen wir uns nahe, halten wir Geworfenen zusammen. *(Schlaffer, leiser)* Seien wir doch alle radikal. – *(Pause)* Deshalb, jetzt frag ich Sie offen, jetzt sag ich es ehrlich – oder ich fang anders an. *(Kleine Pause)* Wie ich gehört hab, daß Sie an einem Hörspiel arbeiten, daß Sie schreiben über – daß von Ihnen über die AGFA-Werke, die Schließung des Münchner Werks, darüber, was da passiert – *(kleine Pause)* – Das ist ein Thema, da muß man drüber schreiben, das ist doch klar. *(Kleine Pause, anerkennend)* Daß Sie da mitten im November bei der Demonstrationsveranstaltung – Willensbekundung im Sechziger-Stadion – das war doch ein eiskalter Tag, oder? – daß Sie da hin und mit sind, alle Achtung! – Mit den Betroffenen, den Frierenden, den siebentausend – in meiner Zeitung waren es fünftausend, aber das macht ja nichts, Sie waren ja dabei. *(Kleine Pause)* – Wissen Sie, das hat mich schon damals gewundert: Wenn in dem AGFA-Werk dreitausendzweihundert Mann ihre Arbeit – den Platz verlieren sollen, aus und Ende – daß da dann, wenn ich annehme, daß die BETROFFENEN alle da waren, daß dann bloß, sage und schreibe, ich – ich gehe jetzt von meiner Zahl aus, daß dann da bloß achtzehnhundert andere waren. Verstehen Sie, was ich meine: Das versteh ich nicht. Wenn mehr als dreitausend auf die Straße gekippt werden sollen, um ein sinnliches Bild zu gebrauchen, und die machen dann nach Feierabend eine große Protestveranstaltung – so wurde das von den Gewerkschaften angekündigt, drei Marschkolonnen, sternförmig – machen die das – machen die eine große – zum Stadion, und dort spricht dann wer weiß aller, vom Betriebsrat bis zum – was weiß ich – und da kommen dann, zu so einem Ding, keine zweitausend aus andern Betrieben dazu. – Wissen Sie, da muß ich doch ehrlich fragen: Wer soll denn das HÖREN? – Wer soll denn das hören, wenn schon keiner mitgemacht hat? Klar, die Leute sind schwer auf die Beine zu kriegen. Nach Feierabend will der Kumpel sein Bier und seine Ruhe. Ich gönns ihm. – *(Kleine Pause)* – Damit wir uns nicht falsch verstehen, ich hab gesagt, das Hörspiel wollen wir – kennenlernen, damit haben wir was zu tun, das betrifft uns, wenn es ihm gelingt, den Kern herauszuarbeiten. – *(Der Schriftsteller schaut aufmerksam)* – Siebentausend? – Fünftausend? – Oder noch weniger? – *(Kleine Pause)* Ich glaube, die Menschen sind müde, die Menschen sind erschöpft, die Menschen haben genug, die Menschen wollen nicht mehr. *(Kleine Pause)* – Ich habe Ihnen vorher gesagt: Ich steh zu allem, was ich gemacht hab – neue Innerlichkeit, die Herrn und Damen im weißen Anzug und dem hellen Sommerkleid, die durch die Ausstellung stolpern – das haben wir gehabt, das haben wir über den Sender geschickt. Wir müssen weiter. Nur, wohin? – Ich will in keine neue Diaspora, ich will nicht aus dem Intellektuellenminderheitenprogramm heraus und ins Proletenminderheitenprogramm hinein. Ich will die Masse, entweder ganz oder gar nicht. Man muß da radikal sein. *(Kleine Pause)* Eine Menge, die man Masse nennen könnte, hat aber nicht für die von der Entlassung bedrohten AGFA-Kollegen protestiert – *(kleine Pause, er lächelt)* – Sie schwindeln in Ihrem Manuskript, die Masse – die Masse ist nämlich daheimgeblieben oder heimgefahren – die Einschaltquoten des Vorabendprogramms waren um kein Prozent niedriger als sonst und die U- und S-Bahnzüge überfüllt wie immer – alles war wie immer an diesem kalten Abend für die Masse – in dieser Stadt. *(Leiser)* Die Unentwegten, die, die immer dabei sind, das konstante Protestpotential war da – und natürlich die dreitausendzweihundert Mann Belegschaft der zu schließenden AGFA-Werke – oder waren sogar die nicht vollzählig da? Auch die Betroffenen nicht alle? Wie viele? Wieviel Masse und wieviel Belegschaft war da und wieviel war nicht da?! – *(Laut)* Zahlen, radikal meinetwegen bis zum Erbrechen, aber Zahlen, Fakten, Maßstäbe – Wirklichkeit. *(Kleine Pause)* – Die meisten kriegen Sie doch erst dann auf die Straße, wenn es ihnen selber dreckig geht, wenn der eigene Arbeitsplatz bedroht ist. *(Ehrlich)* Das müssen Sie doch zugeben, die Zahlen sprechen doch für sich. Wissen Sie, wie viele Werktätige München hat? Und wissen Sie, wie viele Gewerkschaftsmitglied sind! *(Schaut)* Zwanzigtausend, fünfzigtausend, hunderttausend? – Oder mehr? – Sie wissen leider viel zu wenig. – Wenn Sie wenigstens dieses Nichtwissen radikal aus und zur Diskussion stellen würden! – Aber wie kommt das in Ihrem Manuskript heraus, soll ich vorlesen? – Sie kennen es, genau. Ich auch. – *(Nickt)* – Da kommt es heraus, als würde die ganze Stadt, als würde da eine ganze Stadt – als würde ganz München den Atem angehalten haben – als würde man diesen angehaltenen Atem als weißen Hauch – als Nebel sozusagen über – über der Stadt am frostigen klaren Novemberhimmel – sehen, gesehen haben – als würde sich da eine Bewegung, ein Zuspruch von allen denkbaren Seiten – Autofahrer, die nicht heimfahren konnten, weil die Tegernseer Landstraße kurzzeitig gesperrt war, schreiben Sie, die hätten »Verständnis« gezeigt – Sie sind ein Romantiker – Sie sind sogar romantizistisch, Sie sind – *(leiser)* – unehrlich! *(Lauter)* Die von Ihnen zitierten Autofahrer haben »Verständnis« gezeigt – ja, was heißt denn das? – sind sie ausgestiegen, haben sie das Auto stehengelassen, sind sie mitmarschiert? – *(Leiser)* Sie haben gegähnt, gewartet, am Autoradioknopf gedreht, sie haben den Motor laufenlassen, damit sie nicht gefroren haben, und sie haben gehofft, daß der Spuk schnell vorbeigeht, die verstopfte Kreuzung frei wird, weil sie heimwollten – *(sehr leise)* – es hat sie nicht betroffen – im Innersten! – Keinen, außer einem – und der sind Sie selber. – *(Pause)* – Sie, den Intellektuellen, den Künstler, den Schriftsteller hat es betroffen – besser getroffen – mitten in die Sehnsucht – die heißt, ich wär so gern ein Prolet geworden, wenn ich nicht so ungern früh aufstehn tät – Sie! – der so stolz ist, daß er ein Gewerkschaftsbuch haben darf, der sich mittendrin fühlt in den Kolleginnen und Kollegen – der den Zug der Zeit im Kreuz spürt – den Wind, *(lächelt, nickt)* wenn die andern höchstens frösteln im praktisch leeren, nullgradigen nächtlichen Fußballstadion. – *(Kleine Pause)* – Sie haben nicht von der Wirklichkeit, sondern von Ihrer Sehnsucht geschrieben nach – Solidarität – *(freundlich)* nach Mut und Kampf und Kraft und Streik und Betriebsbesetzung! – Ich glaub, Sie sind ein kleiner »Wahrheitsunterdrücker« – denn die, denen man immer vorwirft, sie würden nur von sich schreiben, die geben es wenigstens zu, aber Sie – Sie – Sie jubeln sich in etwas hinein, was Sie erträumen, Sie benutzen die Arbeiterkl- schaft für Ihre Träume, für die Abreagierung Ihrer Ängste, Ihrer Frustrationen, Ihrer Komplexe – Sie benutzen die Arbeiterschaft für sich! – Sie unterdrücken, wenn auch unbewußt, das konzediere ich Ihnen gern, die Wahrheit – Sie fantasieren den großen Kampf, die große Bewegung, du lieber Gott, ich spüre es, wie Ihnen unterm Frösteln das Herz warm wurde, als ein paar Chaoten vom Tribünendach ein Transparent herunterließen mit der so innig geliebten Weisheit: Alle Räder stehen still, wenn dein starker Arm es will! – Wie Ihre

Friedenstaube gurrte, als Sie lasen: Arbeit statt Raketen – und so weiter und so fort, wie wir das ja kennen – *(kleine Pause)* – Das hat Sie persönlich, Sie ganz persönlich – ich glaube Sie – Sie versuchen sich in diesem Text sozusagen unbewußt, aber gewaltsam mit der Arbeiterschaft zu vereinigen. Ich bin auch ein Intellektueller – ich kann Sie schon verstehen, warum denn nicht – ich kann Ihre Sehnsucht spüren, körperlich spüren – ich hab Sie beim Lesen Ihres Textes frieren gesehen auf der Tribüne, ich hab Sie klatschen gehört – wenn der Betriebsratsvorsitzende den Firmeneigner – diesen Belgier mit dem runigen Namen – diesen Mann, der da, der – wie der Betriebsratsvorsitzende diesen Belgier zum zwanzigsten Mal einen »Unmenschen« genannt hat, einen »unmenschlichen Zyniker«, einen – Unmenschen eben – und Sie haben am lautesten geklatscht – Sie, der Herr Schriftsteller waren dabei, endlich dabei – Sie sehnten sich nach dem erlösenden JA der Arbeiterkl- schaft – nach dem ja, du bist einer von uns, wir nehmen dich auf, du darfst mitmachen, die proletarische Seligsprechung – sozusagen, die wollten Sie doch, Sie schon – *(leiser)* – Sie beschreiben in Ihrem Text nicht den Kampf der Menschen um ihre Arbeitsplätze, Sie – Sie beschreiben Ihre Sehnsucht danach, zu ihnen zu gehören – warum? – aus dem normalen Minderwertigkeitskomplex heraus, den wir gegenüber der arbeitenden Bevölkerung haben – ich auch! – *(kleine Pause)* – Sie fantasieren eine normale, novemberabendliche Münchner Stadt – die heimwärts drängt wie immer! – in eine große Bewegung hinein *(nickt)* – in ein Erwachen, ein Die-Fackel-Anzünden, ein neues Bewußtsein – aber – *(er schaut den Schriftsteller lange freundlich an)* – das ist Wunschdenken – ist Utopie, *(leise)* ist Verrat an der Wirklichkeit *(nickt)* – Sie wollen – wollen kopulieren mit der Arbeiter-»klasse« – Sie wollen sich freistoßen – den Denkerpickel ausdrücken – sich infizieren – impfen mit – dem proletarischen Atem der Geschichte – das intellektuelle Schnüpfchen mit dem – *(lächelt)* – Weltgeist kurieren – *(Pause, abgeschlaffter)* Ich glaube Ihnen kein Wort, keines in diesem Text – wenig, zu wenig, das langt nicht für eine Sendung, das langt nie – neinnein. *(Pause, lauter)* Was ich Ihnen glaube, das ist – Ihre Sehnsucht, die glaub ich Ihnen. *(Pause)* – Und damit sind wir am Anfang. – *(Leise, ehrlich, ernst)* Radikal sein – doch, behaupten Sie nicht, Sie würden – im Gegensatz zu den andern *(nickt)* – NICHT von sich, sondern von der Masse schreiben und von dem, was die Masse fühlt, will, denkt, tut –

(schreit) Nein! – Schreiben Sie radikal, geil, offen, schonungslos. Schreiben Sie von Ihrem innigsten Wunsch, mit der Arbeiter-»klasse« kopulieren zu dürfen – schreiben Sie Ihre Sehnsucht als gute alte deutsche Prosa – ich sende das – in der Literatur am Abend, da gehört das hin – ich tu das, das tu ich – *(Pause, er schnauft, er fängt sich, ruhiger)* – Seien Sie offen, ehrlich, KLAR – wenn es auch weh tut, her mit den Wunden – her mit – schreiben Sie von Ihren kindlichen, hoffnungslosen Versuchen im theoretischen Suizid des ICH das befreiende, praktische WIR zu erlangen, ja – machen Sie sich frei, ich sende es, wenn Sie radikal Ihr Scheitern, Ihr Mißlingen, Ihr hoffnungsloses Werben darstellen, wenn Sie sich hinlegen, ausbreiten – EINLASSEN, was als Wirklichkeit in Ihnen drin ist – was nach Befreiung, nach Literatur schreit – ehrlicher, radikaler gehts nicht – die Zerreißprobe im Selbstversuch: die Sehnsucht eines deutschen Intellektuellen nach dem brutalen, rücksichtslosen Zugriff der Masse – dem Koitus mit der Arbeiter-»klasse« in diesem Fall – in Ihrem Fall ein kranker, gestörter – ein *(entschuldigend)* Manisch-Depressiver – sehr gut – *(kleine Pause)* davon sollen Sie schreiben, davon – oder schreiben Sie von denen, die DAHEIM geblieben sind, schreiben Sie von den einhundertachtundneunzigtausend Daheimgebliebenen – der arbeitenden Bevölkerung, die nicht mitdemonstriert hat – an diesem kalten Novembertag in München, obwohl jeder zu entlassende AGFA-Kollege – sicher – ein Dutzend Nachbarn, Freunde, Verwandte hat – obwohl es seit längerer Zeit dick und breit in den Zeitungen steht – obwohl der DGB und die IG-Metall zusammen zur Demonstration aufgerufen haben *(nickt)* – schreiben Sie von denen, denen es an diesem gläsernen, trockenen, windigen Novemberabend zu kalt war zum Demonstrieren, schreiben Sie davon – schreiben Sie von sich und Ihrer innersten Sehnsucht und SCHWÄCHE, oder schreiben Sie von den Daheimgebliebenen, Heimgefahrenen, Gleichgültigen – *(schaut den Schriftsteller an, weich)* aber schreiben Sie nicht von den Wenigen, die handeln – *(kleine Pause)* – das kann ich nicht senden. *(Pause …)*

Kemal Altun

Nein

Du Staat, du deutscher
vom 30. August 1983,
paß auf,
ich muß dir ein paar
Zeilen sagen,
es ist aus zwischen uns.
Staatenlos wär ich lieber
als Bürger von dir.

Staat, daß das Faß heut überlief,
an diesem milden Tag,
hat seinen Grund in einem Tod,
der an dir kleben bleibt.
Verdächtigt hab ich dich schon oft,
heut hast du dich bewiesen.
Die Nachricht war ganz kurz,
war sachlich. Schnell vorbei.
Heut früh ist einer
aus dem Fenster gesprungen,
der deinen Schutz wollte,
aus dem sechsten Stock des
Berliner Verwaltungsgerichts
und gestorben auf dem Rasen
hinter dem Haus.

Der zu uns kam und der nichts
wollte als bleiben dürfen, leben können,
atmen, der sprang heute aus deinem Fenster.

Jetzt liegt er im Gerichtsmedizinischen
und später kommt er in die Kühlkammer.
Wird dann weiter verhandelt,
ob nun, da mehr nicht übrig ist,
der Leichnam Asyl in deutschem Boden kriegt
oder auch der noch auf türkischen muß?

Ich kann dein Gesicht nicht mehr erkennen,
du deutscher Staat vom 30. August 1983.
Wie alt bist du?
Ich weiß von manchem Fenstersturz
als letztem Aufbegehren gegen
GESTAPO, KZ und Vergasung.
Für den, der jetzt tot ist,
hat sich die demokratische Welt eingesetzt.
Man bat, man flehte, man hoffte.
Woher wußte der Tote, daß
dieser deutsche Staat nicht zu rühren ist?
Kannte er die deutsche Geschichte so gut?

Für mich hast du heute getötet, Staat,
nicht selbst, noch nicht, doch hast
du einen Tod erzwungen, du lieferst aus –
als wüßtest du von GAR NICHTS –
Verfolgte eines Faschistenregimes
lieferst du an das Faschistenregime aus.

Staat, du hast so manchen alten Nazi
freundlich an deiner Brust,
wie konntest du dem jungen Demokraten
den Weg durchs Fenster weisen?
In welchem Namen kannst du sowas tun,
in welchem Auftrag?
In meinem auch? Bin ich dein Eigentum
so wie mein Paß? Ich will nicht mehr.
Will nicht mehr Bürger genannt werden
eines Staats, der mit Systemen paktiert
die nach dem riechen, was auf den letzten
europäischen Schlachtfeldern zerrieben schien.
Ich will nicht mehr Bürger genannt werden
eines Staats, der sich mit jedem freundlich
beschnuppert, der nach Unrecht, Terror,
Folter, Blut und Elend riecht –
nach deutscher Vergangenheit also.

Staat du, vom 30. August 1983,
ich hab noch viel auf der Zunge,
aber es schändet nur den heute

von dir Getöteten, er allein wär genug zu sagen:
Staat, du bist der meine nicht mehr,
mir ekelt vor dir,
du aus altem Nazischoß gekrochner
groß gewordener Bastard.

Mag sein, die Zeilen sind verbittert,
maßlos auch und haßerfüllt
und sie entzwein mich mit mir selbst.
Ich kann nicht anders.
Als heut die Nachricht kam,
nach dem Mittagsglockenläuten,
war dieser Sprung aus dem Berliner Fenster
mir zuviel.
Ich schäme mich.

Heimat? – Ich möchte staatenlos sein,
ein Ausgewiesener wenigstens,
die Zeit ist doch gekommen, daß man sagt:
bis hierher ist zuviel.
Mir brennt die Stirn.
Der Sprung des jungen Türken in den Tod,
der ist von mir auch mitverschuldet.
Staat du, vom 30. August 1983
ich schwieg zuviel von dir,
und tat zuwenig gegen dich.
Das muß sich ändern.

Ausländerdeutsch

Eng zusammen ein Mann und eine Frau, die sich sehr ähnlich sehen, in einer kleinen Wohnung der Einsamkeit. Der Mann schweigt.

DIE FRAU *(lacht hell, schaut, lächelt, wirft den Kopf zurück)* Nein, das tu ich nicht, weil ich nimm die Pille nicht – weil ich nicht noch dicker werdn will *(sie lacht)* – verstehst *(kleine Pause)* dick ist bloß in deiner Heimat schön, oder auch ned? *(der Mann lacht)* – Hier bei uns is es jednfalls nicht schön, und deswegn nimm ich die Pille nicht, weil die zieht das Wasser, und wo das Wasser is, da is das Fett nicht weit! *(sie lacht)* – *(kleine Pause, sie schaut ihn an)* – das tät ich dir gar nicht sagn, wennst es verstehn tätst – verstehst du mich? – *(der Mann lacht)* – ihr verstehts mehr, als man glaubt, gell, da muß man aufpassn bei euch – *(der Mann lacht, nickt)* – *(Pause)* – Soll ich uns eine Musik auflegn? – Was Türkisches hab ich nicht, aber ich hab was Griechisches, soll ich das auflegn? – *(der Mann ist sich nicht sicher)* – Entschuldigung, gell! – *(sie lacht, wie sie denkt, daß man wissend ertappt am besten lacht)* – Ihr seids ja im streitn, die Griechn und die Türkn – *(der Mann nickt, aber er lächelt auch)* – das weiß man bei uns nicht so genau, weil die Türkei is doch weit weg, obwohl man mit der Touropa sogar hinfahrn kann inzwischn – *(Pause)* – ich tät aber lieber nach Griechenland fahrn, einfach so weil – fahrn mir nach Griechenland? – *(der Mann schaut)* – fahrn mir zwei einmal nach Griechenland, du und ich? – *(der Mann nickt nicht recht glücklich)* – *(Pause)* – das is aber schon so nah an der Türkei, gell, daß es unhöflich wär, wenn man bloß nach Griechenland fahrn tät? – *(der Mann lächelt)* – *(kleine Pause)* – Das versteh ich schon, so dumm bin ich nicht – *(kleine Pause)* – Ich red viel, gell – *(der Mann lächelt)* – aber mir sind in Deutschland, und die deutsche Frau redet gern – und in Deutschland redt man deutsch, da kann man nix machen, wenn mir in Griechenland sein tätn, dann tät man griechisch redn und in der Türkei türkisch – *(Pause, sie schaut ihn an)* – Eigentlich is es ja Zeit gwesn, daß ich einem wie dir über den Weg lauf, wo es so viele von euch bei uns gibt – mir haben nämlich in Deutschland einen Frauenüberschuß *(sie lacht hell auf)* – habts ihr in der Türkei auch einen Frauenüberschuß? – *(der Mann lacht)* – sagst es ned, weil es dir – du bist ein Moslem, gell, die redn ned gern über Frauen, die sind alle *(lacht laut)* schwul, gell? – *(der Mann versteht nicht recht)* – du nicht, hab ich recht? – *(der Mann nickt – ziemliche Pause)* – auch die deutsche Frau hat eine Ehre, auch wenn man es nicht gleich erkennt, weil sie keinen Schleier trägt – Kulturkreise nennt man es, mir ham einen verschiedenen Kulturkreis, mir zwei *(sie lacht laut, der Mann lächelt)* – *(Pause)* – Ehe gibts aber schon bei euch, gell? *(der Mann nickt)* – Bei euch gibts keine Vielweiberei? – Drei, vier Frauen für einen einzigen Mann? – *(der Mann schüttelt den*

Kopf) – in Deutschland gelten deutsche Gesetze, das is eh klar – *(kleine Pause)* – kann ein Moslem heiraten, richtig mein ich – *(der Mann nickt)* – eine Frau heiraten, die er sich selber aussucht, weil er sie liebt – *(der Mann nickt)* und is die Ehe dann auch gültig? – *(der Mann nickt)* – und verstoßen kann er sie nicht? – *(der Mann versteht nicht)* – wie es heißt, daß er dreimal zu ihr sagt: Ich verstoße dich – dreimal muß er es sagen, und dann muß die Frau gehn? – *(der Mann schüttelt den Kopf)* – obwohl die Ehescheidung in Deutschland auch anders worden is, da kann eine Frau treu sein, wie sie will, wenn der Mann nimmer mag – *(Pause)* – wie ist das in der Türkei? – anders, gell? *(der Mann schaut, lächelt)* – oder könnts ihr doch soviel Frauen heiraten, wie ihr wollts, daß auf eine mehr oder weniger gar ned ankommt? – *(der Mann schüttelt den Kopf)* – *(Pause)* – wie viele Frauen kann ein Moslem heiraten? – *(kleine Pause)* – aber mir tätn eh da in Deutschland bleibn, dann wär das kein Problem, weil wie es bei uns is, das weiß ich besser wie du – da tätst mir schon nix vormachen können – *(der Mann nickt)* – *(Pause)* Gfallt es dir bei uns? – *(der Mann nickt)* – Deutschland is schön, gell? – *(der Mann nickt)* – is Deutschland genauso schön wie die Türkei – *(der Mann lächelt)* – brauchst es nicht sagn, jeder Mensch liebt seine Heimat mehr wie alles andere, außer wenn er eine Familie hat – *(der Mann lächelt, nickt)* – *(kleine Pause)* – *(ziemlich unvermittelt)* Könntest du dir vorstelln, daß du mich ned bloß bumsen tätst, sondern länger – *(kleine Pause)* – daß du überhaupt eine deutsche Frau heiraten tätst – *(kleine Pause)* – es muß ja ned ich sein, sondern allgemein – *(der Mann lächelt und nickt)* – ich auch? – *(der Mann nickt)* – *(kleine Pause)* und wenn ich es doch einmal vergiß und versehentlich ein Schweinernes mach, dann schmeißt es mir an die Wand? – *(der Mann lacht)* – Weißt du, wie teuer Lammfleisch ist und wie weit man laufen muß, bis man eines kriegt? – *(der Mann nickt)* – *(Pause)* – aber mit ein bißl einem guten Willen tät man sich schon verständign können beim Essen, oder? – *(der Mann schaut)* – *(Pause)* – tätst es dir wirklich vorstellen können, daß mir uns heiratn? – *(der Mann nickt)* – *(kleine Pause)* – ich auch, wenn mir in der Türkei lebn tätn – *(kleine Pause)* – aber in Deutschland geht das nicht zur Zeit – *(kleine Pause)* – geht es in der Türkei? – *(der Mann schaut)* – wenn ich in der Türkei sein tät? – *(der Mann lächelt)* –

brauchst keine Angst habn, ich geh eh nicht in die Türkei, ich mein bloß wenn – *(der Mann nickt)* – wo ich sogar oft Schwierigkeitn hab, daß ich mich bei uns als deutsch durchsetz, ich weiß auch ned warum – vielleicht weil ich dunkel bin, zu dunkel für hier eigentlich *(sie lacht)* – Tät man mich in der Türkei erkennen? – jederzeit erkennen, mein ich, daß ich eine Deutsche bin? – *(der Mann nickt)* – in Deutschland erkennt man mich nicht immer, erst wenn ich den Mund aufmach, das is klar *(sie lacht)* – *(der Mann lächelt)* – glaubst es mir nicht? Aber es is so – *(Pause)* – ich will bei uns hier keine türkische Familie werdn, das tät ich nicht verkraftn – *(kleine Pause)* die Türkei ist – fortschrittlich gesprochen noch weit zurück, gell? – *(der Mann schaut)* – da können mir so schnell noch nicht hingehn, gell? *(der Mann weiß es nicht, oder er sagt es nicht)* – oder ist da alles besser? – *(der Mann verneint deutlich)* – ich hätt auch keine Veranlagung für eine Türkin, da bin ich sicher – wie sind denn die türkischn Fraun? – *(der Mann weist auf sie)* – willst mich belei – das is kein Kompliment, das mußt schon verstehn, daß das kein Kompliment is – obwohl ich auch schon gutaussehende türkische Frauen im Fernsehen gesehn hab – *(der Mann nickt)* – aber wenn mir hier bei uns eine türkische Familie begegnet, dann tut mir die Frau meistens leid – *(der Mann schaut)* – der Mann stolz voraus, und sie mit ihre Tücher und Röck und Fetzn wie ein Packesl hinten nach – mir tätn schon nebeneinander gehn, daran tätst dich gewöhnen müssen – *(der Mann lächelt und nickt)* – *(kleine Pause)* – die türkischn Männer sind nicht häßlich, ich find sogar, daß die Türkn wo am häßlichstn sind von euch immer noch nicht so häßlich sind wie die häßlichstn von uns *(sie unterbricht sich, denkt nach)* – weil ihr von Natur aus braun seids, also keine Neger, sondern braun, ihr habts eine bessere Hautfarb, mir sind nicht so farbig wie ihr, mir sind wie gspiebn im Winter, das is auch nicht schön, da habts ihr einen Vorteil – *(der Mann lacht)* – der Süden genau, südlich – bin ich südlich? – *(der Mann lächelt und nickt)* – ich bin nicht südlich, das weiß ich genau, leider, ich bin deutsch – zumindest, was die Haut anlangt *(kleine Pause)* – aber sonst auch, fleißig vor allem – habts ihr so saubere und fleißige Frauen wie bei uns? – *(der Mann nickt)* – lobst deine Heimat, hast recht – *(kleine Pause)* – vielleicht kennst den Unterschied gar ned zwischn sauber und schmutzig – *(kleine*

Pause, sie schaut ihn an, der Mann ist unsicher) – des hab ich jetzt nicht persönlich gmeint, des hab ich mehr bloß allgemein gmeint, weil daß du sauber bist, das is mir schon klar, das weiß ich schon, sonst hätt ich dich überhaupts nie in meine Wohnung lassn – *(Pause)* – ich find auch, daß mir gut zampassn tätn, das hab ich mir gleich denkt, wie ich dir in der Kantine zum erstn Mal übern Weg glaufn bin, daß mir zampassn tätn – *(der Mann schaut, sie lächelt)* – ich beobacht dich schon länger – *(dem Mann ist nicht wohl bei dem Gedanken)* – da brauchst nicht gleich so schauen, bei uns is das normal, daß sich auch die Frau den Mann anschaut, das is ganz normal bei uns, mir sind ja nicht *(lacht)* in Mohammeds Land, oder wie das heißt – sei froh, sonst tätst du jetzt nicht in meiner Wohnung sitzn, oder? – *(der Mann nickt etwas)* ebn! – *(kleine Pause)* – Tätst du mich – tätst du dir vorstelln können, daß du mich heiratst, wenn mir nicht in Deutschland wärn, sondern in der Türkei? – *(der Mann schaut)* Ich mein *(leise)* – auch dann, wenn ich keine Türkin wär, sondern eine Deutsche – in der Türkei eine Deutsche und du ein Türke in der Türkei – *(der Mann schaut)* – weil daß ein Türke in Deutschland eine Deutsche heiratn tät, kann sein, aber in der Türkei? – *(Pause, der Mann schaut, lächelt, ist verlegen)* – Oder tätst du mich auch bloß in Deutschland heiraten, weil mir da nicht in der Türkei sind? – *(Pause, der Mann denkt nach)* Andere Länder, andere Liebe. *(Lacht)* Ich tät dich schon mögen, und weil ich sowieso bisher selten jemanden mögen hab, der wo zu mir paßt, weil er mich auch mag – *(kleine Pause)* – tät ich dich auch heiraten, irgendwo – *(lächelt)* es muß ja nicht in der Türkei sein, die Welt is groß, irgendwo ebn, aber in Deutschland momentan nicht, weil die Heimat die Heimat is, die darf man nicht verraten – *(sie lacht, kleine Pause)* – Wenn es nach mir gehn tät, tät es keine Grenzn gebn auf der Welt, bloß zwischen gut und schlecht, aber mehr nicht – *(der Mann nickt)* – *(kleine Pause)* – gibts aber nicht, weil mir uns im falschn Land kennenglernt haben, da kann man nix machn – *(der Mann lächelt, sie nickt)* – *(Pause)* – kennt man das Aufpassn in der Türkei auch? – Liebe, mit nix Baby? – *(der Mann nickt)* – mußt es mir versprechn, daß du aufpaßt – *(der Mann nickt)* – ich will keinen kleinen Türken, auch wenn es ein Mensch is wie jeder andere – aber bei uns nicht – *(kleine Pause)* – ich laß dich, wennst mich nicht festnagelst *(lächelt, leise)* – damitst meinen guten Willen siehst, auch wenn ich keinen kleinen Türkn will, weil der unpäßlich is in der momentanen Zeit – die lang dauern kann. *(Pause)* – Tätst du mich wirklich heiraten? – *(der Mann nickt)* – ich tät nämlich schon auch Kinder wollen, aber es sollen eben deutsche Kinder sein, oder? – *(der Mann schaut)* – Das kann man doch verstehn, wenn man ein Hirn hat – *(der Mann nickt)* – ich hätt Angst, wenn ich bei uns mit einem Türknkind durch die Straßn lauf – *(kleine Pause)* – ich will kein Türknkind, weil ich hätt Angst vor die Deutschn, wenn das Türknkind mein eigenes wär – *(der Mann schaut, kleine Pause)* – oder?

Zerreißprobe

Zuhause, im Wohnzimmer, vor einem Spiegel, alles macht eine gepflegte, kleine Atmosphäre, die Vorhänge sind zu.

(Der Mann geht wie auf einem Laufsteg auf und ab, verbeugt sich, steht, wartet.) Das is die Nummer 1 – 1 – 2 – 6 – 9 – 3, die ham wir jetzt schon bald zwei Jahre auf der Station, insofern kann man grad bei diesem Exemplar die Langzeitfolgen recht deutlich sehen. – Zwei Jahre schon? – Ja, fast. Es wär bei diesem ja nicht mehr ganz jungen Exemplar sogar denkbar, daß wir ihn für ganz dabehalten. Jetz schaun mir uns einmal die Veränderungen an. Tun Sie sich einmal ausziehen. – *(Tut es)* So, na jetz kommens nur her, mir beißn ja nicht. Wie schauts denn mit der Größe aus? Aha, ja, man kann immerhin sagen, daß das Exemplar seit der Einlieferung um fast drei Zentimeter kleiner geworden ist. Auch der Knochenbau ist rückläufig, das sieht man vor allem an den Schulterpartien und am Becken. Na, schiebens das Becken einmal vor, daß man das messen kann. *(Tut es)* So, da hamma ganz beachtliche Verformungen. Langens nur her, Herr Kollege, das macht nix. Spüren Sie es? – Tatsächlich, hochinteressant, wenn man bedenkt, daß Sie das Exemplar ja eigentlich nur in Untätigkeit halten und zum Beispiel, wenn ich Sie richtig verstanden hab, keine Medikamente dem Futter beifügen. – Nein, gar keine, es ist eine reine Stillstellung, also sowohl Untätigkeit, darauf ist besonders sorgsam zu achten, und der damit

bedingte Isolationseffekt, die Separierung von den andern Artgenossen. Mehr ist das eigentlich nicht, wir füttern reichlich, auch die Unterkunft ist zwar nicht komfortabel, aber ausreichend. – Das muß ich mir schon genauer anschauen. – Ja, vor allem ist auch noch inzwischen eingetretener Haarausfall zu beachten, der ja ganz enorme Maße angenommen hat. Das ist vor allem auf einen gewissen Vitaminmangel zurückzuführen, weil wir die Kost natürlich – obwohl ausreichend – bei den hochwertigen Produkten eingeschränkt haben. Ist übrigens kein Problem, das Exemplar verlangt selber nicht viel Futter. Das kommt vermutlich aus einer gewissen psychotischen Grundstimmung, die mir aber ja grad untersuchen wollen. Jetzt eigentlich das Wichtigste: Wie schon beim Menschenaffen zu beobachten war, läßt die libido sexualis in Gefangenschaft nach. Ebenso bei diesem Exemplar unter den Versuchsbedingungen, wie wir sie haben. Aber das is ja eigentlich nichts Neues. Nun, wenn ich Ihnen einmal den Effekt vorführen darf, bitte *(er lächelt verlegen)* seins doch einmal so gut und zeigens dem Kollegen die Veränderung des, Sie wissen schon. *(Leise)* Das tut er nicht gern, wenn ihm wer zuschaut. Aber er is ja brav. *(Er beginnt zu onanieren.)* So, jetz hamma gleich die volle Erektion, und da sind die alten Meßwerte, schauns selber, *(leise)* hier sind die Rückbildungen also wirklich vehement. Jetz langts schon, danke. Meßn mir einmal. *(Mißt sich)* Sehn Sie, und jetz vergleichen wir die Ausgangswerte. – Unglaublich. – *(Lächelt)* Ja, ich hätt es auch nicht gedacht. So, zum Schluß will ich Sie noch auf die Knotenbildung im Mastdarmbereich hinweisen. Tun Sie sich auf den Tisch legen, und die Beine auseinander und schön entspannen, *(lächelt)* Sie kennen des ja schon, gell! *(Tut es, langt sich dann selber in die Afteröffnung)* Langens nur hinein, das muß er schon aushalten. Spürn Sies? Ja? – *(Nickt)* – Eben, da sind doch ganz deutliche Veränderungen festzustellen. Ob das jetz bösartig is, werdn mir nächste Woche mit einer Gewebsentnahme prüfen, sicher is jedenfalls, da geb ich Ihnen mein kollegiales Ehrenwort, bei der Einlieferung war dieser Bereich vollkommen normal. – Worauf führen Sie die Veränderung zurück? – Ich glaub, es ist eine körperliche Manifestation der aus der Isolation und Stillegung gewonnenen Depression. So! – Sie können sich wieder anziehn, und wir gehen weiter. Mir ham noch mehr Exemplare, die es wert sind, daß man sie einmal unter die Lupe nimmt. Kommens, Herr Kollege! *(Er schnauft, er steigt vom Tisch herunter, er schaut sich um, er geht zum Spiegel, er schaut hinein und fängt richtig zu onanieren an.)* Arbeitsloser Wichser, arbeitsscheuer Spinner! Feige Sau! *(Macht einige Zeit lustlos weiter, ändert dann Ton und Haltung, schlägt sich auf die Stirn, schnauft, versucht, wieder »Boden unter seine Füße zu kriegen«, Pause)* Ich will einen Arbeitslosenjudenstern. Ich will, daß man mich sieht. Wenn mir uns nicht bemerkbar machen, dann werden mir nicht gesehn. Von denen, die Arbeit haben, können mir keine Hilfe erwarten. Arbeit ist Brot. Der Hungernde ist der natürliche Feind des Satten. Das ist ein Gesetz. Wer es nicht einhält, der kommt unter die Räder. *(Kleine Pause)* Ich will, daß man mich sieht. Man soll mich sehen, immer und überall. Ich will einen Arbeitslosenjudenstern. Das muß bluten, das muß immer bluten. Ich will, daß man mich erkennt, ich will, daß man mich sieht. Wer ist noch arbeitslos in der U-Bahn, wer ist noch arbeitslos im Kino in der Nachmittagsvorstellung, wer ist noch arbeitslos auf dem Bahnhof am Vormittag, im Stehausschank. Wer noch außer mir? Jeder muß schrein: Hier bin ich, es gibt mich, ich hab keine Angst mehr, ich hab meinen Ekel vor mir besiegt. Ich bekenne mich, ich bin unschuldig verurteilt. Und ich finde mich mit diesem Urteil nicht mehr ab. Gebts mir meine Arbeit zurück, oder mir zünden euch die Arbeitsämter an, mir blockieren die Ausfallstraßen und legen den Flugverkehr lahm, mir setzen sich auf die Eisenbahnschienen und schneiden die Überlandkabel durch. Beim Arbeitsamt vertrösten lassen is keine Lösung, daheimsitzen und fernsehen is keine Lösung. Das Arbeitslosengeld versaufen is keine Lösung, sich umbringen is auch keine Lösung. Bloß jammern is keine Lösung. Mir wollen einen Arbeitslosenjudenstern. Den tragen mir, und mit dem schlagen wir zu. *(Kleine Pause, er ändert wieder den Ton, lächelt.)* Jetz wars doch gut, daß mir so tan ham, als tätn mir gehn, und ihn in Sicherheit gewiegt haben, daß er ned beobachtet wird. *(Kleine Pause)* Wenn er sich ned beobachtet fühlt, dann möcht er die Krallen zeigen, der Lauser! Ja, was war denn das, ha? *(Er schlägt sich mit einem Stöckchen.)* Zeig die Pfoten her! Genau. Und wenn ich auch nur ein Krallerl seh, dann hau ich dir so hinauf, daßd es nicht vergißt. *(Kleine Pause)* Hören Sie ihn brummen? Das is typisch. *(Lächelt)* Da brauchens ned so vorsichtig sein, der tut nur so, der is vollkommen ungefährlich. *(Er macht Tierlaute, Drohlaute.)* Mir geht es ja bloß darum, daß meine Hypothese erhärtet wird: Im Laufe der Behandlung schmilzt sozusagen das

Menschliche am Versuchsobjekt, und das Tierische gewinnt wieder die Oberhand. Jetzt gib ich ihm ein Zuckerl, und dann is er still. *(Er schreit wie wahnsinnig auf, gebärdet sich wie wild.)* Keine Angst, der kann ned beißen, mir ham sein Gebiß kassiert, eine normale Sicherheitsmaßnahme. *(Tut laut)* Au, aua, au, laß mich aus, du Mistviech, läutens die Alarmsirene, schnell, läutens, bevor er mich zamfrißt. Aua! Auuuu! *(Kleine Pause, wieder zum Spiegel, ruhig)* Arbeitsloser Wichser. Spinner, arbeitsscheuer. *(Kleine Pause)* Wer bist du? – Ich bin ich. – Soso. *(Nickt, hält sich den Kopf, schnauft, wartet)*

Der Überläufer

In einem nicht zu großen Büro. Hell. Der Mann in U-Haft sitzt vor zwei freundlichen Herrn, im Hintergrund müde ein Wachhabender. Der Beschuldigte will hart, direkt und unbeugsam sein. Die zuhörenden Herrn stören ihn, weil sie nicken, auf Angriffe kaum reagieren, Verständnis zeigen. Der Beschuldigte wird immer lauter, verzweifelter. Seine Aggression wächst, bis er zusammenbricht. Rasche Szene.

HÄFTLING Nicht aufregen, nicht übertreiben, wer wird das Spiel nicht mitspielen, das spielen doch alle. Wer wird die Wahrheit sagen, das ist doch schlechter Geschmack, wer wird den Frieden stören. Ich bin ein Störer, es ist mir eine Ehre, heute hier zu stehen. Ich danke Ihnen! Ich hoffe, Sie erkennen nicht auf Bewährung. Ich will sie nicht. Ich bekenne, daß meine Straftaten das einzige sind, dessen ich mich in den letzten drei Jahren nicht schäme. Ich bin ein Wiederholungstäter. Mein Rechtsempfinden ist empfindlich gestört. Meine kriminelle Energie beachtlich. Ich bekenne mich schuldig. Ich bin ein Staatsfeind. Verurteilen Sie mich. Sie können es, Sie haben darin Übung. Tun Sie Ihre Pflicht. Ich schäme mich, wenn ich meinen Paß vorzeige. Ich will ihn nicht mehr. Ich will Euern Staat nicht. Mir ekelt, wenn er sich an meine Brust schmeißt und der meine sein will. Er ist nicht der meine. Aber ich komme nicht aus Moskau. Damit kann ich leider nicht dienen. Ich komme aus München. Haben Sie keine Scham? – Sie, Sie sind nicht meine Richter. Richten Sie mich! Meine

Straftaten haben keine Einflüsterer, sie kommen von hier und jetzt. Auch wenn das der alte Nazi, der da rechts sitzt und über mich richten will, nicht glauben kann, weil er meint, zwischen 33 und 45 sei der Widerstand ein für allemal liquidiert worden. Ich lebe. Für mich ist Christus der gekreuzigte Friede. Ich bin Christ. Kein Amtskirchen-Christ, kein Waffen-Christ. Ich bin ein Menschen-Christ. Herr, du hast mich aus der Gnade gestoßen. Staat, du hast mich aus deiner Verfassung gestoßen. Die Wirklichkeit unserer Verfassung ist nicht die meine. Ich bekämpfe sie. Ich habe Angst. Ich bin verzweifelt. Ich habe gezittert. Ich habe meine Straftaten nächtelang überlegt. Sie wurden gut vorbereitet. Angriffswaffen auf deutschem Boden sind der Beweis dafür, daß dieser Staat von 1983 zwölf Jahre aus seinem Gedächtnis gestrichen hat. Ich kann mir fünfzig Millionen Tote nicht aus dem Kopf schlagen. Sie sind hartnäckig. Ich bin hartnäckig. Staat, gib mir meine Menschenwürde wieder, indem du mich verurteilst. Sperr mich ein, daß ich weiß, ich bin auf dem rechten Weg. Staat, tu was gegen mich. Ich fuhr oft mit Nachtzügen, quer durch Deutschland. Ich schaute aus dem Fenster auf das nächtliche Deutschland. Kaum ein Kilometer ohne Lichter, Häuser, Straßen, Bewohner. Überall zwischen Flensburg und Passau, zwischen Hamburg und Berlin: Menschen. Wer uns mit Atomraketen schützen will, kennt dieses Land nicht, oder er riskiert den Völkermord. Weiter: Die Vorbereitungen für den Atomkrieg – und für mich ist die Stationierung amerikanischer Atomraketen Vorbereitung von Atomkrieg – legitimiert das Bild vom globalen Auschwitz. Es wird vorbereitet. Ich sage nein, hör zu Staat, sperr deine Ohren auf. Nein. Atomwaffen einer amerikanischen Regierung, deren Weltbild von Kingkong bis Dallas reicht – das ist kein Witz, das ist das politisch-ideologische Denken eines Ronald Reagan – solche Waffen auf deutschem Boden, das ist Landesverrat. Ohne Wenn und Aber: Wir als vorgeschobene Atom-Geisel der USA: Ich heiße das Landesverrat. Ich lese Zeitungen. Die falschen? Ich lese in den falschen: 37 Prozent der Amerikaner sind laut einer Umfrage für Krieg, sie glauben, daß wieder einer kommt, er ist notwendig, meinen sie, unvermeidlich, meinen sie. Ich weiß: Dieses Drittel der Amerikaner ist für Krieg, weil es glaubt, daß er spätestens in London haltmacht und nicht nach Seattle kommt. Es irrt sich, aber wenn es das merkt, sind wir Staub. Dann kann Deutschland zum letzten Mal geteilt werden: Asche zu Asche und Staub zu Staub. Ich rede vom Krieg. Ich rede vom Frieden. Wir haben zwei Atombomben, die eine heißt Plutonium und die andere heißt Hunger. Für eine Milliarde tickt die Atombombe Hunger, Elend, Krankheit, Seuchen, Durst. Wenn nichts geschieht, werden sie sterben. *(Er hält ein Buch hoch.)* So schaut das aus. Das Buch heißt: An Illustrated Outline of Malnutrition in the Levant. Protein Energy Malnutrition. *(Blättert in dem Buch)* So schaut Hunger aus. So schaut Verhungern aus. Wissen Sie, wie viele Menschen pro Minute auf der Welt verhungern? Wissen Sie, wieviel Dollars pro Minute für Rüstung ausgegeben werden? Was wissen Sie? Was weiß dieser Staat. Mir weiß er zu wenig. Rechnen Sie mit Ihrem Taschenrechner aus, wie viele Menschen täglich im südlichen Afrika sterben, wenns im Jahr ungefähr fünf Millionen sind. Ungefähr? Etwas mehr, etwas weniger? Fühlen Sie was im Kopf? Wird Ihnen warm? Hunderttausend mehr, weniger? Haben Sie den Toten jemals die Ehre erwiesen, sich wenigstens nach ihrer genauen Zahl zu erkundigen? Lernen Sie sie auswendig. Ich habe mir die Mühe gemacht. Das Buch mit meinen Aufzeichnungen liegt Ihnen vor. Der Zustand, in dem wir heute auf dieser Welt leben, IST Krieg, an dem, was verrüstet wird, wird anderswo in unvorstellbarem Ausmaß gelitten und gestorben. Rüstung ist Massenmord. Täglicher Massenmord, ohne daß ein einziger Schuß zu fallen braucht. Millionen verhungernder Kinder sind die Toten einer Rüstung, die ohne Krieg wöchentlich ein Hiroshima anrichtet. So schauen sie aus. Sie sollen herschauen! Winzige Greisengesichter mit weit aufgerissenen Augen. Diese Augen stellen Fragen, diese Augen klagen an. Mich klagen sie an. Sie schlafen gut. Ja? Ich nicht. Sie richten mich? *(Schreit)* Richten Sie mich! Diese Augen richten Sie, es sind Millionen Augen. Sie haben keine Angst? Ich schon. Sie haben keine Angst vor Gott? Sie haben keinen Gott. Niemand wird Sie etwas fragen. Sie hören kein Jammern? Es jammert, solang es noch kann. Wenn es nicht mehr kann, schaut es so aus. *(Zeigt wieder Bilder in dem Buch)* So. Und so. Wenn man diese Toten sieht, weiß man: Es gibt kein einziges gutes Argument für Rüstung. Keines. Das Gleichgewicht des Schreckens ist die Erfindung vollgefressener Europäer und Amis auf dem Rücken hundert anderer Nationen. Diese Erde ist unteilbar. Ich fordere ab sofort: Alle Rüstungsgelder als Menschenentwicklungsgelder. Bin ich verrückt? – Bei uns schauen die Kinder anders aus. In den Kinderwägen sind Menschen, die morgen ein Recht auf diese Welt haben, so wie wir gestern. Der Vater des Krieges ist die Verachtung. Sie sagen, ich sei nicht friedlich gewesen. Ich hätte Gewalt gebraucht. Ich sage: Der Frieden ist nicht friedlich, wenn die Gewalt den Frieden knebelt, muß er sich wehren. Viele, deren Gewissen sie selten bedrückt, kommen und wollen mir sagen, wie weit ich hätte gehen dürfen. Sie setzen dem Frieden enge Grenzen, in denen er sein darf. Wenn er die Grenze überschreitet, wird er verfolgt. Die Grenze heißt: Handeln. Nur die Gewalt hat das Recht zu handeln, der Friede nicht. Der Friedenswille hat zu schweigen, zu dulden, sich zu beugen. Nein. Der Friede muß handeln. Wenn der Friede schweigt, wird er die Hure der Gewalt. Die den Friedfertigen enge Grenzen ihres friedlichen Tuns setzen, haben zwischen 33 und 45 kein einziges Mal vom Frieden gesprochen, auch danach nicht, bei der Wiederbewaffnung, bei Vietnam nicht, heute entdecken sie den Frieden und ziehen ihm enge Grenzen. Ich lasse mir nicht von den Taktikern der Gewalt sagen, was noch friedlich ist und was nicht. Ich bin nicht friedlich. *(Kleine Pause)* Ich hasse. *(Verzweifelt)* Ich hasse meine Friedfertigkeit, ich hasse meine Geduld, ich hasse meine Leidensfähigkeit, ich hasse mein Geschwätz. *(Laut)* Nicht reden, handeln. Ich hasse. *(Er beginnt plötzlich zu weinen, verbeißt es, kann nicht.)* Der Haß ist das beste an mir. Ich werde mich weiter an Sabotageaktionen beteiligen. *(Pause)* Wenn ich weine, könnte ich mir selber links und rechts in die Fresse hauen. *(Laut)* Ich hoffe, daß ich als unverbesserlich, hartnäkkig und gemeingefährlich eingestuft werde! Ich will verurteilt werden. *(Schreit)* Verurteilen Sie mich, nach deutschem Recht und deutscher Sitte. Im Namen eines schlafenden Volkes, im Namen der Gleichgültigkeit, vor Gott und den Menschen. *(Pause, leiser)* Verurteilen Sie mich, sperren Sie mich ein, damit das aufhört im Kopf sich zu drehen, verurteilen Sie mich, geben Sie mir Sicherheitsverwahrung, damit ich endlich wieder eine Nacht lang schlafen kann. *(Schaut, schnauft, leiser)* Solang dieser Staat mich frei herumlaufen läßt, weiß ich, daß ich zu wenig gegen ihn tu. Das macht mich wahnsinnig. *(Pause)*

UNTERSUCHUNGSRICHTER Am heutigen dritten Tag der vorrichterlichen Einvernahme hat der Beschuldigte ein in weiten Teilen glaubwürdiges Gemälde seiner innern Verfassung gezeichnet. Die depressiven Zustände des Beschuldigten erreichten während der Tatzeit einen Höhepunkt, der meines Erachtens die volle Schuldfähigkeit des Beschuldigten von vornherein ausschließt. Der Beschuldigte hat in seinen von heftigem Weinen unterbrochenen Darlegungen mehrmals seine übersteigerte Schuldfähigkeit – ich korrigiere, das übersteigerte Schuldbedürfnis des Beschuldigten hat schizophrene Ausmaße angenommen, in denen, nach Aussage des Beschuldigten, er sich am Zustand der Welt schuldig gefühlt habe. Dieses globale Schuldgefühl habe ihn nicht mehr ruhen lassen und ihm viele schlaflose Nächte bereitet. In diesem Zustand habe er den verzweifelten Entschluß gefaßt, sich durch die bereits an den vorhergegangenen Tagen zugegebenen Sachbeschädigungen freizukaufen von der Verantwortung, die unser Staat dem einzelnen durch ein Höchstmaß an freiheitlicher Selbstbestimmung auflädt. Der labile Beschuldigte ist in einem Zustand von erheblich verminderter Zurechnungsfähigkeit durch die Nacht geirrt, er hat mehrmals die Bundesrepublik in Nachtzügen durchquert, was auf seine Schlaflosigkeit zurückzuführen ist. Dabei hat er in selbstquälerischen Selbstgesprächen mit sich und seinem Gott versucht, eine Mitschuld an den von ihm als ungerecht erkannten Zuständen abzustreiten. Eine innere Stimme, die der Beschuldigte als eine Art vorgerichtliche Einvernahme des Jüngsten Gerichtes gedeutet hat, hat ihn vor Gott gestellt. Dieser religiöse Wahn hat ihn an sich selbst zweifeln lassen. Er hat das Gefühl nicht mehr losgebracht, daß er, in unserem Staate, der dem Bürger die Möglichkeit weitestgehender freier Gestaltung seines Lebens erlaubt, nicht in der Lage ist, das volle Maß an Freiheit und Verantwortung zu ertragen. Diese Zustände der Verzweiflung wurden stärker. Das Appetitbedürfnis des Beschuldigten nahm ab, er verlor während der Tatzeit ca. 7 Kilogramm – in Klammern: Diese Angaben sind ärztlicherseits bestätigt. Ein fortwährender Weindrang hat die Sehfähigkeit belastet. Der Beschuldigte wußte nicht mehr ein noch aus. Aus dieser existentiellen Gesamtbedrohtheit heraus hat der Beschuldigte die ihm zur Last gelegten Sachbeschädigungen begangen. Über das Ausmaß der einzelnen Schäden liegt eine gesonderte Aufstellung vor. Aus der psychischen Gesamtverfassung des Beschuldigten und den tatsächlich verübten Straftaten geht meines Erachtens hervor, daß es sich weder um eine Tatserie im Zusammenhang mit einer kriminellen Vereinigung handelt, noch daß der Angeklagte zielstrebig vorgegangen ist. Die Taten selbst, die auch bei ungünstigem Verlaufe eine Gefährdung von Menschen praktisch ausschlossen, zeigen alle Merkmale einer Verzweiflungstat, die ihren innern Kern in einem übersteigerten Minderwertigkeitskomplex hat. Der Beschuldigte macht den Eindruck eines Bürgers, dem die Freiheit unseres Staates nicht gut tut. Er sehnt sich nach Bestrafung, erfleht eine Verurteilung, was meines Erachtens das Zeichen einer erlahmten kriminellen Energie ist, sofern diese überhaupt vorgelegen hat. Der physische und psychische Zustand des Beschuldigten ist so, daß eine Überstellung an den Hausarzt notwendig scheint. Eine Tendenz zur Selbstbestrafung, die beim Beschuldigten zu einem Hauptmerkmal seiner psychischen Struktur gehört, läßt Suizidverdacht aufkommen. Insofern sollte man zu gegebener Zeit eine psychiatrische Behandlung durchführen, die eine Stabilisierung des Lebenswillens des Beschuldigten zur Folge haben müßte. Möglicherweise ist eine Analyse vorzunehmen, die auf etwaige kindliche Mißhandlungen und Erlebnisse hinweisen wird, die in dem Angeklagten die Selbstvernichtungstendenz erzeugt haben. Eine fortdauernde Gefahr für die öffentliche Sicherheit stellt der Beschuldigte nicht dar, da sein Rechtsbewußtsein und sein Schuldbekenntnis – wenn auch neurotisch übersteigert – so doch manifest sind.

Im Hinblick darauf, daß das zu erwartende Urteil bei der bisherigen Lebensführung des Beschuldigten auf Freiheitsstrafe mit Bewährung lauten kann, sofern nicht überhaupt auf Geldstrafe erkannt wird, verfüge ich die Aufhebung der Untersuchungshaft.

Gibt es gegen den Beschluß Einwände? Wie ich sehe, ist das nicht der Fall. *(Kleine Pause, freundlich)* Damit sind Sie frei.

HÄFTLING Hilfe! *(Schreit)*

UNTERSUCHUNGSRICHTER Lassens ihn ausschreien und sich beruhigen und passens auf das Fenster und auf Ihre Dienstwaffe auf, damits keinen Skandal gibt. *(Ernst)* Entweder er hört mit die Kindereien auf und entwickelt sich, dann sehn mir ihn wieder. Oder er bringt sich um. Des kann man in Ruhe abwarten. So is das noch nix, da brauchen mir uns keine Illusionen hingebn. Für den hat jede Großmutter Verständnis, und das is das wenigste, was mir brauchen können. Mit dem kann man keinen – Staat – machen. Scheiße! *(Ab)*

Osterlamm

Ein normal eingerichtetes Wohnzimmer, in einer ordentlichen Wohnung, ein paar bunte Ostereier auf dem Tisch.

ER Zwischen zwei Weihnachten liegt ein Ostern. *(Kleine Pause)* Fröhliche Ostern! *(Pause)* Zwei Weihnachtn hab ich schon hinter mir, ohne! Da schaff ich das zweite Ostern spielend.

SIE *(schweigt)*

ER Fröhliche Ostern. Hat am Tag der Wiederkunft kein Mitleid, die Frau, mit dem eigenen Mann. *(Pause)* Hast mir keine Ostereier versteckt, zur Ablenkung. Renn ich in der Wohnung herum, und du machst »warm kalt«. *(Pause)* Ostern ist das Fest der Schmerzen und der Liebe. Oder? Liebst du mich noch? *(Kleine Pause)* Du liebst mich nicht mehr, das is mir nicht entgangen. Niemand entgeht das. *(Kleine Pause)* Von dir geht ein Ekel aus mir gegenüber, der is nicht zum übersehen. *(Kleine Pause)* Graust es dir vor mir? Brauchst es bloß sagn! *(Pause)* Jesus hat vierzig Tage in der Wüste gefastet. *(Pause)* Wo ich erst neun Tage hab. Bloß meine Heimsuchung dauert schon länger. Die dauert jetzt schon das zweite Jahr. Und die Wüste ist mir zu weit. Aber wenn ich durch den Hertie renn, damit die Zeit vergeht, und mich am Bahnhof zwischn die Ausländer sitz, als wenn ich einer von ihnen sein tät, das is Wüste genug. *(Kleine Pause)* Ich bin mir genug in der Wüste. *(Pause)* Ich friß erst wieder einen Bissen, wenn ich eine Arbeit hab. Ich hab es dem Herrn auf dem Arbeitsamt gsagt: Paß auf, Freunderl, so machts ihr mit mir nicht weiter. Das geht mir jetz schon zu lang so, das durchschaut der größte Depp. Und der größte bin ich nicht, das merkts ihr euch. Ich stell euch jetzt vor die Wahl: entweder eine Arbeit, oder mein Tod. Könnts es euch aussuchen. *(Kleine Pause)* Schulterzucken, mehr war ned. *(Pause)* Aber ich freu mich schon, wenn ich in der nächstn Woch wieder hingeh. Immerhin drei Kilo, das is kein Pappenstiel, wo ich eh ned der Stärkste war. *(Pause)* Seit ich nix mehr friß, graust es dir vor mir, gell? Das is ned die Art von Widerstand, der wo der Dame paßt.

SIE *(schweigt)*

ER Auch der Herr Jesus hat eigentlich Selbstmord begangen, weil er hätt ja die Macht ghabt, daß er sagt: Dieser Kelch soll an mir vorübergehn, ich will ihn nicht saufen. Wenn er Gott is, kann er das. Oder? Aber nein, hat er sich gsagt, das tu ich nicht. Ich nimm die Sünden der Welt auf mich und laß mich kreuzigen. Die Arbeitslosigkeit hat er nicht mitnehmen können, die hats damals noch ned gebn. *(Pause)* Ich tät mich opfern, aber mich kreuzigt ja keiner. Uninteressant bei mir, das Opfer. Da muß ich es eben selber tun, wenn ich kein Pilatus find, der mich verurteilt. *(Pause)* Gott hat seinen Sohn geopfert, weil das was is?! Wie viele Mütter ham in Rußland ihre Söhne verlorn! Freilich, die warn ned Gott, und Jesus war Gottes Sohn! *(Kleine Pause)* Aber zugleich war er ein Mensch, »Mensch geworden«, das is doch der Witz dabei. *(Kleine Pause)* Das kann mir nicht imponiern. Ich tät jederzeit für die Erlösung der Welt – der ganzen Welt – man stell sich das einmal vor – jederzeit tät ich mich dafür kreuzigen lassen. Sogar mit leerem Magn. *(Pause, er schaut sie an, aber sie reagiert nicht.)* Fröhliche Ostern! *(Pause)* Wo sind die Eier, suchsuch! Wo ist die Arbeit, suchsuch! Wo is die *(betont es)* Würde, suchsuch! *(Pause)* Und is auferstanden von den Toten am dritten Tag. Wann steh ich wieder auf, wo ich schon anderthalb Jahr tot bin? *(Pause)* Ich stink schon, gell? Fortgeschrittene Verwesung, da is der Lazarus ein Scheißdreck dagegen. *(Pause)* Fröhliche Ostern, hab ich gsagt. *(Pause)* Traust deim Mann nix zu, gell? Denkst dir jedn Tag: Morgn frißt er wieder, das halt er ned aus. Morgen frißt er wieder. Denkst an dich und deine »Friß die Hälfte«-Tage, wost ned ausghalten hast. Neun volle Tage! *(Pause)* Das Osterlamm bin ich.

SIE *(schweigt müde, manchmal feindselig)*

ER Schweigt sich aus, die Dame. Mit dem Irrsinn ist kein ewiger Bund zu flechtn, denkt sie sich im Hinterstübchen und packt die Koffer. *(Kleine Pause)* Wo man dir was bietet. Willst noch mehr. Glaubst mir nicht? *(Kleine Pause)* Paß auf! *(Er rennt aus dem Zimmer, holt einen Hammer und Nägel und ein Wandkruzifix, kommt rasch zurück, schwingt die Sachen wie Triumphe.)* Da is ein Hammer, und da sind Nägel, *(hält ihr das Kruzifix hin)* und so schaut die Sache aus. Jetzt brauchen mir nur noch ein Kreuz für mich, *(schnauft)* aber das kriegn mir mit ein bißl Fantasie auch noch. *(Er nimmt ein Bild von der Wand, kriegt damit eine große Fläche, holt einen Buntstift, steigt auf einen Hocker, den er an die Wand gestellt hat, und malt mit Farbe auf die weiße Wand ein großes Kreuz.)* Kann man es erkennen? *(Nickt)* Genau. Jetz stell ich mich auf den Hocker, und los gehts. *(Stellt sich auf den Hocker und breitet die Arme auseinander)* Siehst, wie ich dasteh! Jetzt nimmst die Nägel und schlagst sie mir durch die Händ und die Füß. Und wenn ich Aua schrei, dann darfst mir den Hammer gleich auf den Schädel haun. Wetten, daß ich es aushalt?! *(Kleine Pause)* Auf gehts.

SIE *(reagiert nicht)*

ER Bist feig und traust dich nicht? Schau, wie ich dasteh! Der Jesus is ein Dreck dagegn, oder? Hau zu, immer rein mit die Nägel in mein Fleisch und Blut. Steckst einmal du mir was hinein und nicht umgekehrt. Kannst dich rächen. *(Kleine Pause)* Magst ned?

SIE *(schnell)* Ich hau immer danebn, das weißt doch.

ER Genau, ich bin der Heimwerker. *(Kleine Pause)* Hilf mir, man muß einen guten Willen haben. Herr, laß diesen Kelch an mir vorübergehen. Aber nicht mein, sondern dein Wille geschehe. Also nehme ich die von dir vergessene Arbeitslosigkeit dieser Welt, oder wenigstens die Arbeitslosigkeit der zweieinhalb Millionen Deutschen auf meine Schultern und nehme dieses Übel hinweg von dieser Welt. *(Kleine Pause)* Hilfst mir nicht, auch wenn es für einen guten Zweck is?

SIE Nein.

ER Genau. Ohne Schuhe geht es besser! *(Reißt sich die Schuhe, dann die andern Kleidungsstücke vom Leib, läßt bloß die Unterhose an mit dem Hinweis)* Als Lendenschurz.

SIE *(nickt)*

ER Was fehlt noch? Dreimal darf man raten! – Die Krone, die Dornenkrone fehlt, wenn man sich auskennt. *(Überlegt)* Einen Stacheldraht tät ich brauchn, ein Stück wenigstens. *(Kleine Pause)* Hast du einen Stacheldraht, wo du mir leihen kannst?

SIE *(kurz)* Nein.

ER Dann tun mir drauf verzichten, weil es unnötig is. Auf gehts! Der Jesus hat seine Helfer ghabt. Ich muß alles selber tun, das zählt mehr wie ein bißl Stacheldraht! *(Er rennt barfuß auf seine Nägel zu, schreit plötzlich.)* Aua, aua sag ich! *(Schaut sie an)* Ich hab mich verletzt.

SIE *(schaut auf)*

ER Da sind Reißnägel zwischn die richtign Nägel. Die hast du hineintan, gib es zu, wo ich immer sag: Tu mir keine Reißnägel zu die richtign Nägel, da langt man hinein und sticht sich. *(Kleine Pause)* Schau, ich hab mir einen Reißnagl hineintretn. Schau!

SIE Tust dich ebn mit Reißnägel kreuzign, warum denn ned.

ER Weh tut es. Ganz hinein, schau.

SIE Drin is er. *(Nickt)* Fehlen noch drei.

ER Es tut weh.

SIE Man muß klein anfangen.

ER Soll ich es aushaltn?

SIE *(nickt)*

(Pause)

ER Oder soll ich lieber weiter fasten, weil beides is vielleicht zuviel.

SIE Wiest willst.

ER Herausziehn, bitte.

SIE *(nickt, steht auf, geht raus, kommt mit Hausapotheke wieder, kniet vor ihm nieder, er streckt ihr den Fuß hin, sie zieht ihm den Reißnagel heraus, stillt ein bißchen das Blut und macht einen kleinen Verband, dann nimmt sie alles wieder, packt es bedächtig ein und trägt es wieder weg.)*

ER *(sitzt in seiner Unterhose, mit seinem Verband da, starrt auf seinen Fuß, starrt auf das Kreuz, die Unordnung, die er gemacht hat)*

SIE *(kommt zurück)*

(Große Pause)

ER *(starrt auf das Kruzifix)* Er macht sich lustig über mich, merkst es? *(Kleine Pause)* Schau, wie er mich anschaut. *(Kleine Pause)* Genauso wie du. *(Pause, er schaut sie an, schaut das Kruzifix an, steht auf, humpelt zum am Boden liegenden Hammer, geht damit zum Kruzifix und schlägt der Figur mit mehreren Schlägen den Schädel ein.)*

(Große Pause)

ER Red mit mir, sonst gehts dir genauso.

(Große Pause)
ER Redn sollst mit mir.
SIE Was denn?
ER Irgendwas, sonst schlag ich zu.
SIE Glaubst, daß das was nutzt?
ER Und wenn ich es nimmer aushalt?
SIE *(schweigt)*
ER Man kann den andern ned im Regen stehn lassn.
SIE Wenn er es naß will.
ER Will nicht.
(Pause)
ER Red mit mir, sonst weiß ich nimmer, was ich tu.
SIE Weißt es doch jetzt auch ned.
ER Aber es kann noch schlimmer kommen.
SIE Von mir aus.
ER Hast keine Angst?
SIE Nein.
(Große Pause)
ER *(schlägt sich selber links und rechts ins Gesicht, mehrmals)* Gut so?
SIE Nein.
ER Wennst nicht mit mir redst, dann mach ich weiter.
SIE Du brauchst doch niemand, der mit dir redt. Du spielst deine Rolln, vor dir, vor mir, vor andere. Du brauchst Zuschauer, aber niemand, der mit dir redt.
ER Jeder wie er kann.
SIE Kannst ganz schön viel in der letzten Zeit. *(Nickt)*
ER Anderthalb Jahr is eine lange Zeit.
SIE Ja.
ER Tätst du mir deine Arbeit gebn und für mich daheimbleibn, wenn das gehn tät?
SIE Nein.
ER Liebst deine Arbeit mehr wie mich?
SIE Ja.
ER Ich auch. *(Pause, verzweifelt)* Geh endlich, daß die Trennung vollzogen is. Ich wart jeden Tag darauf, daß du sagst: Ich halt es nimmer aus, ich geh. *(Pause)* Wie leicht soll ich es dir noch machen, bis du das sinkende Schiff verläßt?
SIE Ich hab einen langen Atem.
ER Aber ich nicht. *(Pause)* Wartest, bis ich restlos untergangen bin und man nix mehr von mir sieht?

SIE *(schweigt)*

ER Warum?

SIE *(nach einer kleinen Pause)* Soll ich was kochen?

ER *(laut)* Nein! *(Kleine Pause)* Nimmst mein Fleisch und Blut. Das is ein Sonderangebot.

SIE Ich hab eine Kalbsleber kauft.

ER *(schaut)* Hiermit löse ich das heilige Sakrament der Ehe. »Bis daß der Tod euch scheidet!« Ich bin geschieden. Ausgeschieden. Das kann ich jederzeit beweisen. Der Weg is frei. *(Kleine Pause)* Hau ab! In meiner Zinkwanne is kein Platz für zwei.

SIE Eine Kalbsleber mit Äpfel, Zwiebel, Kartoffelbrei und grünen Salat.

ER Gibst mich nicht frei?

SIE Ein leichtes, gutes Essen, grad recht für dich.

ER Auslassn sollst mich, gehn sollst!

SIE Und ein schönes Glas Wein.

ER Wenn ich dich seh, dreht sich mir der Magen um.

SIE *(nickt)*

ER Dreht sich dir nix um, wenn du mich siehst?

SIE Nein.

ER Herr, gib mir die ewige Ruhe, und die Finsternis decke mich gnädig zu. *(Pause)* Solang du da bist, geht das Licht nicht aus.

SIE Siehst Gespenster.

ER Das Gespenst bin ich.

SIE Ich geh jetzt kochen.

ER Ich an deiner Stell, ich wär längst gegangen.

SIE Ich weiß.

ER *(starrt sie an, leise, ohnmächtig)* Drecksau.

Klopfzeichen

Es ist Nacht, Willi und Martha sind im Bett, alles ist dunkel. Martha versucht zu schlafen, Willi wälzt sich lang hin und her, immer wieder.

WILLI Ich mein, es is uns schon auch schlecht gangen, hauptsächlich wie ich Kind war. Das weiß ich noch genau, wie der Vater gsagt hat – immer wieder hat er das gsagt – jetz hilft uns bloß noch ein starker Mann. *(Kleine Pause)* Und dann is eh der Hitler kommen. Und kaum war er an der Macht, der starke Mann, da hat er als erstes die Gewerkschaften zerschlagn und die Arbeiterführer hinter Schloß und Riegl gebracht. Da hams oft debattiert daheim, der Vater und die Mutter – und die Mutter hat dann gsagt: Jetzt siehst es, was das nutzt, ein starker Mann. Aber der Vater hat gsagt: Was brauch ich Gewerkschaften, wenn ich keine Arbeit hab. Wenn ich eine Arbeit oder eine Gewerkschaft wähln kann, dann wähl ich die Arbeit. Und eine Arbeit hat er dann auch kriegt, der Vater, das Versprechen hat er gehalten, der Hitler, hat der Vater oft gsagt, das vergiß ich ihm nie, daß er mich aus der Schande geführt hat, weil für den Vater, für den war die Arbeitslosigkeit vor allem eine Schand. *(Kleine Pause, er lächelt)* Der hat noch einen richtigen Stolz ghabt, als Arbeiter. Das gibts heut nicht mehr, für den war Prolet kein Schimpfwort, sondern ein Lob. *(Pause)* Schlafst? *(Sie schläft.)* Sie schlaft. Sie hat den ganzen Tag gearbeitet, sie is müd, sie hat ein Recht drauf, daß sie schlaft. *(Pause)* Dabei hat er bloß arbeiten dürfen beim Hitler, weil der einen Krieg vorbereitet hat, das weiß ein jedes Kind heute. Ich hätt ihn gern gfragt, später, ob er das nicht gewußt hat. *(Kleine Pause, dann sehr leise)* Ich sag dir ein Geheimnis: Wenn der Krieg mich aus der Schand führen tät, in der ich bin, dann tät ich in den Zug an die Front einsteigen. *(Kleine Pause)* Hörst? Ich tät es. Wie der Vater auch. Weil, daß der Krieg dem Arbeiter letztlich bloß schadet, das – *(große Pause)* Er kriegt ja ein Gwehr umghängt und den Marschbefehl, und dann marschiert er, und wenn er angekommen is, dann schießt er, irgendwo, wo er noch nie im Lebn war, wo er sich gar nicht auskennt, wo er nix verloren hat, aber er schießt. Er schießt einen andern zam, der auch bloß ein Arbeiter is, ein kleiner Mann, er derschießt ihn und zündet seine Hüttn an. Und er hat ihn in seinem ganzn Lebn noch nie gsehn, die kennen sich gar ned, die ham noch nie einen Streit ghabt. *(Große Pause)* Daß noch Menschen gibt, die in den Krieg gehn? *(Große Pause)* Kalt is mir, der Sommer laßt nach. Mir is richtig kalt. Is dir auch kalt? *(Martha schläft)* Hast recht, schlaf dich aus, morgn mußt wieder arbeiten. *(Pause)* Und wenn der Befehl ausgeführt is, dann zieht die Kompanie weiter, und das so lang, bis ein anderer kleiner Mann den einen zamschießt. *(Pause)* Ein Krieg kann nicht als Rettung bezeichnet werden für den Arbeiter.

Aber aus dem Schatten, der schon fast eine Dunkelheit geworden ist, tät ich heraustreten wollen in die Explosion, wo hell ist. Wie mein Vater auch. *(Pause)* Er war jung, für mich wäre die Front nicht mehr erreichbar. Nicht einmal die Front, geschweige das Heldentum. *(Lange Pause ...)* Martha, es ist Krieg, mir sind mittendrin, und du schlafst, während dein Mann von die Granaten zerrissen wird und seine Stücke durch die Luft fliegen ... *(Pause)* Man könnt doch auch alle Arbeitslosen auf eine Insel im Pazifik tun, und dann läßt man eine Atombombe los, und das Problem ist gelöst, ohne daß andere darunter leiden müssen. Zwei Millionen Deutsche, drei oder vier Millionen Engländer, zehn Millionen Amerikaner, viele Italiener, ein paar Belgier und so weiter über den ganzen Erdball. Die werden eines schönen Tages abtransportiert, eingeschifft mit unbekanntem Ziel. Und dann kommen sie auf einer Insel an und sehen bloß einen hellen Punkt, ungewöhnlich hell und groß, und sie denken, is das ein Sonnenaufgang da am Meer, und rennen ans Ufer. Der Punkt kommt näher, und dann wird es auf einmal so warm, und sie sehn, wie am Horizont mit dem Licht eine haushohe Welle kommt, die kocht, man sieht, wie es dampft im Wasser, und die kochende Welln und das heiße Licht kommen näher und spüln über das Ufer und die Insel und ziehn weiter und äschern alles ein, spurlos! Wenn dann später ein UFO vom Mond kommt, das stellt bloß noch Staub fest, viel Aschn, die wo in alle Farbn leuchtet, der Atomstaub is bunt und so hoch, daß man einsinkt. Die Marsmenschen macht die Strahlung nix aus, die ham einen Schutzanzug an, das is klar. Vom Menschen weit und breit keine Spur. Im Meer, hundert oder zweihundert Meter tief, is auch alles tot und verkocht. Erst weiter unten sind wieder Viecher, Fische oder Lemuren oder wie das heißt, die waren noch nie oben, die wissen nix, die kennen nix anders wie die totale Dunkelheit vom Wasser. Erst jetz, wie ihnen der Atomblitz einen Lichtstrahl bringt, da denken sie, oben muß was sein, und tauchen langsam auf, mit riesigen Flügeln, die langsam schlagen, wie von Dinosauriern, aber die Untertassn is schon zu weit weg, als daß die Marsmenschen noch sehen könntn, was aus der Tiefe des Wassers aufsteigt. *(Sehr große, nächtliche Pause)* Draußn im Weltall fangen die Mondleut manchmal Morsezeichen auf, aber sie denken, das kommt von woanders her und fliegen weiter durch das Weltall.

Die Morsezeichen leben länger wie die Menschen, aber sie entfernen sich schnell. *(Große Pause)* Stille. Alles ist still. *(Große Pause)* Martha? *(Pause)* Martha? – *(Kleine Pause)* Ich glaub, wenn ein Mann einen Krieg mitmacht und ihn überlebt, dann ist er stärker. Das is eine Auslese. Das is der Preis des Friedens, daß man im Bett liegt und fantasiert. Die Tat fehlt. *(Nickt)* Wie beim Vater auch. *(Lächelt)* Glaubst du, daß mir noch einmal einen Krieg erlebn, damit ich dir beweisn kann, er ist ein Mann. *(Kleine Pause)* Ein richtiger mein ich, und ned bloß ein Schlafstörer. Ich will auch schlafen, durchschlafen, bis mich einer weckt und sagt: Steh auf, es gibt was zu tun, Arbeit oder Krieg. Egal, wenn man keine Wahl hat, kann man nicht wählerisch sein. *(Pause)* Gute Nacht, schlaf gut.

Verschnaufpause

Zwei Zerstörte, Müde, Erschöpfte sind sich gegenüber. Sie sprechen langsam, sie atmen schwer, sie brauchen eine Pause.

FRAU Ja?
MANN Nix.
FRAU Warum redn mir nicht mehr zusammen?
MANN Hab nix zum redn.
FRAU Warst ein anständiger Mensch und ein guter Mann.
MANN Warst keine schlechte Frau.
FRAU Hast dich sehr verändert, das kann ich dir verläßlich sagn.
MANN Du auch.
FRAU Bist UNS entglitten.
MANN Du auch.
FRAU Mit allem bist zu mir kommen, mit jedem Scheißdreck, und hast dich ausgweint.
MANN Weinen is Weiberarbeit.
FRAU Bin ich nie kommen?
MANN Man erinnert sich.
FRAU Das war schön. Und ich hab dich lassn. Ob dir im Betrieb einer was antan hat, obst dich in der Trambahn geärgert hast –
MANN *(nickt)*
FRAU – ob dich jemand bei irgendeinem Kauf beschissn hat, oder obst ein zu teures Benzin tankt hast. So klein hat das

Problem gar ned sein können, daßd ned zu mir kommen bist damit. Das war schön.

MANN Es hat sich alles verändert.

FRAU Alles?

MANN Ned?

FRAU Doch.

(Pause)

MANN Lüge, oder?

FRAU Lüge. Mir sind alles Eingesperrte, Vergitterte. Mir unterscheidn uns doch ned viel von die Menschnaffn im Tierpark. Mir ham ein Klo und ein Bad.

MANN Und die Miete.

FRAU Nur wenige ham Ausgang. Mir alle, die das tägliche Brot mit Arbeit verdienen.

MANN Ein Schreibtisch, hinter dem man sitzt und unkündbar ist.

(Pause)

MANN Redn die Menschnaffen miteinander?

FRAU Manchmal steht man davor und denkt: Die sind zärtlich miteinander. Sie sind zärtlich, die sind eingsperrt, aber sie sind zärtlich.

MANN Redn sie miteinander?

FRAU *(weiß es nicht)*

MANN Oder verachtet der Eingesperrte den Eingesperrten?

FRAU Artgenossen.

MANN Eben, eingesperrt.

FRAU Mit den gleichen Abschürfungen wegen dem Beton, auf dem Fell. Der gleiche Geruch von Würdelosigkeit, von Gitter, von Verzweiflung.

MANN Kannibalismus. Eine beliebte Sünde der Tiere.

FRAU Man will keinen, dem es genauso geht wie einem selbst.

MANN Man haßt ihn. Er erinnert einen an einen selbst.

FRAU Zerfleischen mir uns nicht gegenseitig, sondern leben mir nebeneinander. Wie Nachbarn wenigstens, die sich nix in Weg legn.

MANN Will keinen Nachbarn. Er sieht mich.

(Pause)

MANN Will nicht gesehn werdn in der Scheiße.

FRAU *(nickt)*

MANN Und wenn ich wen seh, dem es genauso geht, schau ich lieber weg und bin still.

FRAU Wer allein is, is schwach.

MANN Sind mir nicht allein, vorher und nachher?

FRAU Wann?

MANN Im Bauch und im Sarg.

FRAU *(nach einer kleinen Pause)* Jaja, aber ich mein dazwischn. *(Kleine Pause)* Dazwischn mein ich. *(Leise, ruhig, zart)* Vor ein paar Tag hab ich furchtbar gfrorn in einem Traum.

MANN Weilst dich immer abdeckst.

FRAU Ich hab mir denkt, ich muß es dir sagn, daß mir ein Feuer machen. Aber du warst ned da.

MANN Wo war ich?

FRAU *(lächelt)* Ich bin im Schrebergartn vom Papa gstandn, hab gfrorn und in den Himmel gschaut. Der Gartn war noch viel kleiner wie er in Wirklichkeit war, bevor er an die Bahn wegn die Neubauten zurückgegeben hat werden müssen. Es war kahl und kalt, und dann is mir ein Wort eingefallen, und ich hab es ganz fest denkt. Üppigkeit hat das Wort geheißen. Das hat mir im Traum gfallen. Üppigkeit.

MANN Warum?

FRAU Was weiß ich? Üppigkeit ebn, Sommer, Wärme, Gelächter, Farben. Und dann seh ich am Himmel gelbe Flugzeuge auf mich zukommen, kurze, dicke Flugzeuge, ganz gelb mit braune Untersätz unter die Flügel. Und ich denk mir noch, was schleppen denn die mit sich? Und plötzlich ham die Flugzeuge die braunen Untersätz, die sie mitgschleppt ham, abgeworfen.

MANN Bombn.

FRAU Laß mich erzähln, sonst krieg ich es nimmer zam. Hinter dem Garten waren riesengroße weiße Felder, so wie man sich Sibirien vorstellt. Die braunen Untersätz sind heruntergfallen auf die Felder. Man hat gsehn, wie sie aufschlagen und etwas Buntes aufwirbeln. Das hat mich interessiert.

MANN Keine Angst?

FRAU Bin kein solcher Angsthas wie du einer bist.

MANN Genau.

FRAU Zumindest in dem Traum nicht. Ich bin über den Zaun gstiegen, hab mir den Rock dabei zerrissen, aber das hat mir nix ausgmacht. Ich hab mir denkt: Macht nix, da muß ich jetzt hin, zerrissen oder ned. Ich bin glaufen, und dann hab ich es schon von weitem gesehen: Das waren Blumenbomben, die die Flugzeuge abgworfen haben.

MANN Was?

FRAU Blumenbomben warn das. Wo die braunen Untersätz im Schnee aufgschlagen sind, da sind sie zersprungen, und in weitem Umkreis der Aufschlagstelle war es ganz bunt und hell und dampfig, und die schönstn Blumen, wo es bloß im Treibhaus gibt, die haben sehr üppig geblüht. So üppig, daß die Blumen direkt wieder aus die Blumen herausgschossen sind und sich vermehrt haben ununterbrochen und so die Blumenfleck immer größer wordn sind im Schnee. Ich hab mir denkt: Das is der Frühling, auf den mir so lang warten, und weil er nicht kommt, helfen sie uns. Die Behälter, die braunen, sind noch rumglegen, zersprungen, und aus ihnen hat die Pracht grad so herausgedrängt. Viele Blumeninseln warn das im Schnee. Da bin ich glaufn, und dann is mir kalt wordn im Schnee, und ich hab mir denkt, das is eine Hilfsaktion, das machen die, damit mir nicht erfriern.

MANN Wer die?

FRAU Das weiß ich ned. Die ebn. Du mußt bloß schnell hinkommen, hab ich mir denkt, dann macht es nix mehr, daß du bloß einen dünnen Rock anhast, der wo zerrissen is.

MANN Bloß den Rock?

FRAU Eine dünne Bluse schon auch. Aber keine Strümpfe, bloß Sandalen. Die Blumeninseln warn ganz nah, und ich bin glaufen, aber wie es so is im Traum, bin ich schlecht vorwärtskommen. Ich bin immer tiefer im Schnee eingsunken, und die Füß sind schwer wordn. Und gfrorn hab ich wie ein Schneider.

MANN Hättst einen Schneepflug braucht, der vorausfahrt, oder eine Fräse sogar.

(Kleine Pause)

FRAU *(lächelt)* Ich war nicht allein. Überall sind welche gesessen, weil sie nicht mehr weiterkommen sind, und manche haben sogar ein Feuer machen wollen, weil ein Wind kommen is, der eisig war. Ich hab mir denkt, die spinnen ja, jetzt bin ich gleich da, da werd ich mich im Schneegestöber ned hinsetzn, daß ich erfrier. Es war aber doch ein weiter Weg, und ich hab mir denkt, das war eine optische Täuschung, die Nähe, du mußt durchhalten. Und ich bin weiter. Und dann hat einer, der schon daghockt is auf dem Weg wie einer, der wo gleich erfriert, so steif und weiß schon, der hat zu mir gsagt: Das is eine Falle, das is der Feind, das is die neueste Art der Kriegsführung, die wollen, daß wir alle aus unsere Häuser herauslaufen, weil mir auf die Blumeninseln wollen, weil die warm und schön sind. Aber in Wirklichkeit erfriern mir unterwegs, weil mir nicht hinkommen und zurück auch kein Weg mehr führt.

MANN War ich immer noch nicht da?

FRAU Ich glaub ned. *(Kleine Pause)* Ich laß mich ned abhalten, hab ich mir denkt, das is wie beim Schwimmen, man muß bloß durchhalten, dann kommt man hin.

MANN Und dann?

FRAU Dann hat es mir zwischn die Beine wehtan. Ich hab mir denkt, was kann das sein?

MANN Spannend.

FRAU Blöd, aber logisch. Ich hab hinglangt, und da war was Hartes. Ich hab es mir nicht anschaun können zuerst, weil ich denkt hab, wenn ich den Rock heb und nachschau, dann hab ich noch kälter. Des Rätsels Lösung: Ich hab unterwegs meine Tage kriegt, und weil es so kalt war und ich keine Binde ghabt hab, is es einfach außerglaufen und sofort gfrorn. Drum hab ich einen dicken roten Eiszapfen zwischen die Schenkel kriegt. Der is immer größer wordn, und ich hab ihn an mir hinunterwachsen gspürt.

MANN Warst du jung im Traum?

FRAU *(nickt)* Der hat mir noch gfehlt, hab ich mir denkt, der muß weg. Ich hab dann meinen Rock hoch tan und die Unterhosn herunter, und da war er.

MANN War niemand in der Näh, der dich nackert hätt sehen können?

FRAU Doch, es is sogar jemand kommen, hat es sich angschaut und gsagt: Das haben mir gleich, und mit dem Fuß ein paarmal draufgetretn, und dann is der rote Zapfn abbrochn von mir.

MANN Wer war der Jemand?

FRAU Jemand, der auch am Erfriern war und schnell weiter is. Mehr hab ich auf den nicht aufpaßt mitten im Schneetreiben.

MANN Und dann?

FRAU Bin ich weiter.

MANN Bist hinkommen?

FRAU Nein, weil es zu weit war. Aber wärmer is es dann trotzdem wordn.

MANN Vielleicht hat dich jemand zudeckt?

FRAU Kann sein.

(Pause)

FRAU Und jetzt?

MANN Die Träume gegen die Kälte. *(Lächelt)*

FRAU Weiterleben? Zwischen Eis und Benzin?

MANN *(schaut)*

FRAU Will nicht verbrennen und nicht erfriern.

MANN *(nickt, schnell)* Wer will das schon?

(Pause)

Alternativszene: Verschnaufpause

Sie sitzen eng zusammen und spielen »Mensch ärgere dich nicht« oder »Malefiz«.

MANN Ich mein, es is uns schon auch schlecht gangen, hauptsächlich, wie ich Kind war. Das weiß ich noch genau, wie der Vater gsagt hat – oft hat er das gsagt – jetzt hilft uns bloß noch ein starker Mann. *(Kleine Pause)* Und dann is eh der Hitler kommen. Und kaum war er an der Macht, der starke Mann, da hat er als erstes die Gewerkschaften zerschlagen und die Arbeiterführer hinter Schloß und Riegel gebracht. Da hams oft debattiert daheim, der Vater und die Mutter. Und die Mutter hat gsagt: Jetzt siehst es, was das nutzt, ein starker Mann. Aber der Vater hat gsagt: Was nutzen mich Gewerkschaften, wenn ich keine Arbeit hab. Wenn ich die Wahl hab zwischen einer Arbeit und einer Gewerkschaft, dann wähl ich die Arbeit. Und eine Arbeit hat er dann auch kriegt, der Vater, das Versprechen hat der Hitler gehalten, hat er oft gsagt: Das vergesse ich ihm nie, daß er mich aus der Schande geführt hat. Weil für den Vater war die Arbeitslosigkeit vor allem eine Schande. Der hat noch einen richtigen Stolz ghabt. Das gibt es heut nicht mehr. Für den war Prolet kein Schimpfwort, sondern ein Lob. *(Er lacht.)*

FRAU Wer weiß, wie dein Vater heut redn tät.

MANN Das hab ich mir oft denkt, daß ich ihn des gern gefragt hätt, ob er da eine Verbindung sieht.

FRAU Zwischen der Arbeit und dem Krieg?

MANN Ja. Er hat ja nur arbeitn dürfn, weil's einen Krieg vorbereitet haben. Ohne einen Krieg hätt er keine Arbeit kriegt. Ich hätt ihn gerne gefragt, später, ob er das nicht gewußt hat. *(Kleine Pause)* Ich sag dir nämlich ein Geheimnis. Wenn der Krieg mich aus der Schande führen tät, in der ich bin, dann tät ich auch in den Zug an die Front einsteigen. Wie der Vater auch, weil, daß der Krieg dem Arbeiter letztlich nur schadet, das – Er kriegt ja ein Gewehr umgehängt, einen Marschbefehl, und dann marschiert er, und wenn er angekommen ist, dann schießt er, irgendwo, wo er noch nie im Lebn war, wo er nichts verloren hat, aber er schießt. Er schießt einen andern zam, der auch bloß ein Arbeiter ist, und zündet seine Hütte an. Und den hat er sein ganzes Leben lang noch nie gesehn, die kennen sich gar ned, die wissn nicht einmal den Namen voneinander, die ham nie einen Streit ghabt. *(Pause)* Es muß doch einen Grund geben, daß Menschen in den Krieg gehen. *(Pause)* Kalt is mir, der Sommer laßt nach. Mir is richtig kalt. Und wenn der Befehl ausgeführt is, dann zieht die Kompanie weiter, und das so lange, bis ein anderer Arbeiter den einen zamschießt. *(Kleine Pause)* Ein Krieg kann nicht als Rettung bezeichnet werden für den kleinen Mann. Aber aus dem Schatten, der schon fast eine Dunkelheit geworden ist, tät ich heraustreten wollen in die Explosion, wo es hell ist, wie mein Vater auch. *(Pause)* Er war jung, für mich wäre die Front nicht mehr erreichbar. Nicht einmal die Front, geschweige das Heldentum. *(Pause, er lächelt verlegen.)* Vielleicht ist Krieg, wir sind mittendrin, und du merkst es nicht, während dein Mann von den Granaten zerrissen wird und seine Stücke durch die Wohnung fliegen.

FRAU *(lacht)*

MANN Glaubst du, daß es zuviel Menschen gibt auf der Welt?

FRAU Warum?

MANN *(nach einer Pause)* Man könnt doch alle Arbeitslosen auf eine Insel im Pazifik tun, und dann läßt man eine Atombombe los, und das Problem ist gelöst, ohne daß andere darunter leiden müssen. Zweieinhalb Millionen Deutsche, vier Millionen Engländer, zwölf Millionen Amerikaner, Italiener, Belgier usw. über den ganzen Erdball. Die werden eines schönen Tages abtransportiert, eingeschifft mit unbekanntem Ziel. Und dann kommens auf der Insel an und sehen bloß einen hellen Punkt. Ungewöhnlich hell und groß, und sie denken, ist das ein Sonnenaufgang, und rennen ans Ufer. Der Punkt kommt näher, es wird auf einmal warm, und sie sehen, wie am Horizont eine haushohe Welle kommt, die kocht, man sieht, wie es dampft im Wasser, und die Welle und das Licht kommen näher und spülen über die Insel und ziehen weiter und äschern alles ein, spurlos. Wenn später ein UFO vom Mond kommt, das stellt bloß noch Staub fest, der in alle Farbn leuchtet, der Atomstaub ist bunt und so hoch, daß man einsinkt. Die Marsmenschen macht die Strahlung nichts aus, die habn einen Schutzanzug an, das is klar. Vom Menschen weit und breit keine Spur. Im Meer, hundert oder zweihundert Meter tief, ist auch alles verkocht. Erst noch weiter unten sind wieder Viecher, Fische oder Lemuren, die waren noch nie oben, die kennen nix wie die Dunkelheit vom Wasser. Erst jetzt, wie der Atomblitz in ihre Finsternis einen Lichtstrahl bringt, da denken sie, oben muß was sein. Und wie die Marsmenschen schon wieder wegfliegen, weils denken, da ist nix wie Asche auf dem Stern, da tauchen sie langsam auf aus die Wellen, mit große Flügel, wie von Dinosaurier, und erobern die Welt. Im Weltall fangen die Marsmenschen manchmal Morsezeichen auf, aber sie denken, das kommt von woanders, und fliegen weiter. Die Morsezeichen leben länger wie Menschen, aber sie entfernen sich schnell. Still, alles still. *(Pause)* Du bist dran.

FRAU Ich hab gmeint, des sind bloß die Arbeitslosen.

MANN Ich hab schon weiterdenkt, daß der Herrgott die Notbremse zieht.

FRAU Aber mir sind doch sein Ebenbild.

MANN Des glaub ich ned, mir sind ein Fehler, den tät er kein zweites Mal machen.

FRAU Ich nicht.

MANN *(lacht, steht auf, geht zum Fenster, schaut hinaus)* Schaug die Schwalbn an. Wie tief die fliegen. Das Wetter wird noch schlechter!

FRAU *(nickt)* Es is kühl.

MANN Wie lang die schon kommen?

FRAU Schwalben können sehr alt werden, heißt es.

MANN Wieso weißt du des?

FRAU Das weiß ich nimmer, aber es is so.

MANN Wenns auf ihrem Flug in den Süden nicht von die Italiener zamgfressen werdn.

FRAU Glesn werd ich es haben.

MANN Was?

FRAU Daß sie alt werden können, die Schwalben.

MANN *(schaut, nickt, summt)* Schon sind die Schwalben gen Süden gezogen ...

FRAU Noch ned. Jetzt muß es erst noch einmal richtig Sommer werdn.

MANN Ich mein das Lied.

FRAU *(nickt, und singt es – im Gegensatz zu ihm – richtig)* Schon sind die Schwalben gen Süden gezogen, über die Felder, die Wälder und Auen. So heißts.

MANN *(nickt)*

FRAU Wenn man die Vögel, die im August nach dem Süden drängen aufgrund von ihrer inneren Uhr, nicht wegfliegen laßt, sondern einsperrt, dann fliegen sie trotzdem.

MANN Was?

FRAU Die tun in ihrem Käfig so, als würden sie fliegen. *(Nickt)* Und zwar ganz genau nach Süden. *(Kleine Pause)* Und wenn die andern vor Afrika sind und einen Schwenk nach Osten machen, damit sie genau an der richtigen Stelle in den afrikanischen Kontinent hineinfliegen können, dann machen die wo eingesperrt sind diesen Schwenk mit und fliegen auf einmal in ihrem Käfig auch nach Osten.

MANN Des glaub i ned.

FRAU Wenn ich es sag. Im Fernsehen hab ich es gesehn. *(Nickt)* Die Simulation der eingesperrten Zugvögel mit dem Drang nach Süden.

MANN Was heißt Simulation?

FRAU Simulation heißt: Ich stell mir vor, daß ich etwas mach, was ich in Wirklichkeit nicht kann. Aber meine Vorstellung ist stärker wie die Wirklichkeit, die mich behindert.

MANN *(lacht, nickt)* Genau. *(Kleine Pause)* Aber warums immer wieder wegfliegen, das weiß niemand.

FRAU Weil es ihnen zu kalt is bei uns.

MANN Das is doch klar. Aber der wirkliche Grund! Wenn das der einzige wär, dann könntens doch in Afrika bleiben.

FRAU Die Heimat ruft.

MANN Afrika is doch auch ihre Heimat.

FRAU Zugvögel.

MANN *(lächelt)* Da sinds wieder. Hallo! Wie gehts euch? Schon startklar?

FRAU Esel.

MANN Das sind immer die gleichen, die kommen. Die finden immer wieder her.

FRAU Der Instinkt.

MANN Die starten irgendwo in Afrika im März und fliegen Tausende von Kilometer. Und finden haargenau her zu uns. *(Schüttelt den Kopf, schaut, kleine Pause)* Kalt is mir.

FRAU Mir auch. Soll ich den Heizstrahler anschalten?

MANN *(nickt)*

FRAU *(tut es)* Im Traum hab ich vor kurzem auch einmal furchtbar gefroren. *(Denkt nach, kleine Pause)* Aber dann hab ich gelbe Flugzeuge am Himmel gesehn.

MANN Was für ein Himmel?

FRAU Kurze, gelbe Flugzeuge mit braunen Untersätzen.

MANN Bomben.

FRAU Es war mir kalt, *(kleine Pause, betont es)* und da hab ich das Wort Üppigkeit denkt.

MANN Was?

FRAU Üppigkeit! Sommer, Wärme, Gelächter. Und ich hab ganz fest an das Wort Üppigkeit denken müssen.

MANN Warum?

FRAU Das war das Zeichen. Dann haben die gelben Flugzeuge ihre braunen Untersätze abgeworfen –

MANN Doch Bomben.

FRAU Die sind heruntergfallen, und man hat nicht gsehn, wo sie aufschlagen. Das hat mich interessiert. Ich hab mir denkt, da mußt du hin. Ich hab gar nicht weit laufen müssen, dann hab ich es gsehn. Das waren Blumenbomben.

MANN Was?

FRAU Blumenbomben. Wo die braunen Untersätze aufgeschlagen haben, da sind sie zersprungen, und die schönsten Blumen, wo es bloß im Treibhaus gibt, die haben sehr üppig herausgeblüht. *(Nickt)* Ich hab mir denkt: Das ist der Frühling, das geht jetzt anders wie früher.

MANN *(lacht)*

FRAU Mir war aber immer noch kalt. *(Kleine Pause)* Ich war im Schnee und hab mir denkt: Da mußt du hin. Ich bin gelaufen, aber wie es im Traum ist, ich bin schlecht vorwärtskommen. Ich bin eingesunken.

MANN Hättst einen Schneepflug braucht, der vorausfährt. Oder eine Fräse sogar!

FRAU Ich war nicht allein. Überall sind welche gelaufen oder sogar gesessen, weil sie nicht mehr weiter haben können und ausruhen haben müssen. Einer hat gsagt: Das ist eine Falle, die wollen, daß mir alle aus die warmen Häuser herauslaufen, weil mir auf die Blumeninsel wollen. Aber in Wirklichkeit erfrieren mir unterwegs.

MANN Wo war ich?

FRAU *(zuckt die Achseln)*

MANN War ich nicht dabei in dem Traum?

FRAU Ich glaub nicht. *(Kleine Pause)* Ich hab mir denkt, ich muß durchhalten. Aber dann hat es mir zwischen den Beinen geklemmt. Ich hab mir denkt, was kann das sein? Es war hart. Des Rätsels Lösung: Ich habe meine Tage gekriegt, und weil es so kalt war, ist es sofort gefroren. Ich hab einen roten Eiszapfen zwischen die Füß ghabt.

MANN Hast immer viel geblutet.

FRAU Ja. Das hat mir noch gefehlt, hab ich mir denkt. Der muß weg. Ich hab meinen Rock hochgetan und die Hose herunter.

MANN War niemand in der Näh, der dich sehen hätt können?

FRAU Darauf hab ich nicht aufpassn können mitten im Schneetreiben. *(Kleine Pause)* Irgend jemand is gekommen, hat es sich angschaut und gsagt: Das haben wir gleich, hat mir mit dem Fuß in den Bauch gehaut, und da is der Zapfn abgebrochen von mir.

MANN Wer war der jemand?

FRAU Irgend jemand, der auch am Erfrieren war und schnell weiter ist. Mehr hab ich auf den nicht aufpaßt mitten im Schneetreiben.

MANN Und dann?

FRAU Bin ich weiter.

MANN Bist hinkommen?

FRAU Nein, weil es zu weit war. Aber wärmer is es dann trotzdem geworden.

MANN Vielleicht hat dich jemand zudeckt! Vielleicht is jemand aufgestandn und hat das Fenster zugemacht, während die Frau von andere Männer träumt!

FRAU *(lacht)* Träume sind Schäume.

MANN Wer weiß.

FRAU Das is schön, gell, wenn man merkt, man mag sich trotz allem.

MANN Wenn sie dir noch recht is, die Liebe, von einem arbeitslosen alten Wichser.

FRAU Warum denn Wichser?

MANN So sagt man halt. *(Kleine Pause)* Und jetzt? Weiterleben zwischen Eis und Benzin?

FRAU *(nickt, schaut zum Fenster)* Alles sucht die Wärme. *(Pause)*

MANN *(deutlich)* Aber verbrennen will man auch nicht.

FRAU Man will nicht verbrennen und nicht erfrieren.

MANN Ja.

Nicht Fisch nicht Fleisch

Mitarbeit: Alexandra Weinert-Purucker

Personen

HELGA, fesche, rundliche Dreißigerin
EMMI, gleiches Alter, weniger rund, etwas größer, dunkler
HERMANN, Helgas Mann, schlank und unruhig
EDGAR, kleiner mit Bäuchlein, recht gepflegt, Emmis Mann
die beiden Kinder von Helga und Hermann, die aber nicht auftreten müssen

Das Stück spielt 1980 in München

Anmerkung zur Sprache

Dialekte sind Ausdruck von Arbeit, Landschaft und Gesellschaft. Dialekte sind Verhaltensweisen in der Sprache. Das muß erdacht und ausgearbeitet werden, unreflektierte Dialektaneignung führt schnurstracks in den Naturalismus, den Dialekt ästhetisieren in den Dilettantismus.

Bühnenbild

Zwei räumlich gleiche Wohnungen übereinander, natürlich unterschiedlich eingerichtet.

Erster Akt

1. Szene

Edgar und Emmi in den Ehebetten.

EDGAR Kennst du des?

EMMI Was?

EDGAR *(lacht, schaut auf den Bettvorleger zu seinen Hausschuhen)* Wenn die genau in Reih und Glied stehen, dann bringt es ein Glück, und wenn nicht, dann passiert was.

EMMI *(schaut ihn an)*

EDGAR *(lacht ertappt)* Stehn eh nicht. *(Kleine Pause)* Das war, wie ich klein war, daß ich mir das einbildt hab, daß das so is. *(Kleine Pause)* Da bin ich oft eine ganze Stund lang immer wieder außm Bett außer und hab die Schuh gricht, damits auch genau stehn in Reih und Glied, und wieder eini ins Bett und wieder außer, wenn es sein hat müssn, bis ich zittert hab vor Kältn. *(Kleine Pause, er schaut aus dem Bett.)* Das is die Linie, der Scheitel sozusagen, und damit muß sich das Schuhpaar schneiden, das auf den Millimeter genau beieinander steht, bis es den rechten Winkel ergibt. Dann stimmts.

EMMI Esl. Nur Unsinn im Sinn, der Mensch.

EDGAR *(lacht glücklich)* Als Bub war ich ein richtiges Hascherl, da hättst du mich gar nicht erkannt, da bin ich sicher.

EMMI Du mich auch nicht.

EDGAR *(absichtlich)* Hast du nicht immer gleich weiblich dumm dreingschaut?

EMMI Des hättst gern, aber da bleibt dir der Schnabel sauber. *(Kleine Pause)* Denk zur Abwechslung einmal ein bißl was Vernünftiges.

EDGAR Kannst es nicht erwarten? Keine Angst, heut gehts dir dran, damitst weißt, daßd mich hast.

EMMI Ohne Wirt macht der Herr seine Rechnung.

EDGAR Magst ned? Wer will noch mal, wer hat noch nicht, heißt die Parole.

EMMI Wo ich morgen einen harten Tag hab.

EDGAR Deine Scheißfirma! Regiert mir ins Bett hinein, die Firma. *(Kleine Pause, grinst)* Ich sollt es dir überhaupts nicht gestatten, daß du arbeiten gehst. Ist die Frau nicht mehr am Herd, läuft die Ehe schon verkehrt!

EMMI Des probier!

EDGAR Weilst nicht normal bist, das muß mir bei der Verehelichung verschleiert worden sein. *(Kleine Pause)* Hausfrau! Sehnsucht und Erfüllung in einem!

EMMI Für dich vielleicht.

EDGAR Und was macht der Mann jetzt, wo die Dame morgen in der Firma einen *(betont es)* – harten Tag hat? Hau ich mir den Schwanz ans Tischeck.

EMMI Laßt mich zuschaun?

EDGAR Mistviech. *(Kleine Pause)* Sei froh, daß ich ein Verständnis hab für deine beruflichen Höhenflüge.

EMMI *(müd)* Erst die Arbeit macht den Menschen, ob Mann oder Frau.

EDGAR Ein Lehrer von mir hat immer gsagt: Für den Mann gibts drei Dinge im Lebn, die wichtig sind. Man beachte die Reihenfolge: erstens die Arbeit, zweitens der Freund und drittens die Frau. Hat er gesagt.

EMMI Vielleicht war er schwul.

EDGAR *(lacht)* Schmarrn, ganz normal! *(Kleine Pause)* Wenn ich jetzt sagen tät: entweder ich oder die Firma?! – Tätst sie aufgeben die Arbeit für mich?

EMMI Und wenn ich zu dir sagen tät: entweder der Betrieb oder ich?

EDGAR *(mit gespielter Überraschung)* Das kann eine Frau überhaupts nicht sagen, sowas kann nur der Mann sagen!

EMMI *(lacht)*

EDGAR Scheißemanzipation.

(Pause)

Hart ist der heut vielleicht und groß, unglaublich, so war der noch nie! Willst nicht einmal herüberlangen und mit geübtem Blick die Ware prüfen?

EMMI *(lachend)* Nein.

EDGAR Das wirst du ewig bereun, daß dir das entgeht.

EMMI Ich schlaf schon.

EDGAR Kein Herz für die Heimat. *(Kleine Pause)* Kann man nix machen, man kann niemand zu seinem Glück zwingen. *(Kleine Pause)* Hallo!

EMMI *(tut schlafend)*

EDGAR *(nimmt die Zeitung vom Nachtkastl, liest)*

(Pause)
Das sind ganz rabiate Hund, die Engländer! *(Lacht)* Wenn da einer ein Streikbrecher is, dann holt sich der gleich eine blutige Nasn. Da kennen die nix.

EMMI Wo die das Bewußtsein her ham? Dagegn seids ihr alles Schlappschwänze, gell!

EDGAR Spinnst du? Beleidigt den deutschen Arbeiter, die Frau, noch dazu im Bett, daß es eine wahre Wonne ist! *(Schüttelt den Kopf, ist lustig)*

EMMI Also Klassenbewußtsein hast du keines, du bist bloß anständig.

EDGAR Gott sei Dank! Weils des bei uns ned braucht. Zumindest in unserm Betrieb. *(Kleine Pause)* Bei die Engländer is das Tradition, so is das. Obwohl es auch keine besondere Leistung is, wenn man bei jedem Scheißdreck streikt, des muß ned das Bewußtsein sein, des kann auch ein Schmarrn sein. *(Kleine Pause)* Oder einfach die Not. Wos zwanzig Prozent Inflation ham, wollens keine zehn Prozent mehr Lohn, das sieht ein Blinder.

EMMI Ebn.

EDGAR Sieben Prozent sind für uns heuer auch drin, sonst lassen mir die Puppen tanzen.

EMMI Angeber.

EDGAR *(schaut Emmi an, grinst, nickt)* Kaum wird man politisch, schon hat er sich beruhigt.

EMMI Wer?

EDGAR Der er.

EMMI Hartwachs.

EDGAR Kruppstahl.

EMMI Einbildung is auch eine Bildung.

EDGAR Genau. *(Kleine Pause)* Aber morgn gibts keine Würsteln, da bist du dran, daß dir Hören und Sehen vergeht.

EMMI Das glaub ich! Gut Nacht.

EDGAR Angenehme Ruhe sagt man. *(Lacht, legt die Zeitung weg, macht das Licht aus)*

2. Szene

Hermann und Helga in den Ehebetten.

HERMANN Dann hat er gsagt, das is für ihn nicht das Problem, weil er selber weiß, daß es nicht einfach ist, gegen den politischen Strom zu schwimmen. Die Familie von ihm hat während der Hitlerzeit, von seiner Frau her, die aus jüdischen Kreisen stammt –

HELGA Kalt is mir.

HERMANN Mir auch. Ein paar Minuten, dann is warm.

HELGA Komm halt zu mir.

HERMANN Wo ich beim Erzähln bin. *(Kleine Pause)* Also, da hätt er viel Verständnis für mich –

HELGA Sei froh!

HERMANN Aber, sagt er, wenn Sie bei uns bleiben, dann werden Sie vielleicht Betriebsrat, und dann haben wir das Problem. Weil das tät ihm zu weit gehen, verstehst, dann hätten sie es, meint er, mit einem kommunistischen Betriebsrat zu tun –

HELGA Bist doch gar ned.

HERMANN Für den is jeder Arbeiter, der was denkt, ein Kommunist. Ich hab zu ihm gsagt: Herr Doktor, des is eigentlich ganz einfach. Mir ham eine gemeinsame Grundlage, das Betriebsverfassungsgesetz, an das sind Sie genauso gehalten wie ich, außerdem den Manteltarifvertrag und den Lohntarifvertrag, der zwischen der Gewerkschaft und dem Unternehmerverband, welchem auch Sie angehören, abgeschlossen worden ist. Und auf dieser Grundlage werde ich versuchen, das für die Arbeiter und Angestellten Beste herauszuholen, sofern ich dazu ein Mandat bekomm. Dann hat er gsagt, nun gut, er wird es sich durch den Kopf gehen lassen, und man soll es miteinander probieren. Für ihn zählt die Leistung, die einer bringt.

HELGA Eben, was denn sonst.

HERMANN *(nickt)* Obwohl das eine Taktik is. Der weiß genau, daß ein Neuer ned von heut auf morgn Betriebsrat werd, das macht er nur, daß er mir das sagt, weil er mich gleich einschüchtern will. Aber da läuft nix.

HELGA Reiß nur das Maul wieder so weit auf, daß einen Grund finden, daß dich hinaussetzen wie das letzte Mal! Noch einmal mach ich das nicht mit.

HERMANN Meine Rechte nimm ich wahr.

HELGA Und ich die meinen und die von die Kinder. Ich will kein Zigeunerleben –

HERMANN Des ham mir auch noch nie ghabt –

HELGA Das will ich auch nicht. Was sagt man die Leut, wennst wieder arbeitslos bist? Der hat bloß um seine Rechte gekämpft, weil er so eine Veranlagung hat, daß er das Maul nicht halten kann? – Das glaubt niemand, die meinen alle, man ist mit einem Arbeitsscheuen verheirat.

HERMANN Das sagst du bloß, weil du in keiner Firma mehr bist, sonst tätst anders reden.

HELGA Laß dich für die Scheißbetriebsratswahlen erst gar nicht aufstellen, wenns an dich herantreten –

HERMANN Werd ich sowieso nicht, in der Firma bestimmt ned, die wähln nur solche, wo bei der Betriebsleitung gern gesehn sind, weils meinen, ein inniges Verhältnis is das Beste für ihre Interessen. Die san so, schau den Edgar an.

HELGA Der weiß jedenfalls, wo sein Brot gebuttert is.

HERMANN Willst einen Feigling als Mann?

HELGA Das is doch ned feig, wenn man zuerst an sich und seine Familie denkt, das is intelligent.

HERMANN Ich schlaf schon.

HELGA Und mich friert.

HERMANN Mich auch.

3. Szene

Edgar und Hermann bei gemeinsamen Karateübungen in einem Sportverein.

HERMANN Weil sie kein Verständnis hat, das is es.

EDGAR Das tät ich ihr schon beibringen.

HERMANN Seit sie nicht mehr arbeitet, denkt sie hausfraulich.

EDGAR Habts es so wolln.

HERMANN Die Familie is schon recht. Ich bin froh, daß ich sie hab, die Helga.

EDGAR Das darf die Frau nicht merken, sonst wird sie übermütig.

HERMANN Das weiß sie.

EDGAR Das is schlecht.

HERMANN *(lacht)*

EDGAR Obwohl sie sich nicht beschwern kann, weil du nie anders warst, immer der gleiche Aff, der wo sein Maul nicht halten kann. Das hätt sie wissn müssn. Und solche wie dich muß es auch gebn.

HERMANN Ich bin wie ich bin, ich hab sonst nix.

EDGAR Stolz.

HERMANN Schmarrn.

EDGAR Haß.

HERMANN *(lacht)*

EDGAR *(hört auf mit den Übungen, schaut Hermann an)* Für mich tät ein Einsatz für andere dann in Frage kommen, wenn ich es genau weiß, daß jeder von ihnen das gleiche für mich bringt, wenn Not am Mann is.

HERMANN Hast du nie einen Haß?

EDGAR Auf wen?

HERMANN Auf alle, die mehr wie 18 Mark 70 Stundenlohn ham.

EDGAR Ich hab 19 Mark 70.

HERMANN Bist auch schon länger in der Firma, wo ich grad angfangt hab.

EDGAR Genau, es gibt immer einen Grund, wenn einer mehr hat.

HERMANN Einen Grund schon, aber welchen?

EDGAR Und wenn ein anderer 50 Mark in der Stund hat, is mir das wurscht, solang ich mit meine 19,70 gut auskomm.

HERMANN Weil die Emmi mitverdient.

EDGAR Willst mich beleidign?

HERMANN Warum denn? Wahrscheinlich mehr wie du!

EDGAR Keinen Pfennig hat die Emmi mehr, das kann ich dir ganz verläßlich sagn. Da tät ich auch einen Riegel vorschiebn.

HERMANN *(lacht)* Wenns mehr verdient, dann laßt dich scheiden?

EDGAR Du zäumst das Pferd beim Schwanz auf. Das muß man sich vorher überlegn, ob man zampaßt. *(Kleine Pause)* Jedenfalls eine Ärztin mit Dreihunderttausend im Jahr hätt ich nicht geheiratet, das is sicher, denn dann bist du nicht der Ehemann, sondern der Hausdepp. Wie bei die Filmstars: Maria Schell mit Mann! *(Lacht)* Bei mir daheim nicht. Garantiert.

HERMANN Was is mit deine 19 Mark 70, wenn sie nix verdient?

EDGAR Das is noch lang kein Grund für einen Haß.

HERMANN Komisch. Wenn ich es in der Zeitung lies, daß der Herr Lodenfrey oder sonst irgendein Kapitalist seiner jungen Frau zum Hochzeitstag einen weißen BMW 635 CSI kauft hat, dann denk ich mir: *(laut)* mit welchem Geld? Und wenn ich weiter denk, daß ich heuer mit der Helga und die Kinder in einem österreichischen Scheißnest zwei Tag Urlaub vertan hab, weil uns auf der Fahrt nach Grado der Wagn verreckt is und die Werkstatt ned schneller war, dann hab ich einen Haß. *(Lacht)* Und dabei is mir jetzt ausnahmsweis sogar das Geld wurscht, wo die Werkstatt eh nicht teuer war, aber die Zeit, wo mir verplempern ham müssn. Und wenn ich dann denk, daß irgendwo so eine lackierte Kuh mit dem Siebzigtausend-Mark-Schlitten durch die Gegend fahrt und von unterwegs mit dem Fünfzehntausend-Mark-Autotelefon mit der Freundin plaudert, krieg ich einen Haß, ob ich es will oder nicht.

EDGAR Weil du übertreibst.

HERMANN Des is ned übertrieben, des is untertrieben. Der wirkliche Reichtum is unkenntlich, aber da is er. Und warum geht des? Weil mir schuftn und unsere Fraun durchn Supermarkt nach die Sonderangebote tigern.

EDGAR Du bist neidisch! Das is der blanke Neid. Drum bist du ein unglücklicher Mensch. Hättst deinen Passat vor Antritt der Urlaubsreise in die Inspektion getan, dann hättst du nirgends zwei Tage verloren, weil der Passat kein schlechtes Auto is.

HERMANN Glaubst, ich gib die alte Kistn noch in die Inspektion? Ich hab doch keinen Vogel.

EDGAR Dann sparst du auf der falschn Seitn, und drum kostet es dich das Doppelte.

HERMANN Und warum spar ich?

EDGAR Aus Dummheit.

HERMANN Schmarrn, weils ned langt, oder grad langt, mit sparn eben.

EDGAR Machn mir weiter.

(Sie beginnen wieder mit ihren Übungen.)

Das stimmt natürlich, was mir ham, ham mir auch bloß, weil die Emmi mitverdient! – Laß halt die Helga auch wieder arbeiten.

HERMANN Mit die Kinder!

EDGAR *(lacht)* Da schaut er im Bett ned links und rechts, leistet sich die vollen Genüsse, weil er sich nicht beherrschen kann, und dann hat er einen Haß auf andere.

HERMANN Der Siemens kann sich auch Kinder leistn und braucht die Frau nicht zum Arbeiten schicken.

EDGAR Des is aber auch der Siemens.

HERMANN Ebn, das mein ich ja. Und warum is er es? Weil er hunderttausend Mann für sich arbeiten laßt.

EDGAR Laß halt auch jemand für dich arbeiten, wennst einen Dummen findst.

HERMANN Genau.

(Pause)

EDGAR Ich glaub, daß du Minderwertigkeitskomplexe hast, das is es.

HERMANN Hast du keine?

EDGAR Bestimmt ned. Ich bin ja ned zum Betteln auf der Welt. Ich krieg mein gutes Geld für meine gute Arbeit, und ich arbeit freiwillig dort, wo ich arbeit! Wenn es mir nicht paßt, dann geh ich. Gleichberechtigte Partner! Am Letztn geh ich nicht ins Lohnbüro und bitte um eine mildtätige Spende. Im Gegenteil, ich krieg, was mir zusteht. Nicht einmal dankschön sagen brauch ich, weil es mein Recht is. Und so is im ganzen Leben.

HERMANN Glaubst.

EDGAR *(kleine Pause)* Du hättest nie Setzer lernen sollen, das befriedigt dich nicht. Du hast einen Kopf, was keiner bestreitet. Jetzt haust den ganzen Tag auf deine Setztastn, alles geht wie im Schlaf, und dein Kopf is unbefriedigt, weil er höher hinaus will. Und was is höher? Eine Mark mehr Stundenlohn vielleicht, und später wieder eine, wenns gut geht. Ansonsten: Endstation. Das liegt dir nicht, weil du keine Zufriedenheit hast. *(Kleine Pause)* Hat dich jemand gezwungen, Maschinensetzer zu werden?

HERMANN Gezwungen! *(Schüttelt den Kopf)*

EDGAR Eben nicht! Kein Mensch. Hättst studiert, wärst Zahnarzt geworden, dann hättst Fünfhunderttausend im Jahr oder mehr.

(Pause)

Ich und die meisten andern sind zufrieden. Das geht dir ab.

HERMANN Schriftsetzer is kein schlechter Beruf.

EDGAR Das kannst du laut sagen.

HERMANN Was is, wennst weniger verdienst wie du brauchst?

EDGAR Dann wär ein Wurm im System. *(Betont es)* Ist aber nicht.

HERMANN Von fünf Wünsche kann ich mir vier ned leisten. Bevor das ned anders is, bin ich nicht zufrieden, ich bin doch kein Arschloch.

EDGAR Danke!

HERMANN Bitte.

(Pause)

HERMANN *(leiser, unruhig)* Ich mag manchmal eine Woch lang nicht einmal – *(faßt sich an den Sack)*

EDGAR *(lacht)* – weil dir einer, der es sich leisten kann, ein paar auf den Schwanz gehaut hat.

HERMANN *(nickt)* Bildlich gesprochen.

EDGAR Minderwertigkeitskomplexe!

HERMANN Kannst du immer?

EDGAR Besser wie du schon, weil ich keine Minderwertigkeitskomplexe hab, weils das nicht braucht. *(Lacht)* No problems! *(Kleine Pause)* Komisch, daß er das nicht versteht! Das wird *(betont es)* getrennt, da liegt der Trick doch drin. Betrieb is Betrieb und daheim is daheim. Wenn in der Firma einer, wo es sich erlauben kann, zu mir sagt: Mein Gott, was machen Sie denn da für einen Schmarrn, Sie Arschloch!

HERMANN Das sagt niemand.

EDGAR Zum Beispiel.

HERMANN Arschloch darf er nicht sagen.

EDGAR Paß auf. Es muß ja kein Arschloch sein, aber –

HERMANN Man is Untergebener und spürt es.

EDGAR Genau. Dann wend ich meinen Trick an und denk mir: Rutsch mir den Buckel hinunter, das ist deine Firma, dein Revier, da arbeit ich, freiwillig wohlgemerkt, weil ich jederzeit kündigen kann und woanders anfang –

HERMANN Glaubst?

EDGAR – jawoll! Wenn aber der gleiche bei mir daheim sein tät und aus irgendeinem Grund zu mir Arschloch sagt, dann denk ich mir nicht, das is deine Firma, rutsch mir den Buckel hinunter, dann ist das mein Revier, und dann hau ich ihm auf die Schnauze, kurz und fest, wer immer es ist. Strenge Rechnung, gute Freunde. Das muß man wissen, dann braucht man keinen Minderwertigkeitskomplex. Drin mit den Wölfen heulen und heraußen: ein freier Mann, wehe, wenn mir einer in den Weg tritt.

HERMANN Das kann ich nicht. Mir geht das nach, vor allem, wenn ich im Recht bin.

EDGAR Was nutzt mich das Recht, wenn es mir nicht gehört.
HERMANN *(schaut)*
EDGAR Paß auf! Mein Hobby ist der Duden, weil ein Schriftsetzer der beste Korrektor seiner Firma is, wenn er was taugt.
HERMANN Einbildung.
EDGAR Hobby, neben die Fische. *(Kleine Pause)* Da kommt jemand, über mir, mit einem Abzug, wo ich Korrekturen angebracht hab nach dem neuesten Duden, und scheißt mich zam. Ich sag, der Duden spricht eine andere Sprache. Der über mir sagt, daß ihm der Duden wurscht ist, ich soll gefälligst so setzen, wie es da steht. – Gut, wird gemacht, seine Partie!
HERMANN *(nickt)* Auch wenns ned stimmt.
EDGAR Und wenn es noch so falsch is! Wenn ich aber daheim einen Brief schreib nach dem neuesten Duden, und es kommt jemand und sagt: Das muß so und so sein – dann sag ich zu dem nicht, der neue Duden sagt es anders, sondern hau ihm auf die Schnauze und schmeiß ihn hinaus! – My home is my castle.
HERMANN Engländer!
EDGAR War ein Hobby, is vorbei.
HERMANN Aber im Betrieb bist du doch kein anderer. *(Fest)* Ich bleib ich.
EDGAR Im Verborgenen! Gedanken sind zollfrei.
HERMANN Das kann ich nicht. Da tät ich mir denken, warum wehr ich mich nicht. Und dann tät ich drauf kommen, daß ich feig bin.
EDGAR Ich weiß aber, daß ich nicht feig bin, das brauch ich mir nicht dauernd am falschen Ort beweisen. Ich halt mich an die Regeln, das is nicht feig, das is vernünftig.
HERMANN *(nickt)* Machen wir weiter.
EDGAR Genau.
(Sie tun es, Hermann schmeißt Edgar schwungvoll zu Boden.)
Au. Sau.
HERMANN Aber an die Regeln hab ich mich gehalten.

4. Szene

Emmi im weißen Kittel, Helga mit Warenkorb, Kinderwagen und Kind.

HELGA *(nickt)*

EMMI *(schaut, lacht, schüttelt den Kopf)* Schon wieder?

HELGA *(lacht)*

EMMI Und der Hermann?

HELGA Der wird überrascht.

EMMI Mit Absicht?

HELGA Halb.

EMMI Das könnt mir nicht passieren.

HELGA Du hast deinen Beruf.

EMMI Ein paar Jahr noch, dann will ich schon auch eines. Aber drei nicht.

HELGA Wegen einem hat es keinen Sinn, daß man daheim bleibt. *(Lacht)* Bei zwei hat eine Mutter schon ihre Berechtigung.

EMMI Und mit drei macht sie Überstunden?

HELGA Ich hab immer Kinder wollen, seit ich mich erinner.

EMMI Ich auch. Früher.

HELGA Weil du einen interessanten Beruf hast. UND ein Geld verdienst. Ich bin gern Hausfrau.

EMMI Die Firma kannst kündigen, aber kündig einmal eine Ehe, wenn Kinder da sind!

HELGA Der Hermann kann sich auch nicht scheiden lassen mit drei Kinder, *(lacht)* da tät er soviel zahlen müssen, daß er im Obdachlosenasyl nächtigen muß.

EMMI Ebn, ich will keine Aneinanderkettung.

HELGA Ich schon. *(Kleine Pause)* Der Hermann wär schon recht, wenn er seine Veranlagung ned hätt.

EMMI Veranlagung, wie die redt! Ich wär froh, wenn der Edgar ein bißl was davon hätt.

HELGA Mir als Familie gesprochen ham bloß Nachteile davon.

EMMI Wenn jetzt noch eins kommt!

HELGA Der Hermann will Kinder.

EMMI *(lacht)* Der Edgar tät weiß der Teufel was für ein Kind geben, weil er weiß, daß ich auf dem Ohr vorerst noch taub bin. *(Kleine Pause)* Wenn es klappt, übernimm ich eine eigene Filiale.

HELGA *(nickt)* Du hast einen Beruf, der wo dich ausfüllt. Aber ich bin hundertmal lieber Hausfrau, als daß ich wieder zum Lodenfrey als Näherin geh, mit 7 Mark 20 in der Stund.

EMMI Damals.

HELGA Dann sinds heut 10 Mark. Da schau ich nur einmal in die Augen meiner Kinder und weiß den Unterschied.

EMMI Weil du als Hausfrau nicht arbeiten mußt!

HELGA Mehr vielleicht. Trotzdem versteh ich jede Frau, die aus einer stumpfsinnigen Arbeit heraus gern in die Ehe geht; näh acht Stunden Knopflöcher und dann genieß die Abwechslung von einem Haushalt!

EMMI Mir langt der Haushalt, wenn ich bloß am Abend heimkomm und alles rumstehn seh!

HELGA Du hast deine Arbeit und ich meine Kinder. Ich weiß jedenfalls, für wen ich es tu! Für mein eigenes Fleisch und Blut. Und nicht für den Herrn Lodenfrey.

EMMI Gibts den überhaupts?

HELGA Für mich hat es ihn gebn, solang ich für ihn hab arbeiten müssen.

5. Szene

Sonntag, Mittagszeit, daheim bei Edgar und Emmi. Hermann, Helga und die Kinder zu Besuch. Edgar und Hermann im Wohnzimmer: säuberlich, teuer. Aus der Küche hört man die Frauen und Kinder.

EDGAR *(steht vor seinem Aquarium)*

HERMANN *(schaut sich um)*

EDGAR Was glaubst, wie viele Sorten da drin sind? *(Kleine Pause)* Das kannst du ned raten: dreiundzwanzig. Jetz is das keine Kunst, daß man in ein Gschäft geht und sich dreiundzwanzig verschiedene Sorten kauft, weil es mehr wie vierzigtausend Fischsorten in den Gewässern der Erde gibt. *(Er lächelt.)*

HERMANN Da sind aber die Walfische auch dabei.

EDGAR Alle.

HERMANN Für die tätst ein größeres Aquarium brauchen.

EDGAR Nicht alles, was schwimmt, ist als Zierfisch geeignet. Da gibt es Arten, die kann man in Gefangenschaft nicht halten. Die gehen dir ein, und wenn du ein Aquarium mit alle Raffinessen hast.

HERMANN Menschen? *(Schaut Edgar scharf an)*

EDGAR *(schüttelt den Kopf)* Das sind alles Exoten. Wenn du dir jetzt zum Beispiel dreiundzwanzig verschiedene Sorten Zierfische kaufst, und du tust sie ins Aquarium, dann kannst du eine böse Überraschung erleben.

HERMANN Ich kauf mir kein Aquarium, weil ich es mir gar nicht leisten kann.

EDGAR Ein Aquarium is nur bei der Anschaffung teuer, dann nicht mehr, auch wenn es Fische gibt, wo das Stück fünfzig Mark und mehr kost. Aber die muß man nicht haben – schau, das da, das is einer.

HERMANN Schön.

EDGAR Du tust also die gekauften Fische hinein, aber am nächsten Tag, wenn du aufstehst und dich freuen willst, stehst du vor dem Aquarium und zählst. Ich garantier es dir, du kommst nicht mehr auf dreiundzwanzig.

HERMANN Kannibalen, die Fische.

EDGAR Genau. Das is das große Problem. Wenn man da keinen Fischverstand hat, fressen die sich gegenseitig auf. *(Kleine Pause, er schaut verliebt in sein Aquarium.)* Da schau her, da is einer! Der hat nur noch eine halbe Schwanzflosse.

HERMANN Genau.

EDGAR Das wird jetzt spannend, wie das weitergeht. Lassens ihm eine Ruh, die andern, oder fressens ihn ganz zam?

HERMANN Ich hab denkt, du hast einen Fischverstand?

EDGAR Im Prinzip schon. Aber es kommt vor, daß einer den andern mit etwas Freßbarem verwechselt, was ein Artgenosse ist. Die Schwanzflosse is wahrscheinlich ein Mißverständnis.

HERMANN *(nickt)*

EMMI *(kommt herein mit einigen Sachen zum Tischdecken)* Biet dem Hermann was zum trinken an, wie es sich gehört!

EDGAR Magst einen Schnaps zum Magenausputzen?

HERMANN Ein Bier.

EDGAR Ich auch.

EMMI *(geht wieder in die Küche ab)*

(Pause)

EDGAR Das Interessante an einem solchen Aquarium ist nicht, daß es schwimmt neben dir. Das Interessante ist die Beobachtung. Je mehr Sorten du hast, um so mehr hast zum Beobachten. Das is das Geheimnis, das spannend is. Ich sitz still davor und schau sie an. So wie jetzt mit der abhanden gekommenen Schwanzflosse! Is einer dabei, der keinen sauberen Charakter hat, obwohl er aus einer gutmütigen Familie stammt? Oder is es einer von die ehemaligen Raubfisch, der sich auf seine Vergangenheit besinnt. *(Kleine Pause, er starrt wie ein Feldherr in das Aquarium.)* Der da stammt aus der Familie der Haie.

HERMANN *(lacht)*

EDGAR Auch wenn man es ihm nicht ansieht. Bis jetzt war er friedlich.

HERMANN Umgestellt auf Vegetarier.

EDGAR Oder auch nicht. Das ist hier die Frage. Wenn es einer von die Raubfisch war, dann is es kein Problem, der is schnell gefunden. Aber auch bei die andern, wo als absolut friedlich erforscht sind, kann ein Krimineller dabei sein. Die Natur.

HERMANN Wie bei die Menschen.

EDGAR *(lacht)* Ein Kosmos im kleinen, genau. Da muß man dann eine lange Zeit aufwenden und suchen: Wo ist der Übeltäter, der die Ordnung durchbricht? Der aus der Art Geschlagene? Am besten man ertappt ihn auf frischer Tat.

HERMANN Dann wird er herausgefischt, registriert und entlassen.

(Schaut Edgar offensiv an, wartet)

EDGAR *(lächelt verlegen, kleine Pause)*

EMMI *(kommt mit zwei Flaschen Bier und Gläsern herein)* Damits ihr mir nicht verdurstets! *(Geht wieder hinaus, kommt dann einige Male mit Geschirr etc. wieder, deckt weiter auf)*

EDGAR *(schenkt beiden ein)* Prost!

HERMANN Prost.

(Sie trinken.)

EDGAR Auf daßd mir keine Schand machst in der Firma.

HERMANN *(schaut)*

EDGAR Wo man dich empfohlen hat.

HERMANN *(lacht)*

EDGAR Das sollt man eigentlich dem Freund gar nicht sagen, aber am Anfang, wie ich gwußt hab, daß dich bei deiner alten Firma hinausgschmissen ham und bei unserer vielleicht was zum machen ist, da wollt ich es dir nicht sagen.

HERMANN *(schaut)*

EDGAR Eine Sekunde is es mir durch den Kopf. Aber erstens is man es dem Freund schuldig, und zweitens soll man den Firmenschutz ned übertreibn.

HERMANN Genau, keine Probleme.

EDGAR Aber ich muß dir mein Lob aussprechen, und die Firma kann froh sein, daß dich hat, arbeitsmäßig.

HERMANN *(nickt)*

EDGAR Ich glaub, du kannst genauso viel wie ich. Obwohl ich eine Liebe zum Beruf hab und du nicht.

EMMI *(kommt wieder mit was herein)* Hermann, dein Sohn repariert meine Kaffeemaschin.

HERMANN Nimm sie ihm weg, bevors kaputt is.

EMMI Ich will schon lang eine neue. *(Geht wieder)*

HERMANN Momentan is der in einem Alter, wo er alles kaputtmacht, so schnell kann man gar ned schauen. Dann sagt er »ich bin der Macher«, aber dabei is er der Kaputtmacher!

EDGAR In der Küche kann er nicht soviel kaputt machen wie da herin.

HERMANN Die Helga paßt schon auf.

EDGAR Die Fisch erschrecken sofort, wenn man überraschend an das Glas tappt, weil sie es nicht gewöhnt sind, und schon ist alles in heller Aufregung, und dann gibts die Verwechslungen.

HERMANN Essn mir in der Küche.

EDGAR Nein, nein, das is übertrieben, ich paß schon auf. *(Kleine Pause)* Ich glaub, daß du dich in der Firma halten kannst, wennst so weitermachst. Vor allem hast du eine schnelle Auffassungsgabe, das muß dir der Neid lassen. Das kommt vielleicht, weil du schon in andere Firmen warst, da muß eine Flexibilität sein. Auch wenn es die Ausdauer beeinträchtigen kann.

HERMANN Mein Vorteil ist, daß die alte Firma vom Technischen her entwickelter war wie ihr.

EDGAR Der Chef macht nicht jeden Firlefanz mit. Das ist mir recht.

HERMANN *(schaut, kleine Pause)* Und eine Modernisierung is keine geplant.

EDGAR Nein, keine.

HERMANN *(nickt)*

EDGAR Fangt schon wieder an, der Mensch. Is ein halbes Jahr in meiner Firma und will mich belehren, weil er meint, er hört das Gras wachsen.

HERMANN Es geht ned bloß um die Setzerei. Jede Abteilung macht irgendwie einen *(kleine Pause)* vorsintflutlichen Eindruck.

EDGAR Das brauchst nicht recht laut sagen, weil Freunde machst du dir damit keine.

HERMANN Du bist es.

EDGAR Was?

HERMANN Mein Freund.

EDGAR Genau. Und drum lobt man dich, damit man dich anspornt.

HERMANN Du redst, als wenn dir die Firma gehören tät!

EDGAR Wes Brot ich ess, des Lied ich sing.

HERMANN *(nickt)*

EDGAR Damit wir uns ned falsch verstehen: Wenn man an dich herantritt und sie dich aufstellen wollen für den Betriebsrat, sofern es von der Belegschaft kommt und *(betont es)* du dich nicht aufdrängst, meine Stimme hast du.

HERMANN Aufdrängen tu ich mich bestimmt ned.

EDGAR Das is auch besser.

EMMI *(kommt mit einer großen Bratenschüssel etc. herein)* Ich will mich nicht mit fremden Federn schmücken. Ich hab genug eigene. Das Essen stammt zwar aus meiner Küche, aber gekocht hat die Helga.

HELGA *(schreit aus der Küche)* Nix wahr is, ich hab bloß die Soß abgschmeckt.

EMMI Glaubts ihr nicht. So setzts euch hin. *(Ruft)* Helga!

HELGA Gleich.

6. Szene

In der Küche bei einem Haufen Abwasch. Emmi sitzt und raucht eine Zigarette, Edgar bei der Arbeit.

EDGAR Teamwork heißt nicht, daß ich arbeit und du schaust zu.

EMMI Wo ich den ganzen Vormittag mit der Helga in der Küche war. Du hättest ruhig einmal hereinschauen können oder uns wenigstens ein Kind abnehmen. Der Berndi ist in einem Alter, mein Lieber, da brauchst Nerven aus Stahl.

EDGAR Wenn der Vater sich ned drum kümmert, werd ich den

Buben extra hereinholen, damit er mir mein Aquarium verschreckt.

EMMI Und jetz kriegt sie noch eins.

EDGAR Der hat schon recht. Zwängt der Frau ein Kind nach dem andern auf, damit sie erst gar ned mit dem Denken anfangt und weiß, wer der Herr im Haus is. *(Lacht)* Unbarmherzig.

EMMI Das tät dir auch passen, gell!

EDGAR Aus mit der Herrlichkeit, was du mit der Scheißpillenfresserei verhinderst.

EMMI Hättst eine wolln wie die Helga?

EDGAR Ja und nein.

EMMI Da hätten mir aber nicht unsern Lebensstandard. Ich hab es täglich vor Augen, was die einkauft!

EDGAR Das is der gerechte Ausgleich. Drum hams Kinder.

EMMI Zampassen täts, die Helga mit ihrer Häuslichkeit und du. *(Schaut ihn an, wie er abwascht, lacht)*

EDGAR Du bist mir schon recht, und irgendwann einmal, so schnell kannst du gar ned schauen, wirst austrickst und zum Mutterglück gezwungen.

7. Szene

Hermann und Helga zu Hause, abends, Helga desinfiziert Schnuller, Milchflaschen etc. Ihr Wohnzimmer ist – im Gegensatz zu vorher bei Emmi und Edgar – ein »Vielzweckraum«.

HERMANN Hast dich umgschaut? So oft man da hinkommt, ham die was Neues.

HELGA Ich bin zufrieden mit dem, was mir ham. Wenn es nur bleibt.

HERMANN Bleibt schon. *(Kleine Pause)* Ich hab mir denkt, daß ich den Edgar ein bißl ausfrag –

HELGA Wegn was?

HERMANN Wegn der Firma.

HELGA Obs mit dir zufrieden sind?

HERMANN Nein. Was anders.

(Pause)

HELGA Hast du den Berndi angschaut?

HERMANN Warum denn?

HELGA Du hast ihn nicht angschaut, sonst hätt es dir auffallen müssen, daß er einen grünen Rotz hat.

HERMANN *(schaut)*

HELGA Grüner Rotz is ein gefährliches Zeichen.

HERMANN Wir mir Kinder waren, mir sind das ganze Jahr mit einer Rotzglockn rumglaufen und leben auch.

HELGA Ja, und im Winter seids barfuß gangen.

HERMANN Dann gehst zum Doktor mit ihm.

HELGA *(nickt)* Muß ich auch, wenns ned besser wird. Kümmerst dich zu wenig um deine Familie, das kann man genau erkennen. *(Kleine Pause)* Aber ich verzeih dir. So, ich bin fertig, jetzt gehn mir ins Bett und reden da weiter.

HERMANN *(schaut)*

HELGA Wennst nicht willst, dann kann ich dich auch nicht zwingen.

HERMANN Heut ned.

HELGA »Heut nicht!« – Das muß man sich sagen lassen. *(Kleine Pause)* Soll ich dir vorrechnen, wie oft mir in der letzten Zeit nicht zusammengewesen sind?

HERMANN Zählen kann ich auch.

HELGA Eben. Und warum?

HERMANN Nimmst die Pille wieder, dann is alles wie früher.

HELGA Seit ich aufghört hab, fühl ich mich wohler.

HERMANN Aber ich nicht.

HELGA Brauchst nicht aufpassen.

HERMANN Sagst du.

HELGA Es is aber so und soll eine freudige Überraschung sein. *(Pause)*

HERMANN Das hast absichtlich gmacht, gell? – Willst mich niederwürgen mit die Kinder, damit ich nicht mehr schnaufen kann. Ich will kein drittes Kind, ich laß mich nicht ruinieren von dir. *(Kleine Pause, verzweifelt)* Du hast schon zwei!

HELGA Und eines, das man noch nicht sehen kann.

HERMANN Das will ich auch nie sehn.

HELGA Das Kind krieg ich.

HERMANN Und ich muß es ausbaden. *(Kleine Pause)* Ich verdien nicht soviel, daß ich uns ein drittes Kind leisten kann!

HELGA Wo ein Wille ist, ist auch ein Weg. Der größte Anschaffungssprung is das erste Kind, danach hat man das Wichtigste schon.

HERMANN Und nach dem sechstn leben mir vom Kindergeld.
HELGA Davon leben mir höchstens, wenn sie dich wieder hinausschmeißen.
HERMANN Einmal, und das war nicht gerecht.
HELGA *(auftrumpfend)* Du hast den Betriebsfrieden gestört.
HERMANN »Du hast den Betriebsfrieden gestört!« – Was weißtn du vom Betriebsfrieden.
HELGA Ich hab ihn beim Lodenfrey jedenfalls nicht gestört.
HERMANN Ja, weilst zu blöd dazu warst.
HELGA Ich war sogar zu gescheit, weil ich nämlich verstanden hab, was sogar die Dümmsten verstehen, daß man gegen die Obern nichts ausrichten kann, weil man sich nach der Decke strecken muß. *(Kleine Pause)* Du hast auch Kinder wollen.
HERMANN Aber jetzt langts.
HELGA Es war keine Absicht.
HERMANN Freilich.
HELGA Hast du aufpaßt oder ich?
HERMANN Hättst die Pille gnommen wie jede Frau.
(Pause)
HELGA Einem Menschen wie dir sollt man gar keine Kinder schenken.
HERMANN Weil es mir langt.
HELGA Du hast keine Liebe zu uns.
HERMANN Bis jetzt schon.
HELGA Bis jetzt auch nicht, innerlich hast du es mir immer vorgeworfen, daß ich nix verdien und bloß Kinder krieg.
HERMANN Das stimmt ned.
HELGA Doch, sonst tätst dich jetzt nicht aufführen, als wenn man dir an die Gurgel wollt.
HERMANN Ich seh mich nicht hinaus.
HELGA Andere verdienen eben nebenbei auch noch was.
HERMANN Ich bin Schriftsetzer, wo soll ich denn schwarz arbeiten?
HELGA Es muß ja nicht als Schriftsetzer sein.
HERMANN Soll ich nach der Arbeit schwarz auf dem Bau Ziegelsteine tragen? Ich will ned bloß arbeiten, sondern leben.
HELGA Lebst jetzt auch nicht, außer für deine Scheißpolitik.
HERMANN Was mir heut durchsetzen, das brauchen die Kinder morgen nicht erkämpfen.
HELGA Ja, vor allem, wenn sie abgetrieben sind.
HERMANN Das ist gemein.

HELGA Weil es dir nicht um die Kinder geht, sondern um dein übersteigertes Geltungsbedürfnis.

HERMANN Lüge! Wenn sich die vor uns ned eingsetzt hätten, täten mir jetzt in einem nassen Kellerloch sitzn; wenn ich überhaupt eine Arbeit hätt, dann sechs Tag in der Woch zehn Stundn lang mit einer Kündigungsfrist von heut auf morgen, und trotzdem hätten mir nix zum fressen, und wenn eins krank is, tät man sich den Doktor ned leisten können.

HELGA Will für die Menschheit kämpfen und treibt die eigenen Kinder ab. *(Kleine Pause)* Das Kind bleibt.

HERMANN Aber ich auch.

8. Szene

Emmi bei Helga; in der Küche. Helga hat Kaffee und Kuchen hingestellt. Emmi schmeckt es.

(Pause)

EMMI Is das so wichtig?

HELGA Für mich schon.

EMMI Aber es is doch bloß ein kleiner Teil vom Menschen.

(Pause)

HELGA Spürst du nix?

EMMI Bei ihm nicht. *(Kleine Pause, sie lächelt.)* Ich hab keinen andern.

HELGA Machst es selber?

EMMI Wie die fragt, wie ein Pfarrer. *(Kleine Pause)* Ja.

HELGA Ich frag ned wie ein Pfarrer.

EMMI Ich mach es schon immer selber, seit ich mich erinner.

HELGA Du machst überhaupt alles selber, gell?

EMMI Wenn ich kein find, der es besser kann.

HELGA Weiß es der Edgar?

EMMI Ich glaub schon.

(Pause)

EMMI Ich find es ebn nicht so wichtig. Das sag ich doch.

(Pause)

HELGA Für mich is das sehr wichtig. Weil ich glaub, wenn der Mann merkt, daß seine Bemühungen sinnlos sind, verliert er das Interesse.

EMMI *(rasch)* Das kann ich vom Edgar nicht sagn.
HELGA Der Hermann will immer Erfolge sehn.
(Pause)
EMMI Kriegst Kinder, dann muß er dich in Ruh lassn, und du brauchst ihm nix vormachen.
HELGA Ich krieg den Orgasmus freiwillig. Ich hab ihn schon viermal ghabt, hintereinander.
EMMI Toll.
(Kleine Pause)
HELGA Der Hermann is auch zufriedn mit mir, diesbezüglich, weil mein Orgasmus is für ihn sehr wichtig.
EMMI Und für dich?
HELGA *(nach einer kleinen Pause)* Für mich auch.
EMMI Das merk ich.
(Pause)
HELGA Ich find, eine Frau darf nicht zu egoistisch sein.
EMMI Und warum nicht?
(Pause)
HELGA Du bist unheimlich hart. Wenn ich so hart wär, hätt ich Angst, daß einmal alles zerspringt.
EMMI Die Ehe?
HELGA *(vorsichtig)* Die Liebe.
EMMI *(rasch)* Was is denn die Liebe?
HELGA Mehr wie die Onanie auf jedn Fall.
EMMI Danke.
(Kleine Pause)
HELGA Das tut mir leid.
EMMI Warum denn? Ich bin nun einmal kein Weltmeister in Orgasmus. Einmal in der Woch, wenn ich keine Sorgn im Gschäft hab, mich auf mich konzentrieren kann und mich keiner stört. Aber einen Minderwertigkeitskomplex laß ich mir deshalb nicht einredn, von dir auch nicht.
HELGA *(beschwichtigend)* Ich kann ja auch nicht immer.
EMMI Machst ihm was vor?
HELGA Aber selten.
EMMI Das tät ich nie, da wär ich mir zu schad. *(Kleine Pause)* Sowas darf man gar ned anfangen.
HELGA Ich hab aber Angst, wenn ich nicht komm, daß er dann sauer is. *(Kleine Pause)* Der Hermann will immer alles hundertprozentig.
EMMI Genau. Was macht es da aus, was du fühlst oder willst

oder nicht willst. Wenn der Herr der Schöpfung zufrieden is.

HELGA Ich bin aber zufrieden, wenn er zufrieden is.

EMMI Das redst dir ein, weil du keine Ahnung hast von dir.

HELGA Ich glaub, daß ich aber mit dem Hermann alles in allem eine glücklichere Ehe hab als wie du.

EMMI Weil du deinen Orgasmus, deine Kinder und deinen Kochtopf hast. Du tust mir leid. Redn mir von was anderm.

HELGA Ich red aber gern von Frau zu Frau.

EMMI *(schnell)* Manchmal, wenn ich im Auto sitz und nach der Arbeit heimfahr, steh ich an einer Ampel und bin todmüd, und dann fallt alles, *(ehrlich)* die Häuser fallen zam, die Straß gibt nach, es geht runter wie auf der Achterbahn.

HELGA Das hab ich auch, das sind Depressionen, die hat jeder Mensch, weil er sie braucht, hab ich glesn.

EMMI Das sind keine Depressionen, das sind Genickschläge, sind das. *(Kleine Pause)* Oder ich steh in der Früh auf, schau in den Spiegel und denk mir: Wer is denn diese böse alte Frau?

HELGA Du bist ned alt.

EMMI Aber ich denk es mir. *(Sehr rasch)* Manchmal seh ich auf der Straß einen jungen Ausländer, und dann denk ich mir, dem gib ich jetzt einen Hunderter, damit er mich mal so richtig durchfickt – *(bricht ab, lächelt, kleine Pause)*

HELGA Bist du dem Edgar treu?

EMMI *(heiter)* Gezwungenermaßen.

HELGA *(schaut)*

EMMI Ich will kein Durcheinander in meinem Leben, das kann ich mir auch gar ned leistn. Ich muß jeden Tag um sechse raus und komm um sieben heim. *(Kleine Pause)* Ich hab grad Sonderangebote hergezaubert! Wo die eignen Leut sich fragen: Wie macht die das?

HELGA Du tätst ein Kind brauchen, dann tätst schon auf andere Gedanken kommen.

EMMI Auf welche? Daß ich mich damit beschäftig, daß es ißt und grunzt und scheißt, und wenn es groß is, spuckt es mir auf den Kopf und haut ab?

HELGA So redt man nur, wenn man keines hat.

EMMI Ich krieg auch keines.

(Pause)

HELGA Jetzt sind mir schon so weit auseinander, wo mir einmal richtige Freundinnen waren?

EMMI Auseinander! – Du hast Angst, daß du deinen Orgasmus nicht hast, und ich hab Angst, daß ich meinen Umsatz nicht hab. Der Unterschied ist bloß: Ich hab keine Illusionen. Ich bin wenigstens zu meinem Mann ehrlich.
HELGA *(bissig)* Dir wird schon nix anders übrig bleiben.
EMMI Warum bist jetz du so gemein?
HELGA Ich bin ned gemein.
EMMI Freilich. *(Kleine Pause)* Ihr wollts doch alle eine Frau, die wo es schafft, fertigmachen, gell?
HELGA Ich will dich überhaupt nicht fertigmachen.
(Pause)
EMMI Wenn du das mit dem Ausländer irgendwem sagst, dann sind mir geschiedene Leut.
HELGA Das sag ich schon niemand.
EMMI Da tät ich mich zu Tod schämen.
HELGA Ich auch.
EMMI *(leichter)* Genau. Die Früchte unseres Tuns sind Angst. *(kleine Pause)* Hab ich gelesn.
HELGA Warum?
EMMI Schaust du nie in den Spiegel?
HELGA Doch.

9. Szene

Alle auf dem Oktoberfest in einer Bierzeltnische, Emmi mit Bär.

HELGA Prost! *(Sie nimmt einen kräftigen Schluck aus dem Maßkrug.)*
EDGAR Prost! *(Trinkt mit)*
(Pause)
HELGA Wo ich mit dem Hermann die größten Probleme hab, muß ausgerechnet ich jetzt die Stimmungskanone machen. *(Kleine Pause)* Ich will später noch einmal mit der Zugspitzbahn fahren. *(Lacht)* Aber erst, wenn ich ein bißl einen sitzen hab, damit mir schwindlig wird.
EMMI Mir is schon schlecht.
EDGAR Weil sie zuviel raucht. *(Kleine Pause)* Eine Frau, wo raucht, sollt man überhaupt nicht heiraten.
EMMI Jetzt redt er wenigstens schon wieder.

EDGAR *(nickt)* Genau. *(Lächelt)* Prost! *(Trinkt)*

HERMANN Prost! *(Trinkt auch)*

HELGA *(trinkt)* Wenn ich einmal jemand für die Kinder gfunden hab für einen Abend, dann nutz ich das aus. *(Lacht)*

HERMANN Drum fahrn mir auch noch mit der Zugspitzbahn. Und wenn dir beim ersten Mal nicht gleich schwindlig wird, dann fahren mir noch mal. Koste es, was es wolle!

EDGAR Ich hab dir den Bären geschossen, weil ich ein gutes Auge hab, trotz allem.

EMMI Schießen kann er.

EDGAR Das Oktoberfest muß man ausnutzn, wo es bloß einmal im Jahr is. Laßts mich hinaus, jetzt muß ich bieseln. *(Man läßt ihn hinaus, kleine Pause)*

HELGA Was hat er denn?

EMMI *(schaut zu Hermann, der versucht, unbemerkt den Kopf zu schütteln)* Sorgen. Weil er nur das Beste vom Lebn gewohnt is, macht er sich dauernd eine Angst.

HELGA Warum?

HERMANN Man muß die Feste feiern, wie sie fallen. Prost! *(Er trinkt.)*

EMMI *(schaut Hermann an, plötzlich sauer)* Obwohl es eine blödsinnige Bevormundung von dir gegenüber der Helga is, was du machst.

HERMANN Was denn?

EMMI Zu mir is der Edgar sofort kommen und hat es gsagt.

HELGA Der sagt mir doch nie was – *(kleine Pause)* – Hams dich wieder hinausgschmissen?

HERMANN Nein.

HELGA Ich seh es dir an. *(Kleine Pause)* Ich hab es kommen sehn. Das hab ich schon vor euch alle gwußt. Ich kenn ihn.

EMMI Is er ja gar nicht.

HERMANN Nein. Die Firma wird fusioniert.

HELGA Was heißt des?

HERMANN Verkauft an eine andere Firma –

EDGAR *(ist zurückgekommen)* Ja, aber es soll alles so bleiben, wie es is.

EMMI Bist du schon fertig mit dem Bieseln?

EDGAR Nein, aber ich find das Klo nicht.

HERMANN Des is heuer auf der andern Seite.

EDGAR Ach so. *(Setzt sich wieder)* Jetzt mag ich nimmer.

HELGA *(lacht)*

(Pause)

EDGAR Das hätt ich mir nie gedacht, daß uns der Chef aufgibt und verkauft. Lebendes und totes Inventar inbegriffen.

EMMI Jetz übertreib ned.

EDGAR Wo man ihm treu gedient hat ein Leben lang.

HERMANN Ich hab dir den Abend ned verderbn wolln.

HELGA Wenn die Firma bloß verkauft wird, dann is mir der Abend gar ned verdorbn.

EDGAR Mir schon.

EMMI Der Edgar sieht immer schwarz.

EDGAR Ich denk an das Klima, vielleicht is es unter der neuen Firmenleitung ein anderes, wo man sich nicht dran gewöhnen kann. *(Kleine Pause)* Dann kündig ich.

HERMANN Du spinnst ja. Die Belegschaft muß zamhalten, damit die neuen Herrn mit uns nicht Schlitten fahren.

EMMI Das Klima kann ich mir auch nicht aussuchen, wenn ich eine Filiale übernimm.

EDGAR Es ist nicht nur das Klima. *(Kleine Pause)* Es bleibt nicht alles beim Alten.

EMMI Gerade hast du es gesagt.

EDGAR Aber es stimmt nicht.

HERMANN Die uns eingekauft ham, das is ein Dreihundert-Mann-Betrieb, und der is so durchrationalisiert, daß er den zehnfachen Umsatz von unserm macht mit neunzig Mann. Entweder sie würgen uns ab, das is dann eine Marktbereinigung wegn der Konkurrenz, oder sie brauchen Kapazitäten, weils Aufträge ham. Dann wird das technische Niveau angeglichen, und weiter gehts. Volle Fahrt!

EDGAR Mit der halben Belegschaft.

HERMANN Wenn die Kollegen sich auf die Hinterfüß stelln?

EDGAR Ich bin kein Pferd.

EMMI Du hast eine Angst, weil du dich umstellen mußt, dabei schadt dir das gar nicht.

EDGAR Red ned, wost nix verstehst. Ob du deine Salami da oder dort verkaufst, es bleibt die Salami. Aber wenn ich auf Fotosatz umlernen muß –

EMMI *(laut, etwas blau)* Streng dich an, das muß ich auch.

HERMANN Des schaffen mir schon.

EDGAR Ich will aber nicht. Ich hab gelernt, wie ich in dem Alter war, wo ein Mensch lernt. Jetzt bin ich in dem Alter, wo ein Mensch etwas kann. Ich will kein Lehrling sein, daß Jüngere mir über die Schulter schauen und sich denken, wie stellt der alte Depp sich denn an! Ich hab einen Beruf, den laß ich mir nicht nehmen. Das ist mein Eigentum. Eine Arbeit kann man verlieren, aber den Beruf nicht. *(Schnauft, schüttelt den Kopf)* Ich laß mit mir nicht umspringen wie mit einem Vieh. Ich bin nämlich ein Mensch.

HERMANN Des bestreitet ja keiner.

EMMI *(laut, blau)* Eben.

EDGAR Ich hätt daheim bleiben sollen. Das Oktoberfest ist mir heuer schon verdorben, obwohl ich für den Bären nur 15 Schuß gebraucht hab.

EMMI Den hast du mir geschenkt!

EDGAR Freilich, wo es mir um das Schießen geht.

(Pause)

HELGA *(zu den Männern)* Wenn man euch so dasitzen sieht, denkt man, die Welt geht unter.

HERMANN Heuer nicht mehr. Prost!

EDGAR Vielleicht.

(Man lacht, trinkt.)

Zweiter Akt

1. Szene

Einfach möbliertes Einbettzimmer im Umschulungszentrum. Edgar auf Hermanns »Bude«, spät abends.

EDGAR Ich kann es nicht. *(Schüttelt den Kopf)*
(Pause)
Ich kann es nicht, weil man es nicht sieht. *(Kleine Pause)* Daß man es nicht sieht, is mein Problem.
(Pause)

HERMANN Ich sieh mir genug. Mir tun die Augen weh, soviel seh ich. Ich schau auf den Bildschirm und denk mir, jetzt wird es gleich flimmern. Und dann flimmert es. Nicht der Bildschirm, aber ich. Dann sieh ich nix mehr. Dann wart ich, bis es vorbei is. *(Lacht)* Obwohl man fernsehen auch tut einen ganzen Abend lang, wenn ein interessantes Programm is.

EDGAR Man sieht nicht, was man eingibt, man sieht es erst, wenn der Fotoabzug vorliegt. Hast du einen Fotoapparat?

HERMANN Freilich.

EDGAR Ich nicht, weil ich halt nix vom Fotografieren. Ich fotografier mit dem Hirn! *(Deutet drauf)* Das is mir Foto genug.

HERMANN *(lacht)*

EDGAR Will kein Fotograf sein.

HERMANN Bist auch nicht.

EDGAR Ich bin auch ein Fotosetzer nicht. Ich bin ein Bleisetzer. *(Hochdeutsch)* Ich liebe das Blei und bin treu. Will nicht den ganzen Tag fernsehen. Weil es schädlich is.

HERMANN Strahlen sind Strahlen.

EDGAR Wie mir den ersten Fernseher kauft ham, hat der Verkäufer extra gewarnt: Stellen Sie ihn so auf im Wohnzimmer, daß Sie möglichst weit weg sitzen können. Die Emmi hat es bis heut nicht gelernt. Die rutscht immer vor, wenn es spannend wird, und dann muß ich ihr sagen: Sitz dich weiter weg, weil du dir sonst die Augen verdirbst.

HERMANN Aber blind ist sie nicht geworden, oder?!

EDGAR Weil ich ein Aug auf sie hab. Aber auf mich? Dreißig Zentimeter weg sitz ich und muß den ganzen Tag draufstarren.

HERMANN Das gibt sich durch die Umgewöhnung, wirst sehn.

EDGAR An eine Schädlichkeit kann man sich gewöhnen, aber da is sie trotzdem. *(Kleine Pause, leise)* Ich schau gar nicht immer auf den Bildschirm. Ich schau auf die Tastatur, und bloß manchmal auf den Bildschirm, damit ich mir keine Augen verdirb.

HERMANN Drum siehst nix und machst alles falsch.

EDGAR Aber wenn man blind wird, weil man sich die Augen verdirbt, das is noch schlimmer.

HERMANN Wirst nicht blind.

EDGAR Ich duck mich und schau auf die Tasten. Ich will, daß ich mir alles merken kann, was ich eingeben hab, und bloß, wenn ich es mir gar nicht merken kann, dann wirf ich einen Blick drauf, und dann tauch ich wieder hinunter zur Tastatur.

HERMANN *(lacht)* Taucher!

EDGAR Aber der Kopf is immer in Strahlennähe. Da denk ich, der Bildschirm strahlt mir in den Kopf hinein.

HERMANN Das stimmt nicht.

EDGAR Ich denk es mir.

HERMANN Weil es falsch is. Du darfst kein Auge vom Bildschirm lassen. Sonst lernst es nie.

EDGAR Ich vergeß ihn sowieso oft, den Schutz meiner Augen. In der Nacht flimmert es. Das is ein schlechtes Zeichen. Wenn es flimmert, sollt man eine Fernsehpause machen.

HERMANN In Amerika schauen sie acht Stunden am Tag in den Fernseher, freiwillig!

EDGAR Mir sind nicht in Amerika. Da is alles anders.

HERMANN Früher war fernsehen eine Rarität, und jetzt dürfen mir den ganzen Tag fernsehen und beschweren uns.
(Pause)

EDGAR Die Schulung mach ich fertig. Aber lernen tu ich nix. Das garantier ich. Ich will meine Buchstaben wieder. Ich will sehen, wie sie aus dem Magazin herausfallen und wieder hineinwandern. Ich will Worte setzen, das hab ich gelernt. Ich will keinen Bildschirm, ich will keinen Fotosatz, ich will kein Typografieprogramm. Ich will es selber machen. Ich will kein T2 drückn für die Kursivschrift, ich will das Magazin aushängen, wie es sich gehört. Ich will meine Arbeit sehen, das is mein gutes Recht. Ich will keine Computerschrift, die man nicht anfassen kann, weil sie nicht existiert und nicht stimmt, weil das Satzbild ein symbolisches Geheimnis is, bis es abfotografiert is.

HERMANN *(lacht)* Was is der Unterschied zwischen einem akustischen und einem elektronischen Signal?

EDGAR Ich nicht.

HERMANN Wenn ein Lautsprecher angeschlossen sein tät, könnt man ihn hören.

EDGAR Wen?

HERMANN Den Unterschied.

EDGAR Ebn. Ich will meine Arbeit nicht hören, ich will sie sehen.

HERMANN Siehst eh, wenns entwickelt is.

EDGAR Wenn ich in die Hosn gschissn hab vor lauter Angst, was rauskommt, weil alles drauf is, nur das nicht, was ich eingeben hab wollen.

HERMANN Jetz sind mir acht Tag da!

EDGAR Das ändert sich auch in acht Jahr nicht.

HERMANN Wennst nicht willst!

EDGAR Will nicht. Nix zum Anlangen. Alles *(denkt nach)* Fiktion. *(Kleine Pause)* Mir fehlt das Blei. Ich will mich nicht entscheiden, wo ich meine Information hinschick, auf ein anderes Floppi oder die Cassette. Ich will sie haben, meine hundert A's, meine zweihundert M und T und die sechzehn Ypsilon. Ich will ein Führungsband, und ich will die Matrizen. Ich will mein Blei. Ich will es hören, wie sie hinunterfallen, meine fertign Zeiln. *(Kleine Pause)* Geht dir der Lärm nicht ab?

HERMANN *(schaut)*

EDGAR Mir fehlt er.

HERMANN Bist durchnander.

EDGAR Weil alles genommen wird, was schön is. Das is doch schön, wenn die fertige Zeile im Blei verschwindt und als meine Arbeit gegossen wieder auftaucht. Ich will es sehn, wie meine Buchstaben sauber wieder zurückkommen, nach getaner Arbeit, und sich im richtign Magazin ablegen. Ich will die Kontrolle haben. *(Kleine Pause)* Ich bin der Computer, der alles kann, nicht umgekehrt.

HERMANN *(lacht)*

EDGAR Die Konkurrenz. Ein ehrlicher Kampf ist gut, aber nicht, wenn die Waffen ungleich verteilt sind.

HERMANN Man kann alles lernen.

EDGAR Wenn es einen Fortschritt bringt.

HERMANN Bringt es, der Fotosatz ist schneller, sauberer, billiger – was du willst.

EDGAR Für die Wirtschaft, aber für mich? Die Wirtschaft gehört mir nicht und der Fortschritt auch nicht. Da kann ich mir nix kaufen dafür. In meiner alten Arbeit war ein Wohlgefühl. Jetzt bin ich degradiert zum Knöpferldrucker.

HERMANN Da müssen wir durch.

EDGAR Ich will wieder zurück an den Maschinensatz, weil es is schön. Wenn ich in einem Metsch antreten tät gegen den Bildschirm, dann bin ich genauso schnell.

HERMANN Aber teurer.

EDGAR Und wer zahlt mir das?

HERMANN Keiner.

EDGAR Dann muß man den Verlust verhindern. Ich will echte Buchstaben haben, Zeilen übereinanderstellen, Druckform und Schließsteg. Wenn ich es mit eigene Augen seh, mein Werk, dann kann es ruhig abgezogen werdn und zum Korrektor wandern, da brauch ich nicht unruhig sein: Es stimmt. Und wenn wirklich nicht, dann wird dem Fehler mit die eigenen Händ zu Leibe gerückt, herausgestemmt der verirrte Buchstabe und der richtige eingefügt.

HERMANN Sauarbeit.

EDGAR Schöne Arbeit! Meine Händ kann ich mir waschen, wenn man zuläßt, daß ich sie mir schmutzig mach. Tu ich gern. Ich will kein Bauer sein, der in einem isolierten Raum sitzt, vor sich eine Tastatur mit tausend Zeichen, und Frühling, Sommer, Herbst und Winter, das liest er vom Bildschirm ab. Warum soll ich mir einen Buchstaben in die Idiotensprache vom Computer übersetzen: ja-nein-nein-ja, wenn es ihn gibt! A *(macht ein Zeichen in der Luft).* Wenn er gefragt ist, kommt er dran, leibhaftig, und wenn er seine Pflicht getan hat, marschiert er zurück ins Magazin und wartet, bis ich ihn wieder brauch. Es ist doch schön, wenn die Buchstaben im Magazin glänzen und mich anschauen!

HERMANN Denk ans Geld. Ein guter ADS-Setzer kann 25 Mark in der Stund kriegen.

EDGAR Weil sie weniger Setzer brauchen mit der neuen Technik, da gebn sie die wo übrig bleiben ein bißl mehr. Aber wieviel sind arbeitslos, weil du die Arbeit, wo eigentlich ihnen gehört, mitmachst?

HERMANN Dann muß man die Verhältnisse ändern.

EDGAR Das kann man nicht.

HERMANN Das kann man schon.

EDGAR Ich nicht. Ich arbeit gern für 19 Mark 70 weiter, wenns mich bloß lassen, und nimm niemand was weg.

HERMANN Wenn der Fortschritt dem Arbeiter dient, geht es. Wenn er dem Unternehmer dient, nicht.

EDGAR Der Fortschritt gehört dem Arbeiter nicht.

HERMANN Dann muß er erkämpft werden.

EDGAR Ich find als Maschinensetzer woanders wieder eine Arbeit.

HERMANN Vorerst.

EDGAR Immer. *(Kleine Pause)* Ich hab heut alles falsch gemacht. Und wie das Lehrbeispiel mit dem Rhythmus gekommen is, hab ich das zweite h vergessen. So eine Schande. Wie mich der Ausbilder angeschaut hat! »Die Orthografie nimmt Ihnen die ADS aber noch nicht ab!« hat er gsagt.

HERMANN Umstellung.

EDGAR Wo der Duden mein Hobby is.

HERMANN Denk an den Kutscher, der die Zügel mit dem Lenkrad vertauschn hat müssn, hü schreit und sich wundert, daß er ned vom Fleck kommt. Der hats auch glernt.

EDGAR Weil der Mensch sich alles nehmen laßt, was ihm angeboren ist. Kannst du ein Feuer machen?

HERMANN Euer Wohnung is doch auch an die Fernheizung angeschlossen!

EDGAR Ebn. Das is nicht leicht, ein Feuer machen, wenn das Holz nicht ganz trocken is oder über dem Kamin eine Wolkn schwebt und herunterdruckt. Ich hab schon lang kein Feuer mehr gmacht. Geschweige einen Baum fällen, der nicht überallhin fallen darf, wo er will, sondern bloß in eine bestimmte Richtung.

HERMANN Ich hab keinen Baum, den ich fällen kann.

EDGAR Ich auch nicht. Weißt du, wie man ein Schwein schlachtet?

HERMANN Nein. Hendl den Kopf abschlagen, da hab ich zuschaun dürfen als Bub, und dann sind die Hendl ohne Kopf mit dem Geist noch davongflogn.

EDGAR Ebn. Verhungern und erfrieren. Dabei kann man Wälder roden und sich die Erde untertan machen. Kannst du einen Boden bestellen?

HERMANN Mein Großvater hat einen Schrebergarten bei der Eisnbahn ghabt, der hat was verstandn von der Natur. Solche Tomaten!

EDGAR Schrebergarten, wo ich die endlose Weite mein.

HERMANN Fantasie.

EDGAR Mitten in der Wildnis Bäume fällen, eine Hütte bauen, jagen. Nicht bloß schlachten. Jagen! Keine Rehe, wo eh davonlaufen.

HERMANN Tiger.

EDGAR Bei uns nicht. Wildschweine sind angriffslustig. Und manchmal verirrt sich ein Braunbär. Karpatenbären, man geht ihm aus dem Weg, weil er ein Fremdling is, der sich verirrt hat. Bloß wenn er angreift – das is klar. Sehr schön is es im Winter. Alles zugeschneit. Macht nix. Holz genug da, Lebensmittelvorräte – immer wieder sag ich zur Emmi, mach wenigstens ein Obst ein, das is schön, wenn man in den Keller geht und alles voll is –

HERMANN – und schimmelt –

EDGAR Wenn man es kann, schimmelt nix. Obst is leicht! – Aber Fleisch! Beizen, in Salz legen oder Essig, räuchern! *(Lacht)* Aber ned mehr und ned weniger, als man für sich und die seinen für einen Winter braucht. *(Kleine Pause)* Wenn man mehr arbeiten muß, als man braucht, is man nicht frei.

HERMANN *(schaut)*

EDGAR Ich hab Angst, sie halten uns den Kopf unter Wasser, *(lacht)* merkst das ned, bis mir sich aufgeben und nimmer zappeln. Und draußen, was stellen sie an, weil mir ned da sind?

HERMANN *(lacht)* Spuren verwischen.

EDGAR Genau, die Wohnung. Wenn mir wieder heim dürfen, finden mir nur noch einen Parkplatz vor. Keine Mauern mehr, bloß Vierecke mit unverwischbarer Farb. Dächer auch nicht, damit man hineinschauen kann, weil sowieso über allem eine Kuppel für Klima sorgt. Tag und Nacht sind unabhängig. Ihr Geheimnis der Rhythmus, weil Uhren verboten sind. Vielleicht wegn der Marktlage. Is der Absatz stockend, wird die Nacht erhöht und umgekehrt. Alles is eingezeichnet auf dem Parkplatz. Die Strich sind Grenzen.

HERMANN Fantasie, Edgar.

EDGAR Weilst kein Gefühl hast für die heimlichen Strömungen in der Tiefe. Wo es sogar Stürme gibt im Meer, wo man an der Oberfläche nix sieht, weil sie unterirdisch sind. *(Lächelt)* Sie sind Grenzn, die Striche. Möbel sind an die Striche gestellt, wo eine Tür sein soll, is kein Strich. Ein Viereck neben dem andern, dazwischen Spalten, wo man durch darf, wenn ein Anlaß besteht: Lebensmittel und Kleidung fassen, und die Arbeit. Mir arbeiten viel, die Arbeit wird immer mehr. Es gibt zwei Sorten davon: Die einen überwachen Maschinen, und die andern werden eingesetzt wie Maschinen, von denen macht jeder einen Handgriff, wer sich einen zweiten erschwindelt, bringt das System durcheinander und wird bestraft. Wer keine Arbeit hat, wird abgeführt.

HERMANN *(schaut)*

EDGAR Auf Krankheit ham sie ihr besonderes Auge. Schon wer einen Schnupfen hat, kommt in die Klinik, damit sich die Seuche nicht ausbreitet. Manchmal schreit einer, der kommt auch in die Klinik. Die Liebe setzt sich manchmal über die Sperre hinweg. Aber wehe, wenn die Frau schwanger wird und man hat keine Erlaubnis für das Kind, wo man vorweisen kann. Was den Ablauf beeinträchtigen könnt, wird ausgemerzt. Mir arbeiten immer mehr und immer schneller. Am Ende der Kuppel ist ein Loch. Das wird bewacht, weil es die einzige Öffnung is. Auf einem Fließband, breiter wie die Autobahn, rollen Tag und Nacht Waren durch das Loch ins Freie. Wohin? Is draußen ein Berg, der jeden Tag größer wird? Wenn man bis an die Kuppel schleicht, wo sie im Parkplatz verankert is, wirft das Panzerglas bloß das Innen zurück und gibt den Blick nach draußen nicht frei. Wenn man klopft, nützt es nix.

(Pause)

HERMANN Mußt auftauchen, Edgar, weil dir die Luft ausgeht.

EDGAR Genau. Umstellen auf Kiemenatmung.

HERMANN Das geht ned.

EDGAR Da tätns schauen, wenn ich ein Fisch sein tät. Da tauchens mich unter Wasser, aber kaum spür ich das Element, rutsch ich ihnen aus die Finger und verschwinde in der Tiefe, wo sie nicht nachkönnen. Entkommen. *(Kleine Pause)* Wer mir meinen Beruf nimmt, nimmt mir mein Leben und stößt mich ins Wasser. Bin kein so guter Schwimmer, und beim Tauchen krieg ich keine Luft. *(Lächelt)* Obwohl ich im Sternzeichen ein Fisch bin.

(Pause, Edgar schnauft, als würd er keine Luft mehr kriegen, Hermann schaut ihn an, versucht ihn zu beruhigen, intime, sehr nahe Situation, die Zeit braucht ...)

HERMANN Bleibn mir oben und kämpfen.

EDGAR Wie denn? Daß ich den Berg nicht krieg, das bin ich gewohnt. Das andere nicht. Die Arbeit unterscheidet den Menschen vom Affen. Ich bin kein Aff. Wer mich dazu macht, is mein natürlicher Feind.

HERMANN Den Bildschirm kann ein Aff aber ned bedienen, wo du dich schon schwertust!

EDGAR Weil sie uns auf dem Kurs jetzt alles auf einmal zeigen wollen, was das Gerät kann. Weils einen Stolz haben, die Deppen, auf ihre Erfindung. Drum ist es jetzt schwer. Wenn mir erst wieder in der Firma sind, braucht man bloß noch möglichst schnell Schreibmaschinenschreiben können und ein paar übliche Codierungen im Kopf haben. Ich hab drei Jahr für meinen Beruf gelernt, und dann war ich noch nicht perfekt. Jetzt tät ich perfekt sein. Und jetzt stellen sie um, die außerhalb der Kuppel. Jedes siebzehnjährige Mädl, das von einer Handelsschul kommt und Maschinenschreiben glernt hat, das kann in drei Wochen mehr wie ich, weil es einen leeren Kopf und flinke Händ mitbringt. Was mir jetzt lernen, schaut kompliziert aus, aber Beruf ist es keiner mehr, weil es jeder in drei Wochen lernen kann. Und was jeder kann, ist kein Beruf, bloß noch eine Arbeit. Für die neue Tastatur sind spitze lange Fingerl gefragt. Die nicht. Wo hab ich die her?

HERMANN Blei verformt.

EDGAR Ebn. Von meiner Arbeit. Jetzt braucht man eine Tastn bloß noch anschauen, schon schlagt sie zu. Soll ich mir die Finger in den Bleistiftspitzer steckn, bis sie passen für die neue Technik? Nein, meine Arbeit hat mich gezeichnet, und die, denen ich die Arbeit gmacht hab, sind für mich verantwortlich. Früher hats sogar jeden Tag einen halben Liter Milch gebn für die Lehrling, wegn dem Umgang mit dem Blei.

HERMANN Ohne Blei is aber gsünder.

EDGAR Dafür sind jetzt die Strahlen da. Gegen das Blei hab ich die Milch trunken, was trink ich gegn die Strahln?

HERMANN Die Strahlen sind eine Einbildung.

EDGAR *(laut)* Aber ich spür sie. Ich hab Schriftsetzer glernt, und das bleib ich. Ich laß mich nicht zu einem *(kleine Pause)* Schreibfräulein machen!

HERMANN Die Gewerkschaft sorgt dafür, daß nirgends ein einziges »Schreibfräulein« an den Bildschirm kommt.

EDGAR Und warum nicht? Weil es die Gewerkschaft vielleicht

durchsetzen kann. Aber der fachliche Grund? Keiner. Ich will kein Reservat haben wie die Indianer, damit ich nicht ausstirb.

HERMANN Aber vom Schuster bis zum Lohnbuchhalter, ein jeder hat es lernen müssen, oder er is untergangen!

EDGAR Genau, verhungern und erfrieren, wie ich es sag. Krüppel, weniger wie Sklaven –

HERMANN Sklaven ham keinen Kündigungsschutz ghabt, die hat man erschlagen.

EDGAR Aber selten, wo das die einzigen waren, wo die Arbeit getan haben, unrentabel, einen Menschen erschlagen, solang man keine Maschine hat, die es besser kann. Heut hams die Maschinen. Und welche Arbeit ham die Sklaven gmacht? – Vielleicht die kompliziertesten Arbeiten überhaupts, die eine Gesellschaft zum vergeben ghabt hat, weil sie die Fleißigsten waren und alles gelernt haben.

HERMANN Die amerikanischen Negersklaven ham auf die Farmen bestimmt eine ganz besonders schöne Arbeit gemacht! *(Nickt)*

EDGAR Gut, wenn es Maschinen gibt, wo die Menschen die schlimmste Arbeit abnehmen. Jetzt gibt es Maschinen, wo die Menschen die schöne Arbeit wegnehmen. Das ist nicht gerecht, da wird die Technik bevorzugt.

HERMANN An die 35-Stunden-Woch hättn die Sklaven aber ned im Traum denkn können.

EDGAR Sie wird immer weniger, die Arbeit. Das stimmt. Und schlechter. Bloß produzieren tun mir immer mehr. Für wen?

HERMANN Für den Berg.

EDGAR Für mich jedenfalls nicht. Mein Wohlstand hat seine Höhe erreicht. Ich hab genug. Ich tät lieber schöner arbeiten. Kannst du ein Rad?

HERMANN Turnstunde.

EDGAR Ein echtes. Aus Holz. Das Rad war eine Erfindung, sagt man. Wer kann es?

HERMANN Kaufen.

EDGAR Aber machen nicht. Ich kenn einen, also es gibt ihn, der macht aus Baumstämm Brunnen. Haut sie aus. Schön, wenn man etwas ganz herstellen darf. Ein Tischler, der einen Stuhl macht und sagt: Sitz dich drauf, der is von mir. Das gibts vielleicht noch bei »Schöner wohnen«. Aber sonst? Er kann sagen: Ich hab eine Million Stuhlbeine gedrechselt, in jeder

Wohnung, wo die »Quelle« einen Stuhl hingeliefert hat, ist ein Bein von mir. Aber wahrscheinlich hat er bloß eine Maschin überwacht, aus der die Stuhlbeine kommen. Überwachen heißt nicht tun dürfen.

HERMANN Aber zurückschrauben kannst du die Entwicklung nicht. Vorwärtsschreiten und das beste für den Arbeiter herausholen!

EDGAR Das geht nicht.

HERMANN Das geht schon! Von der Krankenversicherung bis zum Kündigungsschutz, von der Arbeitslosenversicherung zum Bildungsurlaub, vom Streikrecht zur Mitbestimmung. War das alles nix?

EDGAR Doch, das verdanken wir euch.

HERMANN Euch! – Dir selber.

EDGAR Aber gegen die Technik ist die Masse hilflos, da muß sich der einzelne Mensch verteidigen.

HERMANN Umgekehrt.

EDGAR Machtlos seids, das merkt man am eigenen Leib. Vor zehn Jahr war ich zum ersten Mal wegn meiner Lung auf der Kur. Und voriges Jahr wieder.

HERMANN Wieviel Stundenlohn ham mir ghabt, damals?

EDGAR Und was hat die Semmel kost, damals? Die oben sind uns immer einen Schritt voraus! Vor zehn Jahr hab ich mir ein Gedankenspiel ausdenkt, damit die Zeit vergeht: Wenn ein Marsmensch vor dem Kurheim mit seinem UFO landet und von mir wissen will, was ein Mensch is.

HERMANN Du.

EDGAR Vor zehn Jahr hätt ich viel zum sagen ghabt! Illusionen, aber besser wie taubstumm! *(Lächelt)* Je älter ich werd, um so weniger weiß ich. Von mir. Und was ich weiß, wird mir vernichtet. – Heut tät ich den Marsmensch fragen, ob ich ihm etwas von meine Fische erzähln soll, weil ich da mehr weiß. *(Kleine Pause)*

HERMANN *(fest)* Die Geschichte der Arbeiterbewegung ist keine Chronik von Niederlagen. Edgar, du schlagst dir selber ins Gsicht!

EDGAR Für die Masse vielleicht, aber für den einzelnen? Wir müssen tun, was andere verlangen. Heut und vor zehn Jahr. Kann ich hingehen und sagen: Meine Arbeit ist schön, ich will sie behalten?

HERMANN Wennst mit dem Bildschirm gar ned zurecht

kommst, umschulen – auf einen ganz andern Beruf, das kannst! *(Kleine Pause)*

EDGAR Wenn ich nicht gekündigt bin, zahlt das Arbeitsamt keinen Pfennig. Und auf was umschulen? *(Kleine Pause)* Oder reisen? Oder sagen, ich will ein Jahr lang lesen? *(Lacht)* Zur Firmenleitung gehn und sagen: Entschuldigen Sie, aber ich hab zu wenig gelesen in meinem Leben, weil ich nach der Arbeit zu müd bin, und ich will nicht sterben, ohne daß ich die Weltliteratur gelesen hab. Musik, Theater! Oder sagen: Ich bin bloß bis Jesolo gekommen, aber die Welt ist groß, ich will nicht sterben, ohne daß ich die Welt gesehen hab: Indien, Afrika, Eriesee; sagen: Entschuldigen Sie, aber ich hab eine Leidenschaft, ich will Fische studieren, nicht in meinem Aquarium allein, sondern im Ozean, ein Jahr lang tauchen, einer von ihnen sein.

HERMANN Der Arbeiter hat früher gar keinen Urlaub ghabt, heut kannst du mit deinem Einkommen einen Urlaub in einer Tauchschule machen, das geht heute, Edgar, sei gerecht.

EDGAR Geheimnisse des Meeres, Jacques Cousteau. *(Lächelt)*

HERMANN Das nicht, aber du kannst mehr wie vor hundert Jahr.

EDGAR Wenn der Marsmensch vor zehn Jahr gekommen wär, hätt ich ihm zum Beweis meiner Menschlichkeit sagen können: Der Mensch hat einen Beruf, der Aff nicht. Heut hab ich keinen Beruf. *(Kleine Pause)* Ich bin froh, wenn der Kurs vorbei is, Hermann, ich will heim.

HERMANN Heimweh hat er, da sieht er alles schwarz.

EDGAR Worauf man stolz ist, das is schwer, daß man es hergibt. *(Lächelt)* Ganz früher hätt ich dem Marsmenschen sagen können, siehst du, das ist die Wildnis, die ist menschenfeindlich. Das, was du da hinten siehst, das ist die Hütte, die habe ich gebaut gegen die Feindlichkeit. Dann geh ich mit ihm hinein und zeig ihm die Frau und die Kinder.

HERMANN Hast ja keine Kinder.

EDGAR Früher hätt ich welche ghabt, und gsagt, so schaun mir aus, wenn mir klein sind. Dann wär ich mit ihm hinaus und hätt ihm das Feld gezeigt, hätt eine Ähre gnommen und erklärt, daß ich Brot daraus mach und daß mir das essen. Dann hätt ich ihn in die Wildnis geführt, bis er *(lacht ein wenig)* sich fürchtet. Da hätt ich gelacht und gsagt: Keine Angst, ich kenn mich aus. Wenn was da gewesen wär, was sich eignet, hätt ich es erlegt und gsagt: Das is Fleisch, das is besonders gut! Vielleicht wär ich so entwickelt gewesen, daß ich ihm sogar meine Werkstatt hätt zeigen können. Wie ich ein Rad mach, wie es rund wird, und was man damit anfangen kann. Ich hätt ihm sagen können, Menschsein ist Freisein.

HERMANN Soweit es die Wildnis zuläßt.

EDGAR Natürliche Wildnis. Heut is alles menschlich, das is schlimmer.

HERMANN Hättst ebn Tischler werden sollen, wennst so denkst.

EDGAR *(laut)* Und dann muß ich meinen Stuhl auch am Fabriktor abgeben und krieg ein paar Fetzn dafür, wo Geld sind und nicht soviel, daß ich mir meinen eigenen Stuhl im nächsten Geschäft wieder kaufen kann! Ich will selber verkaufen, was ich geschaffen hab. Einmal im Monat mach ich eine lange Reise zum Markt. Dann hol ich das Beste heraus, weil ich feilsch, und handel für mich und die meinen! So geht es von Jahr zu Jahr.

HERMANN Und wennst krank wirst?

EDGAR Macht der Sohn weiter.

HERMANN Wenn er klein is?

EDGAR Die Frau.

HERMANN Wenns schwanger is?

EDGAR *(schreit)* Dann geh ich unter. Das is auch eine Freiheit, aber man durchschaut sie, weil es das eigene Schicksal is. Ich wart, bis es Nacht is, dann schlepp ich mich hinaus in die Wildnis und leg mich unter einen Baum. Am Morgen sterb ich. Wenn es warm wird, kommen die Hyänen, weil ich stink, und fressen mich zam. *(Kleine Pause)* Scheißgräber, warum werdn mir nicht zamgefressn, wenn mir tot sind? Und die Tiere tragen uns in ihrem Bauch in alle Himmelsrichtungen! Ich hab eine Sehnsucht, Hermann. Wenn ich die Sehnsucht mit mir vergleich, bin ich ein Sklav, und wenn er am Strick zerrt, wird alles noch enger. Ich krieg keine Luft, wenn ich an meine Sehnsucht denk. *(Pause)*

HERMANN Alles, was du sagst, spielt ganz allein. Wie das Kind, das kein anderes in den Sandkasten lassen will!

EDGAR Die Familie is doch da, und in sicherm Abstand sind andere in der Wildnis. Manchmal trifft man sich, freut sich und geht wieder auseinander. Die Wildnis is stark, das Gleichgewicht is gewahrt.

HERMANN Harmonie der Tiere.

EDGAR Ich bin ein Tier. *(Lächelt, nickt, gibt einen leisen tierischen Laut von sich)* Genau bin ich ein Tier.

HERMANN Bist nicht.

EDGAR *(macht den Tierschrei lauter)*

HERMANN Ned so laut, die andern schlafen schon.

EDGAR Brüllen mir wie die Tiger, dann wachen sie auf, rennen zusammen und kriegen eine Angst. Weißt du, wie die Tiger brüllen?

HERMANN Nein.

EDGAR *(lächelt)* Hast eine Angst vor wilden Tieren?

HERMANN Wenn ich in den Tierpark geh mit die Kinder, bin ich stolz, daß ich ein Mensch bin.

EDGAR Ich nicht.

HERMANN Ich laß mich nicht abrichten.

EDGAR *(lacht)* Er läßt sich nicht abrichten! Wer verweigert hier im Schulungsheim die Abrichtung, du oder ich?

HERMANN Unter Abrichtung versteh ich was anderes.

EDGAR Das is aber Abrichtung. Ein Tier kannst du dazu nicht abrichten, Fehlanzeige. Artfremdes Verhalten kannst du einem Tier nur in geringem Maße beibringen, eher geht es ein. Der Mensch nicht.

HERMANN Es verirren sich aber keine Bären mehr. Und wenn der Mensch in seinem Käfig von der Wildnis träumt, das kann ein Tier auch.

EDGAR Der Tiger zerreißt das Gitter!

HERMANN Das tut der Tiger nicht! Aber der Mensch kann es. Jeden Atemzug. Das ist für mich Menschsein. *(Kleine Pause)* Jede Minute mehr, die ich menschlich leben kann, erkämpfen; jeden Gedanken, den ich mehr denken kann, erkämpfen; jede Zeile, die ich mehr lesen kann, erkämpfen; jeden Meter, den ich die Welt mehr sehen kann, erkämpfen! *(Fest)* Für jedes Wort, das ich mehr weiß, und für jede Mark, die ich mehr krieg, nicht jammern, sondern gemeinsam kämpfen! Und nicht gegen die Tiger, sondern gegen Menschen! Das ist gefährlicher, aber menschlicher. Und erst wenn ich damit aufhör, dann bin ich ein Tier hinter Gittern. *(Kleine Pause)* Wach auf, Edgar! *(Kleine Pause)* Und wir kämpfen *(lächelt)* im Rudel, das geht besser!

EDGAR Nur die Schwachen sind im Rudel, der Einzelgänger is der König. Der einsame Wolf ist gefürchtet, das Rudel kann man verscheuchen.

HERMANN Wölfe, aber Menschen?

EDGAR Ich bin ein Einzelgänger, stark, weil ich einsam bin. Wirst es schon noch erleben.
(Pause)

HERMANN Jetzt tun mir trotzdem schlafen. Morgn müssen mir wieder raus, da müssen mir einen klaren Kopf haben, damit die wilden Tiere sich an die Sprache der Computer gewöhnen.

EDGAR Nehmen wir eine Bomben und jagen mir alles in die Luft.

HERMANN *(lacht)*

EDGAR Machst mit?

HERMANN Nein, weil es nix nutzt.

EDGAR *(schaut, schnauft)* Weilst feig bist und ein Arschloch, des nix versteht.

HERMANN *(lächelt)*

EDGAR *(bös)* Genau.

2. Szene

Hermann und Helga am Abend in der Küche.

HELGA Gut, daßd wieder da bist. Wenn man zerstritten ist, soll man ned auseinander sein.

HERMANN Bin auch froh. Wie in einer Kasern, bloß vornehm. Und eine Einbildung, diese Ausbilder, ein Skilehrer is ein Scheißdreck dagegen. Dabei hat der Spaß 1800 Mark kost plus hundert Mark Materialkosten, wo die Firma bloß die Hälfte zahlt.

HELGA In die Zukunft muß man investieren, damit sie eine wird.

HERMANN *(nickt)*

HELGA Hast alles können, was sie von dir verlangt ham?

HERMANN Alles ned.

HELGA Viel!

HERMANN Man muß erst sehn, wie ich in der Firma hinkomm, in Trockenschwimmen kann jeder gut sein. Außerdem: Modernisierung heißt Rationalisierung, und Rationalisierung heißt Entlassungen, das is ein Gesetz, das erst unvollständig durchbrochen ist. *(Kleine Pause)*

HELGA Ich bin auch ned untätig gwesn, wiest du nicht da warst. *(Kleine Pause)* Ich hab mir überlegt, daß ich mich erkundig, wie das mit der Indikation is. Da soll es die medizinische Indikation gebn, wo man einen Trick anwendet. Wenn man einen Arzt findet, der wo einem bestätigt, daß man ein gewisses Medikament, das als schwangerschaftsstörend sich einen Verdacht gemacht hat, eingenommen hat und es beweisen kann, kann man zur Abtreibung zugelassen werden.

HERMANN *(kleine Pause)* Hast aber ned eingnommen.

HELGA Das is der Trick. Eigentlich hätt ich um das Kind kämpft, aber durch die Ereignisse *(betont es)*, wo du unschuldig bist, soll man nicht mit dem Kopf durch die Wand und dir lieber den Rücken freihalten. Zwei Kinder sind genug. Da kann ich zufrieden sein.

(Große Pause)

Wenn man sich einschnürt und die Kinder nichts bieten kann, das nutzt keinem. *(Kleine Pause)* Ich bin mit der Abtreibung einverstanden. Wenn das mit dem Trick stimmt, kostet es sogar nix, und die Krankenkasse zahlt es.

(Pause)

Man muß sich nach der Decke strecken. Brauchst keine Angst haben, daß dir die eigene Frau noch in den Rücken fallt. *(Kleine Pause)* Was mich stört is, daß man es ned vorher getan hat, weil man dann sagen hätt können, es war eine eigene Entscheidung. Das is sie jetzt nicht.

HERMANN *(schaut)*

HELGA Ich hab lang nachdenkt. Weil ich mir einbildt hab, daß mir in der Familie frei sind. Aber das stimmt nicht, da kann man sich so klein machen, wie man will. Man kommt uns nach. *(Kleine Pause)* Es war kein leichter Entschluß. Oft, wenn mir streiten, denk ich mir, warum muß ich ausgerechnet mit dem da verheiratet sein, aber jetzt haben mir nicht gestritten, weilst nicht da warst, und ich hab das Gefühl ghabt, daß ich nicht deine Frau bin, oder nicht deine allein. Weil tiefer hineingreifen in mich, das kann man nicht. *(Pause)* Willst essn?

HERMANN Hab kein Hunger.

HELGA Wo ich extra kocht hab zur Begrüßung.

HERMANN Ja.

3. Szene

Edgar und Emmi im Bett.

EMMI Für mich is das sonnenklar: Man muß die Mitte finden zwischen Tante-Emma-Laden und Supermarkt. Da sind schon die räumlichen Gegebenheiten, die nicht zulassen, daß man so tut, als wenn man ein Supermarkt wär. Man muß das Wohlgefühl erhalten, andererseits aber dem Kunden deutlich machen: Hoppla, die haben eine Ladenkette im Kreuz, die sie preislich jedem Supermarkt mithalten läßt. Ich hab als Kunde die Vorteile in der Hand: Großmarktpreise, individuelle Bedienung, soweit erforderlich, und das Wohlgefühl einer nicht repressiven –

EDGAR *(schaut bei dem Wort)*

EMMI Einkaufsumwelt, die mir unauffällig entgegenkommt. Ich glaub, man kann aus dem Laden etwas machen. Ich hab mir die Umgebung angschaut, da wohnen keine armen Leut. Auch das is ein Vorteil. Man muß es berücksichtigen. Die Sehnsucht der Menschen, die dort wohnen, ist nicht die Kaufhalle. Sie sind entweder etwas Besseres, oder sie haben die Sehnsucht. Darauf muß man das Augenmerk legen. Mein Vorgänger hat das falsch gemacht. Der hat auf sein Verkaufsumfeld keine Rücksicht genommen. Wenn man den Laden betritt, so wie er sich derzeit darstellt, dann ist das ein Billig-Einkauf, der sein Vorbild im Supermarkt sucht. Der Kunde merkt den Widerspruch, ist verunsichert. Entweder drängt es ihn zum echten Supermarkt, der glücklicherweise zu Fuß zu weit ist, oder zum Delikatessengeschäft. Für meine Bilanz ist es das gleiche: Zu mir kommt er nicht.

EDGAR *(schaut)*

EMMI Als erstes will ich durch kluge Warenauswahl dafür sorgen, daß der Kunde merkt, dieses Geschäft entspricht mir. Das gehobene Sortiment, durchgehend, in einem Rahmen, der niemand abschreckt. *(Pause)*

(Sie schnauft.) Personelle Konsequenzen hat es auch. Die nämlich, die jetzt hinter dem Wurschtstand steht, verkauft meine Wurscht in Zukunft nicht, entweder sie verändert ihr Erscheinungsbild, oder sie geht. Die am Gemüse und Obst ist in Ordnung. Die paßt in die neue Konzeption. Das Lehrmadl ist fleißig.

(Pause)

(Legt sich ins Kissen zurück, schnauft befriedigt, lacht) So stehts bei mir, und wie is dir gangen?

(Pause)

EDGAR *(schaut Emmi an)*

4. Szene

Hermann und Helga beisammen, Schlafzimmer, dunkel; Hermann träumt laut und schwitzend, Helga schaut ihm zu, berührt ihn. Er wacht auf.

(Pause)

HELGA Tust dich schwer?

HERMANN *(schaut, reibt sich die Augen, nickt)*

HELGA Mußt dich durchbeißn.

HERMANN Wenn ich durch bin, kann ich 25 Mark in der Stund verdienen!

HELGA *(lacht)* Das wär schön.

HERMANN Beiß mich durch. *(Kleine Pause)* Im Schlaf und in der Firma. *(Lächelt)* Am leichtesten is, wenn man überhaupts vergißt, daß man jemals was glernt hat, und so tut, als wär vorher nie was gwesn. Einfach schwimmen, wird schon wieder ein Ufer kommen!

HELGA Auf hoher See die Familie.

HERMANN Brauchst keine Angst haben, mir gehn nicht unter. *(Kleine Pause)* Im Gegensatz zu andere. *(Schaut Helga an)* Der Edgar hat gekündigt!

HELGA Im Traum?

HERMANN *(laut)* In Wirklichkeit.

HELGA *(nach einer kleinen Pause)* Selber gekündigt?

HERMANN Selber gekündigt. *(Nickt)* Schon vor vier Wochn. Ich hab es erst heut erfahren.

HELGA Das hätt ich nie von ihm gedacht.

HERMANN Der hat einfach aufgebn, hingschmissn. *(Kleine Pause)* Keine Rücksicht, keine Gnade, keine Frage. Basta!

(Pause)

HELGA Aber wenn der Edgar es ned schafft –

HERMANN Weil er ned will. Der will nicht! Ich will schon. Ich will sogar noch mehr, wenn es geht! Wo ich jetzt drauf lern, damit kann man hundertmal mehr machen wie mit jeder Setzmaschin. Das is kein Vergleich, wenn man es beherrscht.

HELGA Wo ein Wille is, da is auch ein Weg!

HERMANN Genau. Die ADS kann soviel, daß dir der Kopf raucht, praktisch die totale Satztechnik mit jeder erdenklichen Schikane, unglaublich. Da is zum Beispiel ein Text über eine Stadtbesichtigung von Berlin, und da kommt immer wieder Berlin vor in dem Text. Jetzt kann ich dem Computer die Aufgabe stellen, daß er selbständig alle Berlin aufspürt und Hamburg daraus macht.

HELGA Aber dann stimmt die Stadtbesichtigung nimmer!

HERMANN Ein Beispiel. *(Kleine Pause)* Man raucht eine Zigarettn, und der Computer rattert mir das durch und legt es berichtigt vor. Wenn ich mich mit einem Text verschätzt hab und er untn nimmer ganz drauf geht auf die Seitn, aber noch drauf muß, dann gib ich das ein, und dann rechnet er die Zeiln neu aus, verringert die Buchstabenabständ auf Sollbasis, bringt es drauf und legt es mir neu vor. *(Kleine Pause)* Jetzt hab ich noch einen Respekt vor dem Computer, weil der soviel kann und ich nicht, aber eines Tages, wenn ich ihn durchschau, dann stell ich ihm Aufgabn, wo er ins Stottern kommt.

HELGA Bist verliebt in dein Computer.

HERMANN Er fasziniert mich.

HELGA Schlaf jetz, morgn gehts dir wieder an den Kragn.

HERMANN Genau. *(Kleine Pause)* Stört dich das, wenn ich so lieg.

HELGA Wenn es dich nicht stört, mich stört es nicht.

HERMANN Dann bleib ich so liegn.

HELGA Ja. *(Sie lächelt still in sich hinein.)*

5. Szene

Emmi und Edgar daheim.

EDGAR Ich soll ab Weihnachten viel Zeit haben.
EMMI Was sollst du?
EDGAR Die brauchen keine Setzer mehr.
EMMI *(nach einer kleinen Pause)* Sauber. Und das sagt man euch jetzt, vor Weihnachten.
EDGAR Irgendwann müssen sie es sagen.
EMMI Als Weihnachtsgratifikation. Die ham euch ganz schön hinters Licht gführt und in Ruhe alles in die Wege geleitet. Können sie dich überhaupts so schnell kündigen?
EDGAR *(schnell)* Ja.
EMMI Du wirst ja ned der einzige sein.
(Pause)
EDGAR Nein.
EMMI Der Hermann?
EDGAR Darf noch bleiben.
EMMI Warum ausgerechnet der, wo er ein halbes Jahr in der Firma is, und du zehn Jahr?
EDGAR Das schon, aber wo er zwei Kinder hat und die Helga noch eines erwartet, hat er mir den Vortritt gelassen, und ich hab angenommen.
EMMI *(schnauft)* So.
EDGAR Ja. *(Kleine Pause)* Auf dem Arbeitsamt war ich auch schon.
EMMI Und?
EDGAR Sehr interessant.
EMMI Red schon.
EDGAR Kannst es nicht erwarten, bis du das Todesurteil über deinen Mann erfahrst.
EMMI Hast was?
EDGAR Aus dem Ärmel schütteln können sie nix. Wenn sie was ham, was zu mir paßt, dann schreiben sie mir. *(Pause)*
EMMI Findst schon wieder was. Und wenn sie dir nicht schreiben, dann mußt selber immer wieder hingehn. Wennst ihnen auf die Nerven gehst, dann vergessen sie dich nicht.
EDGAR *(schaut)*
EMMI Am Ball bleiben. Nägste Woch is es soweit, da siedel ich in die neue Filiale um. Besuchst mich.

EDGAR Wenn ich Zeit hab.

EMMI *(nickt)* Leicht wird das nicht. Kein Honigschlecken. *(Schüttelt den Kopf)*

EDGAR Kein Interesse die Frau, für meine Sorgen.

EMMI Entschuldigung, daß ich nicht arbeitslos bin. *(Kleine Pause)* Sei froh, wenn ich vorwärts komm, grad jetzt.

EDGAR Was jetzt?

EMMI Wo mir es vielleicht brauchen.

EDGAR Brauch dich nicht. Komm allein auch durch.

EMMI Das Arbeitslosengeld sind 63 Prozent von deim letztn Nettoverdienst.

EDGAR Danke für die Belehrung.

EMMI *(schaut ihn an)*

6. Szene

Bei Helga und Hermann im Schlafzimmer. Helga offen und froh vor Hermann. Schon spät, Hermann müde.

HELGA Jetz is dir leichter, gell!

HERMANN *(schaut)*

HELGA Man muß stark sein.

HERMANN Das Kind –

HELGA Is weg. *(Sie nickt.)*

HERMANN Das glaub ich nicht.

HELGA Es is aber weg. Ich bin leer. Ausgeleert, kannst nachschaun.

HERMANN Ich hab dir gsagt –

HELGA Aber ich hab dich überraschn wolln, weil ich es beschlossn ghabt hab. Für uns. *(Kleine Pause)* Gesagt, getan. Jetz bin ich ein anderer Mensch in deine Augn und ned bloß eine Belastung. Stimmts?
(Pause)

HERMANN Du bist noch viel blöder, als ich denkt hab. *(Kleine Pause)* Weißt, wer es beschlossen hat? Ned du, sondern die Herrn Kapitalistn ham es beschlossn. Ihr System hat es beschlossen. Eine fünfköpfige Arbeiterfamilie paßt ned in ihre politische Landschaft. Wo die Zukunft Industrieroboter braucht, und keine arbeitslosen Jugendlichen. Basta. Da hat die Frau Zwiebel ebn ihr drittes Kind abzutreibn. Und wenn sie es ned selber merkt, dann muß man es ihr als wirtschaftliche Gewalt nahebringen. *(Kleine Pause)* Kapitalistenhur!

HELGA Es war keine Gewalt.

HERMANN Schau mich an –

HELGA *(tut es)*

HERMANN Das Kind –

HELGA Is weg. Du warst auf der verlängerten Wochenendschulung von der Gewerkschaft, und ich war im Krankenhaus. Erledigt. Freu dich.

HERMANN Aber ich hab es dir gsagt, daß ich mein Kind nicht opfern tu für die Kapitalistn und ihr System. Ich will ein anderes System, hab ich dir gsagt. Hab ich es gsagt?

HELGA Gsagt hast es, aber du hast dabei was vergessn.

HERMANN Was denn?

HELGA Mich. Aber ich bin dir ned bös, weil ich hab mich ja selber auch immer vergessn. Aber das muß jetzt anders werdn, weil ich gemerkt hab, daß es mich auch gibt.

HERMANN Hats dich bisher ned gebn?

HELGA Zu wenig. Aber jetz bin ich stark, weil es vollbracht ist. Alle sind auf mir rumtrampelt bis jetzt. Beim Einkaufen muß ich immer aufpassn, daß sich niemand vordrängt, dauernd stoßt mich wer, immer is ein Auto da, das mich oder die Kinder zamfahrn will. Du gibst mir ein Haushaltsgeld, aber ich weiß nicht, was mir auf dem Konto ham, für den Berndi bin ich eine Mischung aus Pumuckl und Putzfrau, die Kleine kratzt mich in die Augn, wenn ich nicht aufpaß, die Nachbarn muß ich immer zuerst grüßen, auch wenn sie jünger sind, und wennst mich mit dem Auto fahrn laßt, zitter ich. *(Kleine Pause, sie schnauft, denkt nach.)* Wenn ich schlaf, dann träum ich, daß ich das Gas nicht abgeschaltet hab oder mir einer mit einer großen Scher die Nasn wegschneidt. *(Kleine Pause)* Das muß anders werdn, alle saugts ihr an mir, aber keiner erkennt mich an. *(Kleine Pause)* Ich bin ein Mensch, den überhaupt nie irgend jemand etwas fragt. *(Nickt)* Kannst du dich erinnern, wann du mich das letzte Mal was gefragt hast? *(Kleine Pause)* Ebn. Das Kind is weg. Erkenn es an, daß ich eine Leistung zur Sicherung unserer Familie gebracht hab, weil ich über meinen Schatten gesprungen bin. *(Kleine Pause, sie schaut ihn an.)* Du sollst es anerkennen.

HERMANN Blöde Gans, hysterische.

HELGA Alles, was ich sag und tu, is ein Scheißdreck, gell! Schon deshalb, weil es von mir kommt.

HERMANN Genau.

HELGA Und warum bist dann mit mir verheirat?

HERMANN Weil mir uns eine Scheidung gar ned leistn können.

HELGA Ich schon.

HERMANN Sau.

HELGA Ich kann sie mir aber wirklich leistn. Die zwei Kinder reichen doch aus, daß ich dich ruinier. *(Kleine Pause)* Soll ich dich ruinieren, vielleicht merkst es dann, daß es mich gibt.

HERMANN Du bist ja wahnsinnig.

HELGA Ich bin überhaupt nicht wahnsinnig. Ich bin ich. Ich will, daß du die Abtreibung, wo ich vollkommen selbständig vollbracht hab, anerkennst und deine Dankbarkeit beweist.

HERMANN Wie hättn Sie es denn gern, gnä Frau?

HELGA Ich will, daß du mich voll nimmst. *(Kleine Pause)* Voller, das hab ich mir jetzt verdient. Ich hab mir das Kind für uns aus dem Herzen gerissn. Da geht man nicht einfach zur Tagesordnung über. *(Kleine Pause)* Nimm mich in den Arm und sag: Das hast du gut gemacht.

(Pause)

Gib mir nicht das Gefühl, daß das Opfer vollkommen sinnlos war. Ich warn dich.

HERMANN Tust mir drohn? *(Er lächelt.)*

HELGA *(leise)* Ja.

HERMANN Übergschnappt bist du, total übergschnappt.

HELGA Ich bin und bleib eine blöde Gans, gell, der man vorschreibt, was sie zu tun hat und was nicht. Heut so, morgn das Gegenteil, und übermorgn wieder anders. Der man was von seine Scheißcomputer erzählt, weil sie es sowieso nicht versteht, der man auf den Bauch greift wie einem Viech, die man behandelt wie einen vollkommenen Besitz und der man einen Tritt gibt, wenn der Besitz keiner mehr is. Willst mir ins Maul schaun, ob die Zähn gut sind? *(Reißt den Mund auf)* Da, lang hinein, bedien dich.

(Pause)

Ich hab das Kind geopfert für meine Anerkennung als gleichwertiger Mensch. Ich hab was hergegebn, ich will meinen Preis dafür.

HERMANN Und der is?

HELGA Anerkennung, Wertschätzung. Liebe außerhalb des

Nutzens als Haushälterin und Putzfrau. *(Kleine Pause)* Red mit mir. Sag was. *(Laut)* Du sollst was zu mir sagn.

HERMANN Du spinnst.

HELGA Ich hab gegebn, was ich ghabt hab, um uns zu retten. Es war sehr viel für mich. Mein Bauch ist leer. Hermann, das is kein schönes Gefühl. Und ich hab Nächte nicht geschlafn, damit ich nachdenk, wie ich es mach und dich überrasch. Freu dich!

(Große Pause)

HERMANN Ich glaub, ich nimm die Kinder und geh.

HELGA Hilf mir. *(Kleine Pause)* Hilf mir. *(Laut)* Hilfe!

HERMANN Halts Maul.

HELGA Hilfe! Bitte Hilfe!

HERMANN Ich gib dir genau zehn Sekunden, in denen du dich wieder fangst, sonst nimm ich die Kinder und geh, und dich bring ich ins Irrenhaus, das garantier ich dir.

HELGA *(schreit plötzlich)* Die Kinder sind alle tot.

HERMANN Die sind nicht tot. Die nimm ich und geh, wennst nicht aufhörst. Ich fang jetz zum zähln an, verstanden! Neun, acht, sieben, sechs, fünf, vier –

HELGA *(langsam)* Es tut mir leid, aber ich –

HERMANN Nix, aber ich. Es tut dir leid und damit basta. Das genügt. Das Kind is weg, gut, auch wenn es ein Schmarrn war, weil sich die Kapitalistn auf die Schenkl schlagn bei so viel Vernunft! Aber weg is weg, da kann man nix machn. Is kein Beinbruch, kannst wieder eins kriegen.

HELGA Ich –

HERMANN Schluß jetzt. *(Kleine Pause)* Sag ja.

HELGA Warum?

HERMANN Nix warum. Sag ja!

HELGA *(nach längerer Pause)* Nein.

(Pause)

(Sie schaut ihn an.)

Dritter Akt

1. Szene

Späte Nacht in der Küche, Edgar am Kühlschrank, aus dem er futtert. Nur das Kühlschranklicht, Emmi kommt im Nachthemd, schaut ihm zu, Pause.

EMMI Schmeckts?
EDGAR *(schaut, erschrickt)*
EMMI Iß nur, warum denn ned?
EDGAR *(schaut)*
(Pause)
EMMI Ißt ned offen, gell, weil es mein Geld is, mit dem es kauft is!
EDGAR *(schweigt)*
EMMI Schämst dich, was zu essn, das von dem Geld kauft is, das ich verdien.
EDGAR Nein.
EMMI Und warum ißt dann still und heimlich mitten in der Nacht wie ein Dieb?
EDGAR Plötzlich hat er mich überfallen, der Heißhunger.
EMMI Dann is das Magenweh besser?
EDGAR Ja.
(Pause)
EMMI Es gibt sogar ein Gesetz, Edgar, das mich dazu verpflichtet, daß ich für dich mitarbeit, solang du nix hast. Umgekehrt wärs genauso.
EDGAR Ich bin der Mann.
EMMI *(nickt)*
(Pause)
EDGAR Ich bin nicht mehr der Mann, gell?
EMMI Doch.
EDGAR Lüge. Ein Mann, der wo keine Arbeit hat, sondern auf das angewiesen is, was die Frau verdient, der is im eigentlichen Sinn kein Mann, der is ein Weib. Schlimmer!
EMMI Was is denn schlimmer als eine Frau sein?
EDGAR Nix. *(Kleine Pause)* Will kein Weib sein, du bist das Weib.

EMMI Wer durchs Laub geht, muß das Rauschen ertragen.

EDGAR Was heißt das?

EMMI Du bist ned kündigt worden, du hast selber kündigt, ich weiß es.

EDGAR Das kannst du gar ned wissn.

EMMI Wennst deine Post herumliegen laßt.

EDGAR Hast spioniert.

EMMI Den Bescheid vom Arbeitsamt hab ich gsehn, daß dir das Arbeitslosengeld für vier Wochen sperren, weilst selber kündigt hast.

EDGAR Spionage.

EMMI Blöd war es, wos dich behalten hätten.

EDGAR Behalten schon, aber brauchen nicht. Gutmütigkeit, weil man sich schon so lang kennt, die Firma und ich!

EMMI Deine Arbeit –

EDGAR Die gibts nimmer. Von der Technik überrollt, ganz einfach.

EMMI Die Bildschirmgeräte müssen auch bedient werden.

EDGAR Schau dir meine Händ an –

EMMI Wo ich sie eh kenn!

EDGAR Kennst sie, genau. Mein kleiner Finger is noch so dick, daß ich auf zwei von die neuen Tasten hau, wenn ich ned aufpaß.

EMMI Schreibmaschin kann jedes Kind lernen.

EDGAR Bin kein Kind. Jedes siebzehnjährige Madl kann man anlernen, dann is sie ein besserer Setzer am Bildschirm wie ich. Will kein Gnadenbrot, bin kein altes Pferd, wo den Pflug nimmer ziehn kann.

EMMI Gnadenbrot! – Die hätten dich nicht entlassen können –

EDGAR Weil es die Gewerkschaft verhindert.

EMMI Ebn.

EDGAR Was die Frau redt und hat keine Ahnung. Ich will ned bleiben, weil es einen Wisch von der Gewerkschaft gibt, wo drin steht, daß ich nicht entlassen werden darf. Ich will notwendig sein und nicht dem Betrieb aufgezwungen. Das kann man doch verstehn, wenn man ein Hirn hat! *(Kleine Pause)* Ich hab nix gegn die Gewerkschaft –

EMMI So dumm wirst nicht sein.

EDGAR Bin ich auch nicht.

EMMI Hast immer mitgmacht bis jetzt, und warst nicht der Letzte!

EDGAR Und warum? Weil mir uns einen gerechten Teil von dem erkämpft ham, was mir mit unserer Hände Arbeit geleistet ham. *(Kleine Pause)* Hier die Arbeit und dort der Lohn – die Firma is ned eingangen an unseren Forderungen.

EMMI Bestimmt ned.

EDGAR Ebn. Was mir uns geholt ham, das ham mir auch verdient. Das war immer meine Meinung, auch wenn ich das Maul ned so weit aufgrissn hab wie der Hermann. Aber jetzt bin ich überflüssig. Des is was anderes. Jetzt bin ich ein Hindernis auf dem Weg zum Fortschritt. Wenn man den Lohnstreifen sieht, hat man ein schlechtes Gewissen, weil man weiß, das Geld is ned ehrlich verdient.

EMMI Ehrlich?!

EDGAR Sondern erkämpft! Ich will nicht. Der Bildschirm is keine Arbeit für mich und soll es nie werden. Ich will keine Speicherleistung. Ich will kein Cassettenband, ich will nicht Eingang laden, neuen Ausgang eingeben, Magnetplatte mit siebzigtausend Zeichen, die wo man nicht sieht. Ich will meinen Stehsatz stehen sehn. *(Kleine Pause)* Ich will arbeiten wie bisher, ned mehr und ned weniger. Ich räume das Feld. Die Technik is der schlimmste Feind des Menschen. *(Nickt, schaut, schnauft, kleine Pause)* Das is schön, gell, wenn man von oben herunterschaut, wie der Mann zerquetscht wird!

EMMI Das is nicht schön, zitterst ja.

EDGAR Meinst, daßd stärker bist. Dich sollt man auf den Tisch setzen und die Füß auseinander! Zeign, wer der Herr im Haus is.

EMMI Kannst überhaupt?

EDGAR *(springt auf, gibt ihr eine Ohrfeige)*

EMMI *(schlägt instinktiv zurück, und zwar kräftig)*

EDGAR *(schreit)* Ned haun!

(Pause)

Mußt auch kündigen, zur Buße. Geteiltes Leid is halbes Leid.

EMMI *(schaut)*

EDGAR Aus Liebe zu mir, daß ich ned allein bin.

(Pause)

EMMI Wenn einem das Kreuz gebrochen wird, is das schlimm, aber wenn man es sich selber bricht, is es dumm.

EDGAR *(nickt)* Gehn mir nicht auf den Tisch!

EMMI Nein, weil es nix nutzt.

EDGAR Eine Frau hält zu ihrem Mann.

EMMI Ja, wenn er ihr die Chans laßt, aber wenn ich dir die Hand gebn will, schlagst sie weg.

EDGAR Du gibst mir nicht die Hand, du druckst mich weiter hinein mit deinem Wesen. Mir hättn nicht heiraten sollen. Will kein Mannweib, das der Meister is. Vielleicht soll ich dir in der Früh den Kaffee ans Bett tragen, bevor du aus dem Haus gehst und mich als grüne Witwe zurücklaßt!

EMMI Mein Kaffee mach ich mir selber.

EDGAR Du mußt den meinen auch machen.

EMMI Wo es mir pressiert und du Zeit hast.

EDGAR Das is die Unmenschlichkeit, die seit neuestem von dir ausgeht.

EMMI Weil ich einen praktischen Verstand hab! Wennst den ganzen Tag daheim bist, kannst ein bißl was tun, das is ned zuviel verlangt.

EDGAR Weiberarbeit. Willst, daß ich vormittags in den Supermarkt geh zu die andern Hausfrauen und man mit dem Finger auf mich zeigt: Das is ein Schwuler, der geht für seinen Herzallerliebsten einkaufen.

EMMI Warum denn ein Schwuler?

EDGAR Oder ein Arbeitsloser, das is das gleiche. Ich geh nicht in den Supermarkt, ich kauf nicht ein, da verhungert ich lieber. Langt ihr nicht, daß ich im Dreck bin, will, daß man es sieht!

EMMI Laßt dir nix sagen.

EDGAR Weil ich dich durchschau. Willst, daß ich so weit unten bin, daß man nix mehr von mir sieht und der Weg frei is.

EMMI Für was?

EDGAR Für einen andern.

EMMI Weil ich sonst nix im Kopf hab! Grad jetzt mit der neuen Filiale.

EDGAR *(schreit)* Hör auf mit deiner Filiale, tut, als wenn die Welt daran hängen tät, an ihrem Kramerladen, spielt sich auf wie ein Wirtschaftskapitän mit ihrem Scheißladen –

EMMI Aber von dem Scheißladen lebst du zur Zeit, weils dir das Arbeitslosengeld gstrichen ham –

EDGAR Jetz sagst es selber.

EMMI Weilst mich zwingst.

EDGAR Ja. *(Rennt plötzlich zum Ausguß, kotzt; längere Pause)*

EMMI Löst sich auf der Mann und ich weiß ned, wie es verhindern.

EDGAR *(nickt)* Weißt es noch, wie mir im Kino waren, »Trio Infernal«, einfach weg durch den Ausguß! Erinnerst dich?

EMMI Nein.

EDGAR Ich schon. – Geh auf den Tisch, daß ich es seh, daß du einen guten Willen hast.

EMMI Ich geh ins Bett, morgen muß ich aufstehen, weil mir nix gschenkt wird.

EDGAR Mir vielleicht?

EMMI Kannst ausschlafen! *(Geht weg) (Große Pause)*

EDGAR *(schreit)* Sau, Sau, Drecksau, Sau!

2. Szene

Hermann und Helga in der Küche, leise. Tag.

HERMANN Wenn der drin sitzt, geh ich nicht hinein.

HELGA *(schaut)*

HERMANN Warum hast es ned gsagt, daßd sie eingeladen hast.

HELGA Eingeladen hast?! – Wenn die Emmi zu mir sagt, mir schaun vorbei, is das keine Einladung, sondern normal.

HERMANN Und wo is die Emmi?

HELGA Die kommt nach, wo sie erst um achtzehn Uhr Geschäftsschluß hat.

HERMANN So. Und wie lang sitzt der Herr Privatier schon bei dir? Den ganzen Nachmittag bei Kaffee und Kuchen?

HELGA Spinnst du? Vor einer halben Stund is er kommen.

HERMANN Zeit hat er.

HELGA Wo er arbeitslos is, *(kleine Pause)* dein Freund! Da redst du ned mit ihm, ausgerechnet du! *(Kleine Pause)* Geh sofort hinein!

HERMANN Leise.

HELGA Geh leise, aber geh hinein, zu deim Freund.

HERMANN Is er nimmer.

HELGA Seit wann?

HERMANN Jemand, der in einer solchen Situation, wie mir sie ham, freiwillig kündigt, und noch dazu mit seiner Begründung – *(kleine Pause, er nickt sich selber zu)* danke. Mit dem red ich nimmer. Basta. *(Kleine Pause)* Red du mit ihm, du hast ihn hereingelassen.

HELGA *(schaut, baff)*

EDGAR *(kommt zur Küchentür, sieht Hermann)* Servus!

HERMANN Guten Tag, der Herr. *(Kleine Pause)*

EDGAR Und wie gehts?

HERMANN Es geht.

EDGAR Mir auch.

HERMANN Das freut mich zu hören.

EDGAR In der Firma?

HERMANN Die lebt.

(Pause)

HELGA Jetz gehts ihr zwei Männer hinüber ins Wohnzimmer und tuts mich ned beim Kochen stören. *(Zu Edgar)* Magst noch ein Bier?

EDGAR Gern.

HERMANN *(schaut)* Hat er schon eins getrunken?

EDGAR Ja.

HELGA Dann trinkst noch eins, und dir *(zu Hermann)* bring ich auch eines.

HERMANN Ich brauch keins.

(Pause)

EDGAR Die Emmi kommt auch bald.

HELGA Ja.

HERMANN So.

(Pause)

EDGAR Habts Probleme?

HERMANN Mir nicht.

EDGAR Ich schon.

HERMANN So. *(Kleine Pause)* Es tut mir leid, daß ich es dir in meiner Küche sagen muß und nicht auf neutralem Boden: Von mir bist du heute abend nicht eingeladen worden, soweit ich mich erinnert.

EDGAR *(schaut)*

HERMANN Und weil du von mir nicht eingeladen bist, bin ich überrascht, und diese Freiheit muß man mir zugestehn.

HELGA Meine Küche ist es auch.

HERMANN Soll ich wieder gehn? Zieht der Herr hier ein und vertritt meine Rechte am Tisch und im Bett?

HELGA *(schaut, nickt, will was sagen, bringt nichts heraus; Pause)*

EDGAR Hast einen Haß auf mich, gell?

HERMANN Den Haß heb ich mir für andere auf, die ihn

wert sind. Aber Verräter gehören ned zu meinem Freundeskreis.

EDGAR Welches Geheimnis hab ich denn verraten?

HERMANN Das Geheimnis is ein offenes. Eine ganze Belegschaft hast du verraten, ned mehr und ned weniger.

EDGAR Weil ich kündigt hab? Weil es mein Anstand ned zulassen hat, daß ich als Heizer auf der Elektrolok mitfahr. Weil ich gsagt hab, meine Ehre will kein Gnadenbrot, weil ich gsagt hab, daß ich ein ehrlicher Mensch bin, der geht, wenn er nimmer gebraucht wird –

HERMANN Ehrlicher Mensch! Glaubst, mir andern sind alle keine ehrlichen Menschen, mir ham keinen Anstand und keine Ehre, mir sind alles Schlawiner?

EDGAR *(schweigt)*

HERMANN *(zu Helga)* Schau ihn dir an, so einen siehst ned jeden Tag: Edgar Schuster, der is ein Denkmal, der letzte ehrliche Arbeiter auf Gottes Erdboden, der Herr leistet sich einen Luxus, der scheißt auf die Kollegn, der hat seine eigenen Moralbegriffe, dem kann der Papst nix vormachen.

(Pause)

Ein Arschloch bist du, oder ein Schwein, kannst es dir aussuchen. Entweder bist zu blöd, um zu begreifen, was dein Verhalten im jetzigen Augenblick für die gesamte Auseinandersetzung heißt, oder du gehst über Leichen für deine »Ehre«!

HELGA Wer schreit, hat unrecht!

HERMANN In Japan gibt es schon ganze Autofabriken, die laufen ohne einen einzigen Arbeiter. Aber die Bänder laufen, und Autos kommen heraus! So gehts ned bloß in Japan, so gehts in der ganzen Welt, die Herren Kapitalisten bauen ihre Zukunft auf den technischen Fortschritt, nicht auf die Menschen. Überall marschiert die Rationalisierung, und mir sollen unter die Räder. Mit einer vollautomatischen Fabrik braucht man keine Tarifverhandlungen führen, braucht auf keinen Betriebsrat hören, geschweige denn an die Mitbestimmung denken, nicht einmal eine Kantine oder ein Scheißhaus brauchst! Und wenn man eine Maschine oder einen Roboter entlaßt, brauch man keinen Kündigungsschutz beachten. Sogar wennst eine Massenentlassung durchziehst, brauchst nicht eine Mark Sozialplan der krepierenden Belegschaft aufs *(betont es)* Massenarbeitslosengrab legen. *(Pause, er schnauft, dann mit äußerster Energie.)* Und anstatt daß man kämpft, bis aufs Messer, wenn es sein muß, damit der Fortschritt nicht dem Kapitalisten, sondern dem Arbeiter gehört, damit wir nicht noch mehr Arbeitslose kriegen, leistet sich dieser Herr »Gefühle« und fallt die Kollegn in den Rücken.

EDGAR Das sagst du. Der Besserwisser, der selbsternannte Arbeiterführer. Es gibt auch andere!

HERMANN Die gibts! Vor allem vom Abteilungsleiter aufwärts. Du bist sehr populär in der Firma, seidst weg bist, höheren Orts führt man deinen Namen gern im Munde, deine Ehre und dein Anstand stehen hoch im Kurs, aber ned bei die Kollegen, sondern bei der Betriebsleitung.

EDGAR Ich red auch noch mit alte Kollegn.

HERMANN Leider. Die entdecken plötzlich auch Ehre und Anstand, und wenns ned von selber drauf kommen, dann lenkt man sie drauf, damit sie einverstanden sind mit der Abfindung, der Frührente, der Abgruppierung. *(Kleine Pause)* Wenn du mutterseelenallein wärst auf der Welt, dann tätst mir leid, aber solche wie du, die ziehen einen Rattenschwanz andere nach sich. Du bist eine Gefahr, und Gefahren muß man bekämpfen.

(Große Pause)

EDGAR *(leise)* Die andern denken aber ned alle so wie du?

HERMANN *(schreit)* Ebn nicht, das is es doch!

(Große Pause)

EDGAR Wenn die Emmi kommt, sagts ihr, daß ich vorausgangen bin und daheim auf sie wart.

(Große Pause, Edgar geht noch nicht.)

HELGA *(zu Hermann)* Sag was zu ihm.

(Große Pause)

HERMANN *(schweigt)*

HELGA Sag was.

(Schweigen)

EDGAR *(dreht sich um, geht)*

(Pause)

HELGA Geh ihm nach, daß ich seh, daß du ein Mensch bist.

HERMANN *(rührt sich nicht)*

HELGA Du willst für die Menschn kämpfn und laßt weinende Freunde aus deiner Wohnung gehn. *(Kleine Pause)* Du bist wie ein Hund, der sein Lebn lang um jedn Bissn hat kämpfn müssn und der jetzt jedn zambeißt, der ihm in den Weg kommt. Beißt alles zam? Willst mich auch zambeißn? Aus

Liebe? Vielleicht hast einmal eine Liebe ghabt, aber die hat dich tollwütig gmacht. Hast noch ned genug? Da, beiß mir die Gurgel durch, warum denn ned?

HERMANN *(schweigt)*

HELGA Ich geh jetzt in den Hof hinunter und hol den Berndi, wird Zeit, daß er in die Wanne und ins Bett kommt. *(Leise)* Wenn ich wiederkomm und du noch da bist, dann passiert was.

HERMANN Nimmst ein Kuchlmesser und rennst es mir ins Kreuz?

HELGA *(schweigt, sehr lange Pause, sie schauen sich an.)*

HERMANN *(offen, ehrlich)* Wo soll ich denn hin?

HELGA Genau. *(Ab)*

HERMANN *(allein, große Pause)*

3. Szene

Nacht bei Emmi und Edgar, Emmi richtet sich zum Bettgehen her. Edgar tut wie ein Narr.

EDGAR *(laut)* Der Anteil der Arbeit an der Menschwerdung des Affen – uiii -

EMMI Hör auf, Edgar, ich bin müd.

EDGAR Uiii – einen roten Arsch hat der Pavian, schau her – *(läßt die Hose herunter)* uiii!

EMMI *(schreit)* Hör auf! – Wenn ich den ganzen Tag arbeit, dann will ich auf der Nacht eine Ruh, ich hab nicht die Zeit, daß ich mir den Hintern anmal oder nasenbohr – Ich muß morgen früh wieder meinen Mann stehn und will jetzt meine Ruh, das hab ich mir verdient. *(Sie geht in die Küche, will etwas holen.)* Nicht einmal abwaschen hat er können, wo er den ganzen Tag Zeit hat. *(Kleine Pause, in der Küche schaut es wirklich schlimm aus.)* Ich sag es dir, Edgar, du bringst mich noch soweit, daß ich dich in deinem Dreck da ersticken laß. Ich komm aufd Nacht gar nimmer heim, wenn das so weitergeht.

EDGAR Hast einen andern, gell, da soll ich die Hausmagd sein! Willst meine Hosn haben, und ich zieh den Rock an?

EMMI Rühr mich nicht an.

EDGAR Rühr eh nicht, aber sagen wird noch das wenigste sein, was man verlangen kann. Ich weiß es eh. Es is mir recht. Schneidst die Fesseln durch, wo dich an mich ketten. Wenn man den eigenen Mann nimmer laßt, hat die Frau einen andern. Hast Angst vor mir, daß ich dich ansteck, gell?

EMMI Mit was?

EDGAR Mit mir! Da soll es Tiere gebn, wenn die merken, daß ihnen was Ansteckendes fehlt, was den ganzen Stamm gefährden kann, verziehen sie sich, und wenn ein Artgenosse in die Nähe kommt, dann führen sie sich wie wild auf, bloß damit der nicht näher kommt.

EMMI Ich bin kein Artgenosse.

EDGAR Aber ich.

EMMI Wehleidig bist du, und dumm.

EDGAR Dankeschön, das hat mir heut schon einmal einer gsagt. Aber bei uns daheim hat es bloß für einen glangt, der einen ordentlichen Beruf lernt, und da war klar, daß ich ihn lern und nicht meine Schwester. Und jetz bin ich kein gelernter Beruf mehr. Wenn ich zum Arbeitsamt geh und sag, daß ich Schriftsetzer bin, dann schauns mich an, als wenn ich sagen tät: Komme Türkei, suche Arbeit, lernt habe nix, aber große Händ!

EMMI Einbildung, du findst schon wieder was.

EDGAR Aber wann? Ich komm mir vor, als tät ich plötzlich wieder Windeln tragen müssen, weil ich mich anbruntz, wo ich geh und steh.

EMMI Mir ham keine materielle Not, solang ich verdien und es bei mir sogar aufwärts geht.

EDGAR Sau, wo kein Verständnis hat.

EMMI *(nickt)* Aber mich machst du nicht fertig aus Rache für etwas, an dem ich nicht schuld bin. Wach auf oder nicht!

EDGAR – nicht.

EMMI Ja. *(Sie geht aus der Küche ins Bad, dort nimmt sie die Pille.)*

EDGAR Wozu eine Frau, wo mich nicht zulaßt und keinen andern haben will, eine Pille braucht, tät ich gern wissen. *(Nimmt den Teddybären vom Schrank, wiegt ihn hin und her und summt ein Kinderlied, lächelt in sich hinein)*

EMMI Ned lassn! Freilich hab ich lassn, wie lang is denn her, Deine Sexualität hat direkt etwas Unnormales, seitst *(kleine Pause)* daheim bist.

EDGAR Genau. *(Lächelt)* Die Tabletten brauchst ned fressen, die nutzn nix.

EMMI *(schaut)*

EDGAR Da sind Appetitzügler drin, wennst es genau wissn willst, aber keine Antibabypilln.

EMMI Hast sie austauscht? *(Schaut die Packung an, es ist eine mit einem Drehverschluß für die einzelnen Tage, so daß man die Pillen austauschen kann.)*

EDGAR Wenn man Zeit hat, kommen die Ideen! *(Grinst)* Jetz is die Mama ans Kreuz genagelt, weil ich den Tag nämlich berechnet hab, wo ich letzte Woch gsagt hab: Laß mich, oder es passiert was! *(Pause)*

EMMI Du verwandelst dich immer mehr in ein Schwein, Edgar!

EDGAR Schlau, gell!

(Pause)

EMMI *(vor der Badetür, an der Edgar lehnt)* Geh mir aus dem Weg!

EDGAR *(macht eine Bewegung wie ein Portier)* Bitte schön, die Dame.

EMMI *(geht aus dem Bad ins Schlafzimmer, nimmt einen Koffer vom Schrank, packt)*

EDGAR Was tust?

EMMI Den Zirkus mach ich nicht mit. Ich laß mich nicht ruiniern, das garantier ich dir. Ich geh.

EDGAR Nimmst mich mit?

EMMI Was?

EDGAR Nimmst mich nicht mit! *(Nickt, kleine Pause)* Bist nirgends vor mir sicher, ich find dich!

EMMI Ich geh zur Helga und zum Hermann –

EDGAR Zu meinem persönlichen Feind!

EMMI Da bin ich sicher vor dir.

EDGAR *(schweigt, schluckt, schnauft)*

EMMI *(packt)*

EDGAR Und wenn ich dich ned aus der Wohnung laß und uns verbarrikadier?

EMMI *(ruhig)* Machst deine Barrikade, wenn ich draußen bin, das is besser.

EDGAR Genau.

(Lange Pause, Emmi packt, zieht den Mantel an, alles fertig, sie geht ohne ein Wort, und obwohl ihr Edgar überallhin wie ein Schatten gefolgt ist, hält er sie nicht.)

EDGAR Auf Wiedersehn sagt man, wenn man geht.
EMMI Auf Wiedersehn! *(Macht die Tür hinter sich zu)*
EDGAR *(allein)* Gute Reise.
(Lange Pause)

4. und 5. Szene (Simultan zu spielen)

HERMANN *(allein, Pause, er schaut sich um, nickt, geht ins Bad zum Spiegel, schaut hinein, wäscht sich gründlich die Hände, putzt sich die Zähne, rasiert sich, schaut immer wieder in den Spiegel; dann laut)* Wenn man mit euch redn will, schlafts ihr! *(Lauter)* Und wenn man euch die Wahrheit sagt, dann schreits ihr! Ihr Arschlöcher, ihr »sozialpartnerschaftlichen«! *(Nickt sich im Spiegel zu; nimmt einen Koffer und packt seine Sachen ein)* Aufwachn heißt die Parole. Was heute ein Faden ist, ist morgen der Strick, an den man uns hängt. *(Pause, räumt fein säuberlich ein, was er braucht, sucht ein weißes Hemd, zieht es an, bindet sich vor dem Spiegel eine Krawatte um, schaut sich an)* Hörts nix, ihr Nachtwächter? Habts den Arsch offen, scheißts euch an vor Angst! *(Lacht, nickt, schaut sich um)* Aber der Mensch braucht Zähne, auch wenn es weh tut! *(Leiser zu sich)* Geh jetzt, man braucht dich in dieser Situation vor Ort! *(Richtet sich weiter her zum Gehen)*

EDGAR *(steht lange hinter der Wohnungstür, die Emmi zugemacht hat. Pause. Wartet, schnauft, geht zurück in die Küche, schaut sich um, nickt und beginnt abzuwaschen, aufzuräumen etc. Das macht er alles sehr gründlich, ja geradezu pedantisch. Wie er fertig ist, schaut er noch einmal, geht dann aus der Küche ins Wohnzimmer, setzt sich hin, schaut. Sieht den Teddybären, starrt ihn feindlich an, schnauft, denkt nach, kleine Pause, steht auf, nimmt ihn plötzlich, trägt ihn in die Küche, holt aus dem Abstellkammerl einen elektrischen Drillbohrer, trägt ihn in die Küche, steckt ihn ein, schaltet ein, bohrt dem Bären zwischen den Beinen ein Loch, legt den Bohrer weg, nimmt eine gelbe Rübe, steckt sie in das Loch, schaut, kleine Pause, nimmt ein Messer aus der Tischschublade, schneidet die gelbe Rübe bis auf einen kleinen Stummel ab, legt Messer und Stummel hin, geht ins Schlafzimmer, nimmt aus dem Schrank ein Taschen-*

tuch, kommt damit in die Küche, legt es auf den Tisch, nimmt eine Ketchupflasche aus dem Kühlschrank, macht sie auf, schüttet den gesamten Inhalt auf das Taschentuch, bis alles »blutig« ist, starrt lang drauf; dann stellt er die Flasche zurück, holt eine dünne Schnur, bindet damit das Taschentuch um die abgeschnittene Rübe, macht einen Knoten, nimmt die Schere aus der Schublade, schneidet über dem Knoten fein säuberlich die Enden ab; kleine Pause, er schaut, dann setzt er den Bären auf dem Küchentisch zurecht, kleine Pause; dann räumt er alles wieder fein säuberlich auf, dann nimmt er in der Diele seinen Hut und geht. Durch den Schlitz schmeißt er den Hausschlüssel in den Flur.)

HERMANN *(ist mit dem Packen fertig, kleine Pause, er schaut sich um, die Wohnung ist in Unordnung, er hat überall etwas herausgezerrt und Türen, Schubladen etc. nicht mehr geschlossen. Er nimmt den Koffer und geht. Vor dem Gehen versichert er sich nochmals, ob er den Hausschlüssel hat.)*

6. Szene

Leere Bühne, irgendwo Wasser, Edgar steht da, schaut, zieht sich langsam aus, von weitem hört man es jammern und stöhnen. Hermann kommt angekrochen.

(Pause, sie schauen sich an.)

EDGAR Was hast?

HERMANN Zuviel Luft.

EDGAR Ich nicht.

HERMANN Sie haben mir eine Luftpumpe in den Hintern gsteckt und aufblasen. Jetzt zerreißt es mir den Darm, oder ich scheiß es heraus. *(Jammert, heult)* Jetzt hab ich mich angschissen.

EDGAR Schwimm mit. Luft tragt.

HERMANN *(lacht, furzt, schreit)*

EDGAR Auf deinen Namen tät ich keinen Lottoschein mehr aufgebn.

HERMANN Es tut weh, genau.

EDGAR Ham dich die Kollegn aufblasn?

HERMANN *(nickt)*

EDGAR Hast sie *(lacht)* aufghetzt, verkehrt rum?
HERMANN *(lacht, furzt)*
EDGAR Bist ihnen mit dem Arsch ins Gesicht, bis dich *(bläst sich in die Faust)* –
HERMANN *(nickt)*
EDGAR *(lacht)*
HERMANN *(lacht auch)* Lach ned, du Arsch, wenn du lachst, lach ich auch, und es zerreißt mich!
EDGAR Komisch.
HERMANN Ja.
(Kleine Pause)
EDGAR Luft in den Hintern?
HERMANN Festgehalten und dann *(bläst in die Luft, schreit, hält sich den Bauch, furzt)* –
EDGAR Mit einer Luftpumpe.
HERMANN Mit einer Luftpumpe. *(Nickt)*
EDGAR *(lacht)*
HERMANN Lach nicht, du Arsch, es tut weh.
EDGAR *(freundlich)* Hast sie fertiggmacht wie mich?
HERMANN Ja. *(Lacht)*
EDGAR Jetzt ham sie dir den Marsch geblasen!
HERMANN *(furzt)*
EDGAR *(lacht)*
HERMANN *(muß lachen, hält sich den Bauch, schreit)*
EDGAR Der Teufel fährt aus! – *(Lacht)* Karl Marx persönlich, der durch das Arschloch des Herrn Hermann Zwiebel abfährt.
HERMANN Sau, *(muß lachen)* mach kein Witz, das tut so weh, wenn ich lach, *(schreit)* das fetzt, *(spuckt Blut)* wie wenn ich platz. *(Hält sich jammernd den Leib)* Mein Bauch.
EDGAR Warum gibst keine Ruh und reizt die andern, du blöder Hund, du Arschloch!
HERMANN *(furzt)*
(beide lachen)
HERMANN *(spuckt Blut)*
EDGAR Warum kannst du dein Scheißmaul ned halten?
HERMANN Das ham die doch ned ernst gmeint. *(Kleine Pause, spuckt)*
EDGAR Sie haben dir einen geblasen!
HERMANN *(lacht)*
EDGAR Furz!

HERMANN *(tut es)*
EDGAR Die Hermannsche Außenstelle meldet sich zu Wort –
HERMANN Jetzt schwimm ich gleich weg in der Scheiße!
EDGAR Sie lauft dir schon heraus!
HERMANN *(furzt)*
EDGAR Arsch!
HERMANN *(furzt)* Genau.
EDGAR Weil du ein Klugscheißer im wahrsten Sinn des Wortes bist, jetz hast den Arsch offen, wo es keiner wert is.
HERMANN *(furzt, schreit, spuckt)* Mensch sein.
EDGAR Bist du. Du kannst sogar Weltmeister im Furzen werden.
HERMANN Lachen tut weh.
EDGAR Entschuldigung, Herr Mensch.
HERMANN *(lacht, furzt, spuckt)*
(kleine Pause)
(schaut auf den nackten Edgar) Wo wollen Sie denn hin, Herr Kapitän?
EDGAR Weg.
HERMANN Columbus.
EDGAR Amerika nicht. Luft tragt, komm! Mir schwimmen, kleinere Rasten halten wir auf Walen, und von Delphinen lassen mir sich füttern. Durch mein Aquarium hab ich einen sehr guten Draht.
HERMANN Das hab ich vergessen.
EDGAR Mein Aquarium vergiß ich nie. Aber das andere Ufer is nur das eine. Mir schwimmen uns gsund, das garantier ich dir, und wenn mir eine Insel sehn, wo es schön is, gehört sie uns. *(Kleine Pause)* Du kannst mich ned aufhalten. Niemand kann mich aufhalten.
HERMANN Retten tut dich keiner.
EDGAR Das will ich ihm auch raten.
HERMANN Und warum nackert?
EDGAR Wo man erkannt werden kann, ist man nicht frei.
HERMANN Und dann?
EDGAR Ein neuer Ich, den keiner kennt. Das Gwand laß ich liegen wegn der Versicherung, daß man weiß, er is verschollen. Wie der König Ludwig nicht mehr hat König sein dürfen, hat er sich in den Starnberger See gestürzt und is weggeschwommen, bloß sein Leibarzt hat ihn retten wollen, das war sein Untergang, weil er ein geübter Schwimmer war. Ich kenn die

Stelle, da war ich einmal. Als Kind beim Ausflug. Derfst mit, wennst mich unterwegs nicht tauchst. Ich tu es auch nicht.

HERMANN *(verzweifelt)* Wo du hin willst, da ist niemand. Niemand!

EDGAR Die Wildnis der Meere.

HERMANN Will nicht, hab kein Aquarium.

EDGAR Hast Angst?

HERMANN Ja. *(Schnuppert)* Menschen. *(Schreit, furzt)* Mensch! *(Dreht sich um und kriecht im Schneckentempo vom Ufer weg zurück an Land)* Menschen, da gehts lang, da muß was sein, da stinkts.

EDGAR Ich bin schon drin.

HERMANN Kann nicht schwimmen.

EDGAR *(von weiter weg)* Lüge!

7. Szene

Nur die Küche, hell und nahrhaft. Und warm. Emmi hochschwanger. Helga kocht, Emmi sitzt eng am Küchentisch und frißt in sich hinein, ein Kind plärrt (wenn möglich, ist das zweite auch da). Hermann hat seinen Stuhl ein bißl vom Tisch weggerückt, hin und wieder windet er sich und hält sich den Bauch. Sehr lange, qualvoll befreiende Szene, Verschnaufpause ...

HELGA *(gibt ihm eine Tasse)* Trink des, aber langsam, is heiß.

HERMANN *(tut es, Pause) (Es klopft.)*

HELGA *(geht zur Wohnungstür und öffnet sie)*

EDGAR *(steht draußen, sehr nackt, naß und zitternd)*

EMMI *(schaut, ißt aber weiter)*

EDGAR *(macht einen Schritt)* Frieren tut mich.

HELGA *(nickt, gibt ihm eine Decke, geht wieder zurück an den Herd)*

EDGAR *(wickelt sich in die Decke, schaut zu den andern, wartet, keiner schaut auf ihn, langsam kommt er näher) (Pause)*

HELGA *(stellt ihm einen Suppenteller auf den Tisch)* Iß. *(Wendet sich wieder zu ihrem Herd)*

EDGAR *(schaut, setzt sich)*
(Pause)
(alle sind beschäftigt, Ende)

Anhang

Der Spitzel

In Anlehnung an Bertolt Brechts Szene in
Furcht und Elend des 3. Reichs

Im Wohnzimmer. Etwas düster, gut deutsch, nicht ungemütlich. Vater mit Glatze, noch nicht 50, eher sportlich als dick. Mutter hell und mit Verstand. Sohn dicklich, eher unglücklich. Es gab Kaffee und Kuchen.
(Längere Pause)

VATER Ich sehe die eine UND die andere Seite.
SOHN Aber die andere mehr.
VATER *(schaut ihn an)* Dir sollt man die Nachhilfestunden – die ich zahl – streichen, dann tätst aus der Realschul in hohem Bogen hinausfliegen, und dann tätst auch beide Seiten sehen, vielleicht.
SOHN Was hat denn das damit zu tun?
VATER Das tätst dann schon lernen.
MUTTER Laß ihn doch.
VATER Er hat den Schnabel doch auch immer offen, und wenn man ihn als Gegner annimmt, dann heißt es: Laß ihn doch.
MUTTER Gegner!
SOHN Ich bin sein Gegner!
VATER Du bist kein Gegner, leider, wenn du ein Gegner wärst, tät man ganz anders mit dir reden können.
MUTTER Da laufen so viele junge Nazis rum, und dann hat er daheim einen Sohn, der keiner is, und dann is es ihm auch nicht recht.
VATER Ich rede vom Prinzip. Mir geht es um das Allgemeine, nicht um einen kleinen Saunazi.
SOHN So klein ist dieser Nazi nicht.
VATER Klein oder nicht, er muß doch seine Meinung sagen dürfen. Nur was man sagen kann, kann man auch denken. Er muß doch sagen dürfen, was er denkt, sonst sind mir doch mitten drin in einer neuen Diktatur.
MUTTER DAS muß man nicht sagen können, das nicht.
SOHN Das sollt man nicht einmal schweigen dürfen!
VATER Poetisch, da wird dein Sohn sogar poetisch.
MUTTER Ja, da sollt man sich schämen, wenn man sowas schweigt, da sollt man sich schon schämen, vor den Opfern, denen, die hinterblieben sind, vor der Welt.
VATER Die Welt ist das eine, aber die Gedanken in einem Kopf sind das andere.
SOHN Das sind keine Gedanken, das ist Verhetzung.
VATER Die Welt besteht aus allen Gedanken in allen Köpfen die-

ser Welt. Da muß man ansetzen, man muß ein gesundes Gleichgewicht in den Köpfen schaffen, nicht die Gedanken in den vereinzelten Köpfen bestrafen.

SOHN Doch, man muß einzelne Köpfe bestrafen, dann kommen sie vielleicht auf andere Gedanken.

VATER Ich muß etwas, das ich nicht glaube, nicht glauben kann, weil es mir nicht in den Kopf hineingeht, das muß ich sagen dürfen. Das ist Demokratie.

SOHN Vor allem, wenn die sechs Millionen, die was anderes sagen könnten, schweigen müssen, weil sie tot sind.

VATER Du verwechselst Demokratie mit Demagogie. Lernt man das in der Schul?

SOHN In der Schul lernt man, daß man nicht zu jemand Arschloch sagen darf, nur weil man der Meinung ist, daß derjenige eines ist.

VATER Das ist doch nur eine primitive Beleidigung, die da ausgesprochen wird, hier geht es doch um einen historischen Vorfall von ungeheurem Ausmaß.

SOHN Eben.

VATER EBEN nicht.

SOHN Doch, und ich bin froh, daß du in Deutschland kein Recht sprichst, sondern nur beim Finanzamt bist.

VATER Ach so. So denkst du über mich.

SOHN Ja. *(Zieht seine Jacke an)*

VATER Wo willstn hin?

SOHN Naus, an die Luft.

VATER Is hier keine Luft?

SOHN Hier stinkts.

VATER Nach was?

SOHN Dreimal darfst du raten. *(Haut die Tür zu)*

(Pause)

VATER Mit dem kann man nicht reden.

MUTTER Du kannst mit ihm nicht reden.

VATER Ich verteidige doch nur die Möglichkeit einer nicht staatskonformen Meinung eines einzelnen, das ist doch die Freiheit, auf die sie alle aus sind: die eigene. *(Pause)* Die hab ich jetzt verteidigt.

MUTTER Ja, aber das eine ist deine Meinung, das andere die von sechs Millionen.

VATER Können Tote eine Meinung haben?

MUTTER Na ja, in so einer Masse.

VATER Jaja, die Masse wird gefürchtet, dagegen wehr ich mich ja.

MUTTER So wie du es sagst, glaubt man was anderes.

VATER Was denn? *(Pause)* Was hab ich denn gesagt, was so verbrecherisch ist, daß mein Herr Sohn nicht mehr die gleiche Luft mit mir atmen will.

MUTTER Du hast gsagt, daß es eine Frage der Meinungsfreiheit ist, daß man sagt, es waren sechs Millionen oder es waren keine sechs Millionen. *(Pause)*

VATER Wo er hin is? *(Pause)* Er mag mich nicht, gell? Seit einiger Zeit mag er mich überhaupt nicht mehr. Wenn ich mit ihm red, dann geht er. Manchmal hab ich das Gefühl, es wär ihm das liebste, wenn ich nicht mehr da wär, das wär ihm recht.

MUTTER Du mußt auch einmal ein bißl nachdenken über das, was du sagst.

VATER Was sag ich denn? Was ich denk, oder darf ich das daheim auch nicht mehr. *(Pause)*

MUTTER Na ja, da ist man überall froh, wenn so einem Neonazi da ein paar Grenzen aufgezeigt werden, damit der nicht überall herumposaunen kann, daß es die Judenvergasung nicht gegeben hat, und dann kommst du daher und entdeckst die Meinungsfreiheit. Da kann man sich schon wundern.

VATER Was gibts denn da zu wundern? Es geht um das Prinzip, nicht um einen alten Nazi.

MUTTER Na ja ...

VATER Nix na ja, in welche Ecke stellst du mich denn, es geht doch hier um ein heiliges Prinzip der Demokratie, oder nicht? Gedanken sind zollfrei, heißt es doch.

MUTTER Das hat er halt anders verstanden.

VATER Dann soll er genau zuhören.

MUTTER Du sagst es aber nicht so. So wie du das sagst, denkt man, du denkst: Es waren keine sechs Millionen, sonst würdest du ja auch keinen falschen Standpunkt so vehement verteidigen. Und da geht er eben, weil er anderer Meinung ist, und ich auch.

VATER Meinung!!! Ihr dürft sie sagen, ich nicht.

MUTTER Außerdem kommst du immer wieder mit diesem Naziführer daher und verteidigst ihn.

VATER Wen verteidig ich?

MUTTER Diesen Nazi eben, diesen Lehrer, wie der eben heißt, das merkst du gar nicht.

VATER Wo ist er denn hin?

MUTTER Das weiß ich nicht. Es ist halb fünf, da kann er doch hingehen, wo er will.

VATER Mit wem trifft er sich denn da jetzt, wo geht er denn da jetzt hin. Mit wem redt er denn jetzt vielleicht und tragt weiß der Teufel was aus dem Haus.

MUTTER Die Luft irgendwo ablassen, du schimpfst ihn ja immer.

VATER Welche Luft ablassen?

MUTTER Es gibt Gott sei Dank noch immer eine ganze Menge Leute, die seiner Meinung sind und nicht deiner.

VATER Welcher Meinung bin ich denn? Ich hab doch nur eine Meinungsäußerung per se verteidigt. Deshalb bin ich doch nicht der gleichen Meinung. Redt er es rum?

MUTTER Zu Hause kommt er nicht zu Wort, da sucht er sich eben Gleichgesinnte.

VATER Der wird doch sowas nicht tun, daß er nicht versteht, was ich mein, und dann redet er das, was er nicht versteht, auch noch rum. Der lebt doch von mir, das kann er sich doch denken, daß man sowas nicht rumredet. Diesen Deckert, den ham sie schon vor Jahren aus dem Schuldienst rausgeschmissen –

MUTTER Gott sei Dank bist kein Lehrer.

VATER Freilich bin ich kein Lehrer, aber das, als Beamter, das geht heute so schnell, man sagt was Falsches, was man nicht meint, und schon ist man dran, und keiner sagt es einem. Wie früher.

MUTTER Der Bub muß das ja nicht bös meinen, der redet halt.

VATER Und ich hab dann die Schwierigkeiten im Amt. Was hab ich denn gesagt, daß er sagen kann, daß ich es gesagt hab?

MUTTER Du hast gesagt, daß man die Meinung haben können muß, daß es nicht sechs Millionen waren, daß dieser NPD-Vorsitzende deiner Meinung nach die Meinung vertreten können muß, daß es nicht sechs Millionen ermordete Juden waren.

VATER Hab ich das gsagt?

MUTTER Ja, daß es nicht sechs Millionen waren, sondern weniger.

VATER Hab ich »weniger« gesagt?

MUTTER Nein, das hat man sich gedacht, du hast immer nur davon gesprochen, daß es keine sechs Millionen waren.

VATER Du liebst mich doch. Oder?

MUTTER *(schaut ihn stumm an)*

VATER Wenn der Bub jetzt eine Mordswut auf mich hat und

irgendwas rumerzählt, dann sitzen wir in der Falle. Mit den toten Juden verstehen sie momentan keinen Spaß, da ist der Staat ganz wild drauf, und ob man Lehrer ist oder Finanzbeamter, das ist denen gleich.

MUTTER Unsinn.

VATER Wenn die mich im Amt fragen, wenn die mich ansprechen auf das Gespräch mit meinem Sohn, dann sag ich: Ja, das stimmt, ich glaub nicht, daß es sechs Millionen waren.

MUTTER Bist du verrückt, dann kriegst du wirklich Schwierigkeiten.

VATER Warte, ich sage, das hat mein Sohn falsch verstanden, ich glaube nicht, daß es sechs Millionen waren – ich glaube, es waren mehr! Dann sind wir aus dem Schneider, und keiner kann mir was tun, weil mehr ist erlaubt. Kannst du das dann bezeugen, wenns drauf ankommt, daß ich das gesagt oder wenigstens gemeint hab? Mehr, es waren mehr.

MUTTER *(schaut)*

VATER Mehr ist erlaubt, vielleicht sogar erwünscht. Mehr heißt doch, daß man die besondere Treue zum Staat, zu der man als Beamter verpflichtet ist, erfüllt, übererfüllt. Mehr ist wasserdicht. Da kriegt man vielleicht sogar eine Belobigung. Und mein Sohn schaut dann dumm, wenn er mich denunziert hat.

MUTTER Der Bub denunziert dich nicht, was denkst du denn von deinem Kind.

VATER Nicht bewußt, nicht willentlich, sondern aus Wut, eine natürliche, kreatürliche Wut, eine Wut vom Sohn zum Vater. Aber wenn ich »mehr« sag und du es bestätigst, dann ist das falsche Zeugnis meines Sohnes ungültig. *(Sohn kommt.)* Wo warstn du?

SOHN Zigaretten holen. *(Schaut)* Ich rauch in meinem Zimmer, keine Aufregung.

VATER Hast du mit wem geredet?

SOHN Der Zigarettenautomat war leider heiser.

VATER Ach so. *(Lacht)* Komm her, ich muß dir noch was von die Juden sagen.

SOHN *(schaut)*

VATER Was Gutes, paß auf.